À PROPOS DE L'AUTRICE

Penny Watson Webb savoure l'Histoire comme d'autres dévorent les pâtisseries. Férue d'anecdotes en tout genre, elle aime nous faire découvrir les arcanes de notre passé. Elle mélange à loisir les faits historiques à l'imaginaire et partage avec ses lecteurs les aventures de ses héros. Complots, trahisons, guerres et conquêtes sont au rendez-vous, agrémentés du goût sucré de la passion.

Les secrets de Colombe

Collection : VICTORIA

HARPERCOLLINS FRANCE
83-85, boulevard Vincent-Auriol, 75646 PARIS CEDEX 13
Service Lectrices — Tél. : 01 45 82 47 47 - www.harlequin.fr
ISBN 978-2-2804-7561-7 — ISSN 2493-013X

Composé et édité par HarperCollins France.
Imprimé en mars 2023 par CPI Black Print (Barcelone)
en utilisant 100% d'électricité renouvelable.
Dépôt légal : avril 2023.

FSC www.fsc.org
MIXTE
Papier issu de sources responsables
FSC® C159065

Pour limiter l'empreinte environnementale de ses livres, HarperCollins France s'engage à n'utiliser que du papier fabriqué à partir de bois provenant de forêts gérées durablement et de manière responsable.

PENNY WATSON WEBB

Les secrets de Colombe

Victoria

HARLEQUIN

Prologue

Paris, île de la cité, mars 1250, un après-midi

Le maître de maison déroula les plans du transept que son ami Jehan de Chelles lui avait fait parvenir. Il prit le temps de s'installer sur un coussiège auprès de la fenêtre afin de laisser la lumière du jour éclairer le document.

L'architecte à qui le roi avait confié la construction de Notre-Dame rencontrait des difficultés avec le terrain. La bâtisse spectaculaire menaçait de voir son mur nord se fissurer si son pendant au sud ne trouvait pas davantage d'appui.

Pierre de Montreuil se passa une main dans les cheveux. Jehan de Chelles lui demandait assistance au sujet de ce mur dont la construction allait relever du génie tant le terrain choisi était meuble. Il venait de terminer un cloître dans un couvent de Saint-Germain et comptait profiter de quelques semaines de repos bien mérités.

Un apprenti assez nerveux vint interrompre ses réflexions.

— Mon maître dit qu'il ne veut que vous sur le chantier. Que dois-je lui rapporter ?

Vingt ans environ, cheveux bruns, le jeune qui se tenait devant lui attendant les consignes semblait s'impatienter de son silence, mais Pierre de Montreuil n'en avait cure. Le projet dépassait toute construction jusqu'ici tentée en royaume de France. La cathédrale Notre-Dame de Paris serait un phare pour le royaume. Et un défi à relever pour les artisans et bâtisseurs.

Mais comment refuser un service à un ami de longue date ?

— Je passerai demain, dit-il enfin.

— C'est-à-dire, messire, mon maître pensait que vous viendriez séance tenante, tenta l'apprenti visiblement peu satisfait de la réponse obtenue.

Messire Pierre se leva et domina le garçon de sa haute stature, qui évoquait un chevalier en armure plutôt qu'un architecte. Son regard se fit autoritaire, mais pas dur pour autant.

— Je ne le puis. Affaire de famille, se contenta-t-il d'ajouter. Dis à ton maître que je viendrai demain.

— Il est au plus mal, pour être honnête, seigneur, insista le garçon déçu. Cela ne peut vraiment pas attendre.

— Explique-toi, répondit Pierre de Montreuil avec un geste engageant de la main.

Le jeune apprenti se redressa solennellement pour décrire une situation qui était bien alarmante.

— Il a la fièvre depuis une semaine et garde le lit. L'hospice étant à côté de la cathédrale, les moines sont venus à son chevet. Il semblerait que ce soit son cœur. Ils n'ont guère d'espoir.

Cette triste nouvelle toucha messire Pierre qui soupira,

en pensant à l'acharnement que son ami avait mis dans cette œuvre.

— Jehan n'aura vécu que pour cette cathédrale.

— Il s'inquiète de ne pas pouvoir réaliser à temps la demande du roi. L'évêque Sully vient régulièrement demander des comptes. Il est attendu à la cour dans les prochaines semaines pour présenter l'avancée des travaux. Mais c'est impossible, étant donné son état. Cependant, il ne veut pas décevoir Sa Majesté et tient à reprendre le travail malgré sa faiblesse. Il va se tuer à la tâche.

L'architecte passa une main agacée sur sa courte barbe et fronça les sourcils. L'apprenti recula d'un pas, intimidé devant cet homme imposant qui lui barrait la route. Grand, larges épaules, Pierre de Montreuil semblait taillé dans la pierre brute. Les manches relevées de sa tunique dévoilaient des avant-bras musclés, et son visage arborait bien souvent une mine grave et austère, voire sévère. Ses yeux bruns, surtout, imposaient le silence, un regard perçant qui semblait voir à travers vos pensées et qui déstabilisait par son aplomb. Il hocha finalement la tête, ce qui fit bouger quelques mèches de cheveux ondulés sur son front.

— Je comprends. Quel est ton nom ?

— Alfred. Je suis le fils de maître Vilhéry, le négociant.

— Bien, je te suis, finit par capituler l'architecte qui comprenait l'urgence de la situation.

Pierre de Montreuil descendit au rez-de-chaussée de la maison qu'il habitait et fit un crochet par la cuisine avant de sortir.

— Marthe ! Marthe ! cria-t-il en appelant sa bonne.

Une femme ronde à l'allure joviale et maternelle,

et aux cheveux gris dissimulés sous une coiffe, arrêta immédiatement sa tâche qui consistait à pétrir du pain et secoua ses mains pleines de farine.

— Oui, monseigneur ? Que puis-je pour vous ?

— Eudes devait passer me voir, mais je ne peux pas le recevoir pour le moment.

Marthe fronça les sourcils. Habituée, hélas, aux désaccords perpétuels entre les deux frères, elle était navrée qu'ils soient toujours à se disputer.

— Cela fait déjà trois fois que vous renoncez à ses visites, messire. Il sera déçu.

— J'ai un impératif que je ne peux remettre à demain. Propose-lui de rester dîner et dis-lui que je lui expliquerai tout à mon retour, tu veux bien ?

— Je vais lui préparer sa chambre, sourit-elle, tout heureuse de voir les deux frères, qu'elle avait en partie élevés, réunis sous le même toit. Je vous concocterai un bon repas, messire, ajouta-t-elle en se remettant à l'ouvrage.

— Merci pour ta peine, Marthe.

Messire Pierre prit une cape de laine d'un rouge sombre bordé de fourrure brune et ouvrit la porte d'entrée. Au-dehors, la rue animée se vidait peu à peu, la pluie inondait les pavés.

L'île de la Cité, comme le reste de la ville, avait bénéficié de travaux importants pour chasser les eaux usées et combattre l'insalubrité. Les rigoles charriaient les saletés jusqu'à la Seine, et les fontaines apportaient de l'eau potable sur toutes les places publiques. Il marcha derrière Alfred qui rabattit également son capuchon pour se protéger de la pluie. Ils battaient le haut du pavé tant la pluie redoublait d'intensité et envahissait les rues.

Après avoir remonté le quartier, ils arrivèrent sur la place qui formait déjà le parvis de la cathédrale en construction. Là-bas, un maître d'œuvre sonnait de la corne pour faire descendre les tailleurs de pierre et autres artisans qui prenaient des risques à travailler sur les pierres devenues glissantes à cause des précipitations.

D'énormes échafaudages couvraient la bâtisse, et çà et là, des blocs de pierre en cours de taille jonchaient le sol. Des gardes envoyés par le roi surveillaient l'avancée des travaux et garantissaient la sécurité des artisans au travail.

La nuit, Paris était livré aux coupeurs de bourses et autres bandits que la garde de la cité pourchassait tant bien que mal. Il ne faisait pas bon y circuler seul aux heures tardives, et malheur à celui qui ne respectait pas le couvre-feu imposé depuis les derniers incendies. Il était aussitôt enfermé dans les geôles royales dans l'attente de son jugement et de son amende. Ceux qui ne pouvaient payer étaient envoyés aux travaux forcés pour creuser des fossés ou soulever des sacs de terre et de pierre sur les remparts de la ville. Les accidents étaient nombreux. Les plus chanceux se voyaient emmener aux monastères pour abattre des arbres et couper du bois, ou encore servir les moines le temps de leur peine. Mais pour celui qui fuyait ou désertait, il valait mieux ne pas remettre les pieds à Paris au risque de finir déchiqueté par les corbeaux en haut du gibet de Montfaucon ou passé sur la roue place de Grève.

— Qui va là ? On ferme le chantier ! cria un garde en posant sa lance au sol.

— Pierre de Montreuil, je viens visiter Jehan de Chelles, dit l'architecte de sa voix grave.

— Il n'est plus sur le chantier, messire, mais à l'hospice. Il est au plus mal aujourd'hui.

— Je dois le voir, il m'attend, mais avant je veux pouvoir constater de quoi il retourne à l'intérieur du bâtiment. C'est à sa demande que je suis venu sous cette pluie battante.

Le garde sembla hésiter puis finalement s'effaça pour le laisser entrer.

— Bien, messire, mais faites vite, s'il vous plaît, on va fermer la cathédrale sous peu.

— Je n'en aurai pas pour longtemps, assura Pierre de Montreuil qui espérait trouver la faille rapidement.

L'architecte entra dans la cathédrale et comme à chaque fois fut frappé par ses allures de forteresse s'ouvrant sur une nef royale et d'une hauteur vertigineuse. Toute la partie nord était dressée, la partie sud se fissurait régulièrement, car le sol était argileux et peu stable. Il fallait tout reprendre du début, se dit-il en regardant le pan de mur dressé qui tenait par l'opération du Saint-Esprit, tant il semblait près de s'écrouler de nouveau. Il examina la maçonnerie. Les pierres étaient pourtant de bonne qualité, ainsi que le mortier et la chaux. Il fallait repenser tout le plan de la cathédrale. Ce mur était un véritable défi, il fallait innover, reconsidérer les choses, être audacieux.

Alfred, envoyé par le garde, vint lui demander de sortir.

— Je te suis, fit Pierre de Montreuil revenant au présent.

— Vous verrez, il a beaucoup changé, ajouta le garçon en parlant de son maître.

Inquiet, Pierre de Montreuil suivit l'apprenti jusqu'à l'hospice où il trouva son ami alité, un moine à son chevet.

— Est-il une heure pour dormir, maître Jehan ? le taquina-t-il en arrivant, pour alléger l'atmosphère.

Le visage amaigri et décharné de Jehan de Chelles faisait peine à voir. Ses cheveux blancs reposaient sur l'oreiller de plumes, et le moine lui tendait une potion. Le vieil homme tenta de s'asseoir par fierté, ne voulant pas montrer plus de faiblesse que nécessaire.

— Avez-vous regardé le transept, Pierre ? entama le vieillard sans perdre de temps tout en repoussant la main bienveillante du moine.

— Oui.

— Alors ? Quelle serait la solution selon vous ?

— Pour l'heure je n'en sais rien, mon ami, mais je vais m'y pencher.

— Je dois donner réponse au roi bientôt, mais je ne serai peut-être pas capable d'aller au palais dans cet état. Me servirez-vous de porte-parole ?

La détresse du vieillard était palpable, et Pierre lui devait tant qu'il n'eut pas le cœur de refuser.

— Si je peux vous aider, maître Jehan, je le ferai, assura-t-il en prenant place sur une chaise.

Une quinte de toux secoua Jehan de Chelles et l'empêcha de reprendre son souffle quelques instants.

— Il y a bien longtemps que vous ne m'avez pas appelé ainsi.

— Un souvenir d'autrefois, dit son ancien apprenti avec affection. Reposez-vous, je veillerai sur le chantier en attendant que vous vous remettiez.

— Maintenant que je sais cela, je vais avoir l'esprit plus tranquille. Vous étiez le seul à qui je l'aurais confié.

Déjà le vieil homme s'était assoupi, et son souffle

paraissait plus apaisé et plus régulier. Pierre se leva le visage sombre.

— Quelle que soit l'évolution de son état, faites-moi prévenir, s'il vous plaît.

— Bien, messire de Montreuil, nous n'y manquerons pas, acquiesça le moine en les raccompagnant dehors. Mais ne vous attendez pas à une guérison soudaine, il est très affaibli.

— Faut-il vraiment craindre le pire ? questionna l'architecte en se doutant déjà de la réponse.

Le moine baissa la tête.

— Nous lui donnerons les derniers sacrements à son prochain réveil, Dieu ne tardera pas à le rappeler à lui.

— Il ne verra jamais sa cathédrale achevée, regretta Pierre avec amertume.

Le religieux sourit et hocha la tête.

— Maître Jehan le savait déjà lorsqu'il a posé les premières pierres. Il n'est qu'un maillon. Comme nous tous.

— Certes, admit Pierre de Montreuil en remettant la capuche de sa cape sur ses cheveux avant de sortir. Qu'adviendra-t-il d'Alfred si maître Jehan décède ?

— Il a déjà réfléchi à l'avenir de son apprenti et va le confier à votre frère, messire Eudes. De toute façon, son père peut largement subvenir à ses besoins, c'est le plus gros négociant de la ville.

— Maître Vilhéry, c'est vrai, Alfred me l'a dit. Ainsi Eudes sera son maître ? Intéressant.

— Maître Jehan pense qu'Alfred n'est pas assez doué pour vous servir. C'est un garçon plutôt paresseux et fauteur de troubles.

— Il sait surtout que je ne prends pas d'apprenti, déclara Pierre catégorique.

— Messire Eudes aura du pain sur la planche avec Alfred.

Pierre leva les sourcils. Ce gamin allait donc avoir l'un des meilleurs architectes et tailleurs de pierre de sa génération comme nouveau maître d'apprentissage. Le seul problème était qu'Eudes brûlait la chandelle par les deux bouts.

Pierre avait dû apaiser plus d'une fois la colère de l'évêque de Paris agacé par ses incartades. Cependant, le travail avait toujours été rendu dans les temps, et la qualité d'exécution était impeccable.

Il ressortit de l'hospice et, passant de nouveau sur le parvis en travaux, leva les yeux vers les deux tours magistrales. Un homme ne pouvait que s'enorgueillir d'avoir participé, même de loin, à un tel projet. Il lui fallait trouver une idée au plus vite pour soutenir les murs de la nef.

Rentré chez lui, il se délesta de sa cape qu'il accrocha à une paterne pour la faire sécher. Un rire grave tinta à ses oreilles.

Son jeune frère devait sûrement avoir entamé le vin de bourgogne qu'il avait acheté sur la place des halles la semaine passée.

— Bonsoir, mon frère, le salua Eudes en le voyant arriver. Alors ? Quel est donc cet impératif qui t'a mis en retard ? Une femme ?

— Non.

— Un homme, alors ? le taquina son cadet.

— Eudes ! gronda Pierre qui ne supportait pas qu'on blasphème sous son toit.

— Je plaisante. Tu es d'un barbant ! On ne s'amuse jamais avec toi. Tu ne sais que travailler, manger et dormir.

— Tu t'amuses largement pour deux, Eudes. Ta dernière idiotie m'a valu un courrier de l'évêque. Refaire la façade d'un bordel ? Te rends-tu compte ? grommela le maître de maison, furieux.

Eudes plongea son regard dans le liquide rouge au fond de sa coupe.

— Un mal nécessaire, mon frère, même le roi y consent.

— Pour éviter les viols et la propagation des maladies vénériennes, pas pour donner libre cours à la dépravation dans le royaume de France ! Les catins envahissaient les rues de la ville, le roi a eu raison de mettre les maisons closes en bordure, ajouta Pierre en prenant place à la table.

— Une dame est venue me demander de l'aide, je ne pouvais pas refuser, nargua Eudes d'un air faussement angélique en se servant encore une fois du vin.

— Je n'ose imaginer qui pourrait être la femme que tu appelles une dame…

— Tu serais surpris si tu la voyais, rit Eudes.

— Traînes-tu réellement dans ces lieux de débauche ? demanda le maître de maison en acceptant l'assiette fumante que lui proposait la bonne.

Son frère posa la main sur sa poitrine comme s'il avait reçu un coup au cœur.

— Marthe, as-tu vu comme il est ? dit Eudes en prenant la bonne à partie. M'accuser ainsi !

— Pitié, messire, je ne veux rien savoir de vos histoires,

s'esquiva la gouvernante en soulevant ses jupes et en quittant la pièce pour les laisser se disputer loin d'elle.

Eudes se mit à rire, amusé par l'air renfrogné de son aîné.

— Allons, Pierre, Marthe s'est donné de la peine pour ce dîner. Faisons honneur au bon repas qu'elle a préparé.

Une poularde grillée accompagnée de légumes et d'une sauce aux épices embaumait la pièce. Pierre haussa les sourcils, se signa et prononça une prière d'action de grâce afin de bénir la nourriture. Il piqua un couteau dans la viande.

— Merci de me permettre de manger… chez moi, commenta-t-il avec une pointe d'ironie en regardant la pose nonchalante de son cadet.

— Partiellement chez toi, n'oublie pas que cette maison fait également partie de mon héritage. À ce propos, as-tu prévu des héritiers, ou vais-je rafler la mise à ta mort ?

Pierre soupira. Il avait déjà presque quarante ans et demeurait célibataire, au grand dam de Marthe qui espérait voir la maison se remplir d'enfants.

— Je me marierai un jour, peut-être.

— J'ai déjà pitié de cette pauvre femme ! Sa vie sera une longue litanie bien ennuyeuse.

— Ce sera une femme honnête et pure, responsable et obéissante.

Il comptait bien se trouver un jour une épouse digne de ce nom, certainement pas se marier avec une péronnelle acariâtre.

— Évidemment… Et quand as-tu prévu de me la présenter ?

— Elle aura bien sûr quelques libertés. Je veux une

épouse, pas une servante. Mais elle devra tenir son rôle en société et sa place sous mon toit, poursuivit Pierre sûr de lui tout en voulant se montrer magnanime.

— Très généreux de ta part, mon frère, répondit Eudes ironique, pensant que son frère aîné avait plutôt besoin d'une femme de caractère.

Pierre cachait souvent ses sentiments derrière une austérité et une morale presque religieuses, mais Eudes connaissait le cœur ardent de son aîné. Il lui souhaitait sincèrement d'être heureux, même s'il se doutait que l'élue aurait fort à faire pour prendre sa place dans la maison et le cœur de Pierre.

— Existe-t-elle seulement, cette prétendue fiancée ?

— Pas maintenant, j'ai une cathédrale qui attend.

— La cathédrale ? questionna Eudes en se redressant intéressé. Jehan de Chelles t'a demandé de l'aide ?

Pierre prit le temps de mâcher sa viande et se tailla un autre morceau à l'aide d'un couteau.

— Oui, je vais l'aider en ce qui concerne les transepts, et surtout le mur sud. Et toi, tu vas bientôt hériter d'un nouvel apprenti.

— Comment cela ? demanda Eudes la bouche pleine.

— Sa mort est prochaine et il a pensé te confier le sien.

— Ma foi, pourquoi pas ? dit Eudes en haussant les épaules. Tu devrais en prendre un également, surtout si tu te jettes dans ce projet.

— La solitude ne me dérange pas, répondit sincèrement Pierre qui ne vivait que pour son travail. Au contraire, elle me convient fort bien, j'ai horreur des bavardages en tout genre. Et ce qui plus est, je ne suis pas pédagogue.

Il trempa la viande dans la sauce et bénit le ciel d'avoir

Marthe comme bonne. Prenant soin d'eux depuis des années, elle faisait partie de la famille.

— Eh bien, mon frère, oublions les choses sérieuses pour ce soir. Sors-nous une autre bouteille de ce délicieux breuvage de Bourgogne et apporte le jeu de dames que je t'ai offert pour ta fête l'an dernier, fit son cadet malicieux.

Ils échangèrent un regard, puis Eudes leva son verre pour montrer qu'il était vide.

— Bien, tu as gagné, je laisse le travail à plus tard, capitula Pierre en acceptant la soirée fraternelle que lui proposait Eudes.

Dans la nuit, Jehan de Chelles rendit son âme à Dieu, laissant les travaux de construction de la cathédrale de Notre-Dame de Paris au vent et à la pluie.

Chapitre 1

Palais royal, une semaine plus tard, au petit matin

Le roi Louis de France et la reine Marguerite de Provence avaient convoqué Pierre de Montreuil au palais. La nouvelle de la mort de Jehan de Chelles avait grandement attristé le monarque. Il avait eu toute confiance en son architecte afin de poursuivre les travaux commencés sous la dextre de l'évêque Sully. Au palais, Pierre de Montreuil était allé se présenter aux gardes, accompagné de son frère.

— Nous sommes attendus chez Sa Majesté, avait dit Pierre vêtu pour l'occasion d'une robe de cour d'un noir profond et d'une ceinture d'argent ornée d'agate.

— Messire de Montreuil ? En effet, j'ai reçu des ordres pour vous faire entrer directement dans la grand-salle.

À l'entrée du château, ils virent des chevaliers en armes et des soldats qui prenaient la relève de la garde de nuit. L'évêque de Paris les rejoignit également devant la porte et le chambellan les annonça :

— Messire Pierre et Eudes de Montreuil, architecte et tailleur de pierre de leur état.

Les deux frères s'inclinèrent devant le roi et la reine qui étaient assis sur les trônes royaux face à l'assemblée.

— Nous sommes bien aises de vous voir, dit le bon roi Louis. Approchez, messires, Jehan de Chelles nous a adressé un message peu avant sa mort et ces écrits vous concernaient en partie.

— Que puis-je faire pour vous, Votre Majesté ? commença Pierre après s'être incliné respectueusement.

— Le temps vous est compté, messire de Montreuil, et notre évêque m'a vanté la qualité de votre travail à Saint-Germain. Je n'en suis pas surpris, vous m'avez émerveillé avec la Sainte-Chapelle que je vous avais commandée. Un édifice moderne et audacieux qui me vaut l'envie des diverses cours de la chrétienté.

— Merci, Sire, je suis heureux de servir le royaume de France et l'Église.

Le roi Louis demanda le silence, les courtisans présents se firent attentifs.

— Je sais que Jehan de Chelles vous avait en grande estime.

— J'ai eu le privilège d'avoir été son apprenti, Votre Majesté. Et celui de devenir son ami.

— Dieu a décidé de reprendre Jehan de Chelles, comme vous le savez. Jehan vous a personnellement recommandé. Notre évêque et moi-même ne pouvons qu'appuyer ce choix et je voudrais vous confier la poursuite de la cathédrale.

Un brouhaha suivit cette annonce, la place était prisée malgré la difficulté de l'édifice.

— Les travaux ont pris un grand retard sur les temps que Jehan de Chelles s'était imparti. Il a rencontré des difficultés, le terrain, les arrivages chaotiques de pierres, sans compter des échafaudages peu sécurisés, des accidents trop nombreux…

— Vous aurez la main sur tout cela, messire Pierre, intervint le roi, je vous nomme grand architecte royal.

Un second brouhaha, admiratif cette fois, embrasa la cour.

— C'est un honneur, Votre Majesté, s'inclina l'architecte très honoré de se voir nommé à une si haute distinction.

— Bien, voilà une bonne chose de faite, dit le roi satisfait d'avoir rondement mené cette affaire.

Pierre de Montreuil se redressa et s'adressa à Leurs Majestés pour quelques précisions.

— Cependant, j'ai quelques habitudes de travail.

— Telles que ? questionna la reine, curieuse.

— Je choisis personnellement mes artisans. Tailleurs de pierre, maîtres verriers et autres. Ce travail peut être périlleux, je dois avoir toute confiance en mes hommes pour des tâches de cette ampleur.

— Un peu comme un général qui s'en va au combat, sourit le roi. Je comprends, faites au mieux, messire Pierre, je m'en remets à vos choix et les approuve d'avance, vous savez ce que vous avez à faire.

L'évêque Sully se gratta la gorge et s'avança vers les deux frères.

— Nous avons eu connaissance des difficultés que Jehan de Chelles a rencontrées pour la construction de la nef et notamment des transepts et du mur sud.

— J'en avais discuté avec Jehan, il m'avait demandé de l'aider.

— Avez-vous trouvé une solution ?

— Pas encore, monseigneur, je n'ai inspecté les lieux qu'hier, avant d'aller voir Jehan à l'hospice, mais je vais y réfléchir.

Le roi proposa alors une promenade matinale jusqu'au chantier de la cathédrale et invita la reine à le suivre.

— Cela permettra de vous introniser officiellement comme architecte royal, ajouta le roi en regardant Pierre qui acceptait le titre avec modestie. Vous pourrez m'expliquer nombre de choses que je ne saisis pas. J'ai également un projet à vous soumettre, vous me direz si celui-ci est réalisable. Quant à vous, messire Eudes, j'aurai sûrement besoin de vos services d'ici quelques mois, j'espère que vous serez disponible.

— Je le serai, Votre Majesté. Le chantier sur lequel je travaille actuellement se terminera très bientôt.

— Quel est-il ? questionna le roi pour se faire une idée des compétences du jeune frère.

— L'église des Cordeliers, Votre Majesté.

Un bruit de robe frottant le sol capta son attention. La reine Marguerite venait les rejoindre après avoir salué une dame revenue de province.

— Vous semblez jeune pour avoir déjà cette charge, déclara-t-elle en regardant le beau jeune homme plein d'assurance qui se tenait devant elle.

— Je suis assez vieux pour en avoir quelques-unes à mon actif.

— Plaît-il ? demanda la reine interloquée par le sous-entendu.

— Je parle d'églises, Votre Majesté, dit Eudes avec une pointe de malice. Ce sont les plus beaux monuments à construire.

— Pour la gloire de Dieu, en effet, reprit la reine qui était très dévote.

— Et pour la complexité de leur structure, si je puis me permettre, ajouta de nouveau l'insolent. Elles sont un défi, entre terre et ciel.

Cet aparté ne fut pas du goût de l'évêque Sully qui fronça ses sourcils grisonnants.

— La modestie ne semble pas être votre vertu première, messire Eudes, commenta le prélat sentencieux.

— Certes, monseigneur, mais nous autres bâtisseurs avons des rêves aussi palpitants que les chevauchées de chevaliers en terre hostile. Voir s'élever un clocher ou une tour est passionnant.

— Vous en parlez bien en tout cas, messire Eudes, dit la reine indulgente.

L'évêque regarda les deux frères et croisa les bras sur son ventre bedonnant.

— Messire Pierre saura vous convenir, Vos Majestés, il est excellent et a les pieds sur terre… tandis que d'autres ont la tête dans les étoiles, ajouta-t-il en posant un regard sévère sur le cadet de la famille Montreuil.

— Ne m'en veuillez pas de préférer les étoiles, la vue sur Paris est magnifique lorsqu'on la contemple du toit de ces édifices. Et plus près du ciel, renchérit Eudes, narquois.

— Légèreté ! Légèreté ! La jeunesse a perdu tout sens de la dignité ! Que d'outrecuidance !

Le clerc n'était pas d'humeur joyeuse, tandis que la reine semblait s'amuser de la situation.

— Allons, temporisa-t-elle, laissons messire Eudes à ses étoiles. Nous vous ferons rappeler bientôt.

Eudes s'inclina respectueusement et passa devant son frère avec un rictus sarcastique.

— Architecte royal… Voilà de quoi te rendre encore plus pompeux et barbant.

La suite royale, escortée par des hommes d'armes dont les tabards étaient tissés aux couleurs du roi de France, arriva sur le parvis. Aussitôt, une horde de curieux et badauds s'entassa pour voir passer le roi et la reine. Ils furent acclamés et le roi prit le temps de venir saluer ses sujets avec patience et affabilité. Puis le couple se dirigea vers l'entrée de la cathédrale.

Un tailleur de pierre portant l'habit blanc typique de la profession les salua après avoir retiré le bonnet poussiéreux qui couvrait ses cheveux gris. La reine regarda le portail d'entrée avec admiration.

— Ce portail représente le Jugement dernier, l'informa l'évêque Sully.

— Oui, je vois, l'Évangile selon saint Matthieu, mais je ne l'avais pas encore vu peint.

Les artisans regardaient le roi et la reine admirer leur travail avec une visible fierté.

— Jehan de Chelles savait bien s'entourer, je ne doute pas que vous ferez de même. Mais comme je l'ai promis, vous constituerez votre propre équipe, je ne mets aucune condition à cela.

— Je garderai ces hommes, mais je les ferai encadrer

par mes maîtres d'œuvre. Notre confrérie d'artisans possède des ouvriers de qualité.

— Soit, approuva le roi en entrant dans la cathédrale, la reine à son côté.

Arrivés au niveau du transept sud, ils se tournèrent pour observer la rosace orientée à l'ouest, qui reprenait les thèmes du zodiaque et des douze tribus d'Israël, et la rosace à la Vierge du côté nord.

— Cette rosace est de toute beauté et je souhaite vous confier sa jumelle. Je la ferai construire avec mes biens personnels.

— L'équilibre de l'édifice serait superbe, admit Pierre en regardant la rosace nord et en imaginant l'ensemble.

— Fort bien, vous viendrez me présenter les plans de la rosace dès que votre maître verrier aura terminé sa première ébauche. Je suis curieux et impatient de voir ce que vous nous proposerez, dit le roi très enjoué.

— Avez-vous une exigence sur le thème ?

— Cette cathédrale est dédiée à la Vierge, et elle occupe déjà le médaillon central de la rosace nord, celle du sud sera dédiée au Christ. Je vous laisse choisir les autres sujets que vous y développerez.

— Ce sera colossal, commenta Pierre de Montreuil plongeant déjà dans ses calculs.

— Les plus grandes rosaces de la chrétienté, sourit le roi fièrement. Quarante-trois pieds de circonférence. Et ce sera pour vous une occasion supplémentaire de montrer votre savoir-faire. Je vous allouerai une rente personnelle ainsi qu'un fonds pour dix ans de travaux. La cathédrale est sortie de terre voilà quatre-vingt-sept ans, à nous d'y mettre la dernière main. La tour nord doit être achevée, ainsi que le transept et le mur sud. J'ai bon espoir de pouvoir y entrer solennellement l'année prochaine, ou au plus tard celle qui suivra.

— Les vitraux prendront du temps, et les fenêtres doivent être agrandies.

— À vous de trouver un maître verrier d'exception, conclut le roi en le mettant au défi.

— Je connais cet homme, répondit Pierre de Montreuil sûr de son choix. Jacques Deverre.

— Heureux présage pour un maître verrier, plaisanta la reine. Je crois me souvenir que c'est le maître verrier à qui vous aviez passé commande des vitraux de la Sainte-Chapelle, n'est-ce pas ?

— Très juste, Votre Majesté. Mais je lui demanderai un style équivalent aux autres rosaces pour garder la belle harmonie de la cathédrale. Le tout sera de le convaincre d'accepter la tâche, il m'avait dit que la Sainte-Chapelle serait son dernier chef-d'œuvre. Il se fait vieux, aujourd'hui.

— Vous saurez vous montrer persuasif, je n'en doute pas. Si aucune pierre ne résiste aux frères Montreuil, les hommes n'ont aucune chance, le taquina le roi. Je vous confie les lieux, messire Pierre. Nous nous reverrons dès les plans de la rosace achevés.

— Comme il vous plaira, Votre Majesté, s'inclina l'architecte royal.

La cathédrale se vida de ses visiteurs et bientôt seul le bruit des ciseaux qui frappent la pierre pour la tailler résonna entre ses murs. Pierre regarda la rosace nord et sourit. Lui qui s'était félicité de se lancer sur des projets audacieux comme la Sainte-Chapelle se voyait confier cette cathédrale disproportionnée, bâtie avec des tours dignes d'une forteresse. Et il devait en faire la plus belle dame de Paris, alors que ses murs nord commençaient à fissurer. Fallait-il tout détruire et repartir de zéro ?

Tout à ses réflexions, il rentra chez lui et y retrouva son cadet occupé à travailler sur des plans.

— Que fais-tu ?

— J'étudie le couvent de Cluny. J'ai un projet de restauration à soumettre au père abbé. Ce serait un chantier intéressant.

— Es-tu déjà engagé ?

— Non, c'est juste une idée. Et puis, si j'en crois le roi, je dois rester disponible pour un certain projet. Je réaliserai cet œuvre plus tard, dit tranquillement Eudes, que rien ne semblait déstabiliser.

Pierre de Montreuil vint s'asseoir en face de son cadet.

— J'aurai besoin que tu me rendes un service. Pourrais-tu aller voir maître Jacques Deverre à Orléans ?

— Pour quoi faire ? questionna Eudes en piochant dans la corbeille de fruits pour voler une pomme.

— Le roi veut une rosace côté sud. Et pas des moindres : les mêmes dimensions que la rose nord.

Eudes émit un sifflement.

— Bien qu'âgé, Deverre est probablement le meilleur. J'ai admiré ses prouesses à la Sainte-Chapelle.

— Son travail est appliqué, je n'ai jamais vu des soudures si lisses, une découpe aussi parfaite et des assemblages aussi équilibrés.

— Et s'il ne peut plus faire la route tous les quatre matins pour te livrer ?

Pierre s'affaissa contre le dossier de sa chaise.

— J'y ai pensé, je l'installerai dans les ateliers, ici même.

— Pourquoi pas ? Ce serait une bonne solution. Très bien, je me rendrai à Orléans pour chercher ton verrier.

— Je vais organiser les derniers détails et je te remettrai un courrier pour lui, ainsi que toutes les conditions du contrat.

Pierre souleva une écritoire et la posa sur la table de la pièce centrale. Il saisit la plume et commença à rédiger sa proposition, indiquant les commandes de sable du Val de Loire, les pigments pour les verres de couleur, le plomb et le transport des fours aux abords de la ville. L'offre était généreuse et alléchante, et Eudes un fin négociateur. Il arriverait sûrement à trouver la faille qui ferait pencher la balance de leur côté si maître Jacques se montrait réticent à poursuivre son activité.

— Pourquoi tu ne t'occupes pas de maître Jacques toi-même ?

— Je dois aller m'assurer de l'extraction des pierres à la carrière, je ne peux me permettre aucun retard. J'y placerai notre confrérie, les compagnons me garantiront un travail efficace. Je fais confiance à Auguste en tant que maître d'œuvre. En outre, j'ai observé les ouvriers sur le chantier, et leur organisation ne me plaît pas, trop de perte de temps, pas assez de concertation entre les différents corps de métiers. Quant aux échafaudages… Jehan n'a jamais été très pointilleux en ce qui concerne la sécurité. Je vais remettre de l'ordre dans tout cela, et toi, en attendant, tu me déménages maître Jacques et ses fours.

Orléans, une semaine plus tard

Dans le jardin, un panier sur la hanche, une jeune fille ramassait des raves à l'aide d'une petite binette en métal. Accroupie sur le sol et tout à sa tâche, elle sursauta en entendant une voix masculine derrière elle. Colombe Deverre en renversa son panier et se retrouva le postérieur au sol en fâcheuse posture. Peu habituée à la compagnie des hommes, à l'exception des artisans verriers qui travaillaient au four avec son père, et vivant en retrait dans la maison familiale, elle se releva maladroitement et regarda son interlocuteur avec un mélange de surprise et de curiosité. Ce jeune cavalier de bonne famille, que faisait-il à la verrerie ? Venait-il passer une commande à son père ? Un soudain espoir enfla son cœur. Si c'était un nouveau client, maître Jacques aurait de quoi payer correctement ses hommes et pourrait rembourser l'horrible dette qui gravait sur lui depuis des mois.

Pardonne moi, il semblerait que je t'ai fait peur, dit le visiteur au sourire insolent et lumineux.

— Que cherchez-vous, messire ? questionna-t-elle en regardant les habits de belle facture du voyageur.

Elle-même ne portait plus que des vêtements simples depuis qu'ils avaient dû vendre leurs biens les plus précieux pour survivre.

— Je cherche maître Jacques Deverre.

— Et qui le demande ?

— Tu es bien curieuse, ma jolie, mais je vais te répondre. Je suis messire de Montreuil.

Me prend-il pour une idiote ? pesta Colombe qui n'avait pas de temps à perdre en bavardages inutiles avec un menteur ou un usurpateur. Elle décida de le confondre et lui fit face, le dos droit.

— Non, vous n'êtes pas messire Pierre de Montreuil, je l'ai vu plusieurs fois à la Sainte-Chapelle. Je lui livrais les verres de maître Jacques. Et vous n'êtes pas lui, certifia-t-elle avec aplomb.

— Je suis Eudes de Montreuil, son cadet. Va prévenir ton maître que je souhaite m'entretenir avec lui.

Embarrassée, elle épousseta sa cape et reprit son panier.

— Mon père est à l'intérieur, l'informa-t-elle enfin.

— Je crois que je vous dois des excuses, demoiselle, dit alors galamment le cavalier. Vous êtes donc la fille de maître Jacques.

Il la regardait d'un air amusé, mais également appréciateur, et Colombe rougit.

Eudes observa de pied en cap la demoiselle qui tâchait de reprendre une tenue plus appropriée à la fille d'un artisan en vue. Elle était jeune, petite, avec des attaches fines. À peine sortie de l'enfance, à première vue, mais les prunelles noisette qui dardaient les siennes démontraient une certaine maturité, ou un certain aplomb en tout cas. Sous le bonnet de lin, deux longues tresses d'un blond doré s'étalaient sur ses épaules. Son nez légèrement retroussé, couvert de taches de rousseur, la rendait plus adorable encore.

— Comment vous nommez-vous ? demanda Eudes en descendant de cheval.

— Colombe, répondit modestement la demoiselle.

— Veuillez accepter les excuses d'un voyageur fatigué.

Il s'inclina élégamment comme il l'aurait fait devant une gente dame.

— Vous êtes excusé, seigneur.

— Puis-je vous poser une question… personnelle ?

Colombe arqua un sourcil inquiet et serra son panier devant elle comme pour en faire une protection.

— N'ayez crainte, demoiselle, je souhaite juste connaître votre âge.

— Pourquoi cela ? dit-elle sur la défensive.

— Vous semblez posséder de l'assurance et une certaine maturité, et en même temps vous semblez… si petite. Sans vouloir vous offenser.

— Alors que mon père est grand, on m'a déjà fait moult fois la réflexion. Je suis petite, oui, et ce n'est pas en m'apitoyant sur mon sort que cela va changer. Ma mère, paix à son âme, n'était pas très grande non plus. Et pour étancher votre curiosité, j'ai vingt-deux ans.

Sur ces mots, tout en gardant son panier contre elle, elle fit volte-face, très digne, et le précéda dans la verrerie. Les hommes qui travaillaient au four levèrent le nez vers eux et certains firent un signe de la main à la demoiselle. Ils arrivèrent devant une masure de pierre, humble, mais dont les fenêtres étaient de verre et non de papier huilé comme la plupart des habitations.

Une fois à l'intérieur, Eudes remarqua un vitrail à la Madone au-dessus d'une table où se tenaient un crucifix et une boîte joliment ouvragée. Il s'approcha et examina les soudures avec attention. Parfaites, comme le voulait la renommée du maître verrier. Mais il remarqua la signature en bas du vitrail. Elle n'était pas celle de Jacques Deverre. Peut-être était-ce un ancien apprenti qui le lui avait offert en guise de cadeau d'adieu ?

La porte qui menait aux ateliers s'ouvrit, et maître Jacques Deverre entra, appuyé sur une canne.

— Le bonjour à vous, maître Jacques, le salua Eudes en venant lui serrer la main. Me reconnaissez-vous ?

— Bien sûr, messire Eudes, dit l'artisan avec un sourire.

Le jeune architecte nota sa posture affaiblie, ses cheveux blancs.

— Que me vaut votre passage ? demanda maître Jacques en lui indiquant une chaise d'un geste de la main.

— Jehan de Chelles est décédé.

— Alors votre frère a perdu un maître et un ami, j'en suis navré, fit sincèrement le verrier.

— Le roi lui a confié la poursuite de la cathédrale Notre-Dame. À croire que l'île de la Cité ne verra jamais la fin de ce chantier démesuré.

— Si j'avais été le roi, j'aurais fait de même. Votre frère est assez tenace pour y arriver et en faire une belle œuvre. Mais en quoi cela me concerne-t-il ?

Colombe leur servit un cidre doux et prit place près de l'âtre, non loin de son père. Eudes la regarda charger le feu de deux bûches et écarter la marmite de la crémaillère. Puis silencieusement elle sortit un couteau de son tablier et gratta les raves qu'elle avait ramassées quelques instants auparavant.

— Mon frère Pierre souhaiterait y travailler avec vous.

— Je suis flatté, mais je ne me contente plus que de quelques besognes de moindre importance, à présent, je me fais vieux, dit le verrier avec un soupir.

— Mais vous êtes le meilleur, maître Jacques, je suis moi-même architecte et je connais votre travail ! Attendez de voir ce que mon frère vous propose avant de refuser.

— Ne serait-ce que pour la peine que vous a donnée votre voyage. Colombe, il est tard, notre invité restera déjeuner. Prépare de la viande, veux-tu ?

— Bien, père, se contenta de dire la jeune femme en poursuivant sa tâche.

Colombe mit du chou à cuire dans la marmite, réserva les raves pour la soupe et découpa ensuite trois tranches de lard fumé qui était suspendu à un crochet du garde-manger. Elle les jeta dans la marmite et recouvrit le tout avec le couvercle. Mais elle n'était pas vraiment à sa tâche, car elle ne voulait rien perdre de la discussion des deux hommes. Accroupie près du feu, tirant le cou pour les entendre, elle perdit l'équilibre, posa malencontreusement son avant-bras sur le chaudron et se brûla. Elle étouffa un cri.

— Tout va bien, demoiselle ?

— Tu t'es brûlée, ma Colombe ? s'inquiéta son père.

— Ce n'est rien. Rien du tout.

Elle se leva brusquement, les joues empourprées, et entoura son avant-bras dans son tablier.

— Une blessure pas soignée peut être fatale, je l'ai hélas trop vu sur nos chantiers. Permettez-vous que je regarde, maître Jacques ?

— Faites, je vous en prie, encouragea l'artisan ennuyé de ne pouvoir soigner sa fille lui-même.

Fort de l'autorisation paternelle, Eudes s'approcha de la demoiselle aussi timide qu'un oiselet.

— Mais non, c'est inutile, ce n'est rien, tenta de s'esquiver Colombe alors que le jeune homme ôtait déjà le torchon pour examiner la marque rouge sur sa peau délicate.

— En effet, ce n'est que superficiel. Vous devriez graisser et mettre un bandage pendant quelques jours.

— Merci, messire.

Elle s'écarta et se dirigea vers la chambre pour aller se soigner.

Dans le silence de la pièce, elle ouvrit un coffre contenant des huiles cicatrisantes. La brûlure laisserait probablement une tache brune sur sa peau claire pendant plusieurs semaines. Elle prit une bande de toile fine et y enroula son avant-bras, puis coinça l'extrémité à l'intérieur du bandage. Satisfaite, elle retourna dans la pièce commune et mit le couvert, disposant sur la table des écuelles de bois, des pots en étain pour boire et des couteaux avec des manches en corne.

— D'ordinaire nous avons une bonne pour la maison, mais la nôtre est rentrée dans sa famille il y a peu. Un voisin va m'envoyer sa nièce pour prendre la relève, mais en attendant, ma Colombe tient la maison. Je suis un homme chanceux d'avoir une fille si dévouée.

— Je n'en doute pas, dit Eudes qui voyait la jeune fille s'affairer.

— Trop dévouée, même, puisqu'elle refuse les quelques prétendants venus demander sa main pour rester avec moi, reprit le père en souriant, visiblement fier de sa progéniture.

— Père…, souffla la jeune fille, gênée qu'il aborde son célibat avec un étranger.

Maître Jacques demanda si le dernier chantier de Pierre s'était bien terminé, et Eudes lui répondit par l'affirmative.

— Le roi l'a nommé architecte royal pour les dix ans à venir.

— Quel honneur, mais entre nous, votre frère le mérite bien.

— Il serait volontiers venu aujourd'hui, mais son travail l'en a empêché, voilà pourquoi il m'a envoyé en guise d'ambassadeur. Puis-je vous lire sa proposition ?

Maître Jacques l'invita à poursuivre la discussion autour du repas, et ils prirent place tous les trois à la table. Le maître de maison bénit la nourriture, et les convives se signèrent.

Colombe servit les plats, et maître Jacques rompit le pain.

— Alors, dites-moi ce que souhaiterait messire Pierre ?

— Le roi a passé commande d'une rosace pour la façade sud. Pierre doit achever le mur sud et le transept. Il veut travailler avec vous. Tout cela serait fort avantageux pour vous.

— C'est-à-dire ?

Messire Eudes accepta la bolée de cidre que Colombe lui proposa et se désaltéra.

— Il prend tous les frais en compte, le sable pour le verre, les teintures nécessaires aux carreaux de couleur…

— Y compris le cobalt ? questionna Colombe sans pouvoir se retenir, elle qui connaissait bien la valeur de ce pigment qui, dans les vitraux, était réservé aux rois et à la Vierge. Pardonnez-moi, ajouta-t-elle aussitôt après avoir coupé la parole à leur visiteur.

Messire Eudes sourit avec indulgence et reprit sa proposition.

— Toutes les teintures, les plombs et la réinstallation de

vos fours. Il vous offre le gîte et le couvert pendant toute la durée des travaux, notre maison est dans le quartier de l'île de la Cité, vous serez à deux pas du chantier. Et vous aurez un salaire agrémenté d'une prime octroyée par le roi, ce qui vient à le doubler.

— Comment cela est-il possible ? demanda maître Jacques surpris de tant de largesse.

Messire Eudes trempa son pain dans la soupe et l'enfourna avec joie. Le voyage lui avait creusé l'estomac.

— Le roi y engage sa fortune personnelle. Il a émis une seule exigence pour cette rosace : comme celle du côté nord est dédiée à la Vierge, celle-ci devra être dédiée au Christ.

— Vous travaillerez avec votre frère sur ce projet ? Vous ne seriez pas trop de deux pour cette bâtisse hors normes.

— Non, le roi semble me destiner à un autre projet, j'attends son bon vouloir.

Le vieil homme ferma les yeux, imaginant le résultat final.

— L'ensemble sera spectaculaire !

Une expression presque douloureuse traversa soudain son visage ridé, puis il ouvrit les yeux en soupirant.

— Je suis navré, messire, mais je vais devoir décliner l'offre de votre frère.

Eudes manqua d'avaler de travers.

— Je suis attristé de rapporter cette nouvelle à mon frère, il espérait vraiment vous avoir sur son chantier.

— Il y a d'autres maîtres verriers, messire Eudes. Plus jeunes, plus robustes.

— Mais certes moins expérimentés et talentueux.

Quoique, justement, je regardais le vitrail de votre maison, il est parfait et ressemble aux vôtres, pourtant ce n'est pas signé de votre main, n'est-ce pas ?

— Non, en effet, se contenta de répondre maître Jacques.

Le cœur de Colombe s'accéléra. Le métier du verre était réservé aux hommes, comment expliquer à messire Eudes que celui-ci était son œuvre ?

— Je serais bien curieux de savoir qui a pu hériter de votre savoir-faire.

— Mon père a eu un apprenti assez prometteur, improvisa Colombe.

— Je vous remercie pour le déjeuner, mais vous connaissez mon frère, maître Jacques, il ne s'avoue pas facilement vaincu.

— Il est inutile que votre frère se déplace, messire Eudes, je suis trop âgé. Et croyez-moi, je regrette amèrement de devoir décliner sa proposition. J'aurais vraiment aimé faire partie de cette grande aventure. Transmettez-lui mes vœux de réussite.

— Je n'y manquerai pas.

Eudes se leva, salua poliment ses hôtes et sortit dans la cour.

Colombe le suivit, l'air préoccupé, puis alla jusqu'à l'écurie, qui n'était en vérité rien de plus qu'une étable, et demanda à un garçon de ferme de seller le cheval du voyageur. Elle regarda en direction de la maison pour s'assurer que son père y était toujours et se rapprocha d'Eudes.

— Dites à votre frère de faire le voyage.

— Comment ?

— Je sais que mon père veut participer à ce projet, c'est compliqué à vous expliquer, mais que votre frère revienne dans quelques jours, je suis sûr que père aura changé d'avis.

Eudes scruta son visage.

— Comment le savez-vous ?

— Je le connais, je sais ce qu'il a dans le cœur, messire.

La jeune fille inspira pour chasser la peine qui lui comprimait le cœur.

— En cet instant, je suis sûre qu'il visualise déjà les couleurs et les formes de la rosace telle qu'il la ferait.

Puis elle plongea ses prunelles noisette dans celles du jeune homme et se montra directe.

— Et pour ne rien vous cacher, on a besoin de cet argent.

— Maître Jacques a eu des revers de fortune ?

— On peut dire cela… Nous avons été confrontés à un mauvais payeur, et les avocats coûtent cher. Il a accusé mon père d'avoir fourni un travail de piètre qualité. Je jure que les verres qu'il a montrés ne sont pas les nôtres. Un enfant de cinq ans verrait la différence. Nous avons donc porté plainte de notre côté. Mais le juge a statué en notre défaveur, et père a dû rembourser toutes ces commandes. Voilà pourquoi il n'a pu payer ses fournisseurs à temps et nous avons dû puiser dans ma dot. Ensuite, nous avons perdu de nombreuses commandes. Et nos dettes courent toujours.

Eudes ne put s'empêcher de la taquiner pour la faire sourire.

— Pour une femme qui refusait de me donner son

âge tout à l'heure, vous voici bien prolixe concernant votre vie privée, dit-il en riant amusé.

— Je ferais n'importe quoi pour mon père, messire, assura-t-elle avec ferveur. Vous en auriez sûrement fait de même pour le vôtre.

Eudes grimaça et prit les rênes de son cheval.

— Peut-être… Peut-être pas. Quoi qu'il en soit, je parlerai à Pierre, je vous le promets.

— Merci, messire, sourit Colombe avec l'espoir de voir son père accepter le chantier.

La demoiselle le regarda repartir avec son serviteur sur les routes, encore toute bouleversée par cette visite. C'était un cadeau du ciel, quelque chose d'inespéré. Il fallait qu'elle arrive à convaincre son père d'accepter la proposition et d'aller à Paris.

S'armant de courage, elle rentra chez elle et mit de l'eau à chauffer pour les cataplasmes de plantes qu'elle faisait chaque jour pour soigner les rhumatismes de son père. Assis dans son fauteuil, ce dernier semblait perdu dans ses pensées. Ses yeux ne montraient aucune expression.

Colombe s'accroupit près de lui avec un linge qu'elle trempa dans l'eau chaude et odorante de raifort et de souci. Elle l'appliqua ensuite en cataplasme autour des mains de son père et posa sa tête sur ses genoux.

— Je donnerais n'importe quoi pour réaliser ce projet, Colombe, ce serait l'apothéose de ma carrière.

— Je sais, père. On trouvera une solution.

— Mais comment ? Mes mains ne me servent plus à rien. Je n'arrive plus à dessiner. Je peux seulement découper les verres, et cela encore, au prix de gros efforts.

C'est toi qui fais tourner cet atelier depuis des mois. Dieu que j'ai honte de t'imposer cela.

Colombe sentit son cœur se gonfler de courage et se releva, dominant son père avec aplomb.

— Je pourrais le faire, je pourrais vous aider ! Qui le saurait ?

— Ici, peut-être, mais pas à Paris. Il y a trop de monde et trop de dangers. Tu es une femme, tu risquerais le pilori ou pire encore. Quelle folie !

— Je resterais enfermée à l'atelier et vous auriez les clés. Père, il faut tenter cela ! On peut y arriver !

— Non, je m'y refuse, je ne veux pas te mettre en danger.

— Père, nous avons besoin de cet argent. Et je… je n'ai plus de dot. Qu'adviendra-t-il de moi lorsque vous aurez quitté cette terre ? Que me restera-t-il si ce n'est mes yeux pour pleurer ? La verrerie pourrait être saisie à tout instant !

Le maître verrier baissa la tête honteusement et Colombe savait qu'elle avait marqué un point, le blessant malgré elle pour le faire réagir.

— Pourquoi te montres-tu si cruelle, ma Colombe ? Crois-tu que je ne me sente pas assez indigne comme cela d'avoir dû utiliser la maigre fortune de ta mère pour nous sortir de nos ennuis ? Il ne me reste qu'une seule chose à faire.

— Oui, accepter ce chantier. Nous sommes une bonne équipe, père ! J'ai du talent, vous le dites vous-même ! Même messire Eudes de Montreuil a remarqué la qualité de mon vitrail. J'ai tout appris de vous et travaillé tant de fois à vos côtés.

— Justement, c'était une erreur, une lamentable erreur. Je n'ai pas assuré mon rôle de père et je vais y remédier. J'irai au couvent finir mes jours et faire pénitence. C'est décidé, je vends la verrerie, la somme gagnée te servira de dot.

— De dot ? Mais, père, je ne vous ai jamais demandé de vendre la verrerie ! cria Colombe abasourdie par cette décision qu'elle jugeait complètement déraisonnable.

Maître Jacques, désenchanté, observa le visage de sa fille avec affection.

— Et je vais te trouver un mari également. Tu as vingt-deux ans et j'ai assez abusé de ton temps et de ta gentillesse.

— Mais je ne veux pas me marier, se défendit Colombe.

— Je dois penser à ton avenir, conclut le vieil homme en partant se reposer dans sa chambre.

Colombe regarda la porte se fermer devant elle et sentit de grosses larmes traîtresses couler sur ses joues. Quitter la verrerie ? Quitter son père ? Épouser le premier artisan venu ? Non, merci !

Son cœur était partagé entre la tristesse et la colère. Le sort avait été injuste envers eux. Elle passa une main rageuse sur ses joues humides et desservit les couverts pour laver la vaisselle. L'esprit en ébullition, elle alla puiser de l'eau et en remplit la marmite. Ensuite, assise dehors, elle frotta les écuelles et les couteaux avec la cendre de la cheminée, qu'elle jeta ensuite sur le tas de fumier. Elle rinça enfin les ustensiles dans l'eau de la marmite et les sécha avant de les ranger dans les coffres de la pièce commune.

Comment convaincre son père de se rendre à Paris ? Si

seulement elle était un garçon, la question ne se poserait même pas, pesta-t-elle en étendant les draps lavés plus tôt dans la journée. Si elle avait été un garçon, la vie de son père aurait été plus simple, pas de dot à constituer et quelqu'un à qui laisser sa verrerie. Quelqu'un qu'il aurait pu former, envoyer ailleurs en apprentissage, qui serait revenu prêt à reprendre le flambeau familial. Mais au lieu de cela, le destin avait voulu qu'elle soit une fille. Une fille qui n'aurait jamais d'autre rôle que celui de maîtresse de maison, femme d'artisan, mère de famille. Elle s'occuperait du ménage, de la cuisine, des enfants. Cet avenir était loin de la rebuter, mais ce n'était pas suffisant. Elle voulait être reconnue pour ses capacités, valorisée pour ses talents. Était-ce de l'orgueil ? Peut-être.

Étirant les draps sur la corde à linge, Colombe peinait un peu, étant donné sa taille.

— Je suis petite, je suis une fille, je ne sers à rien ! ragea-t-elle en donnant un coup de pied coléreux dans le panier en osier, qui roula plus loin.

— Eh bien, mademoiselle, en voilà des manières, s'exclama une voix féminine derrière elle.

Thérèse, la femme d'un serviteur de la maison, marchait vers elle en souriant.

— Je ne vous connaissais pas un caractère envolé, vous qui êtes si douce d'ordinaire.

— Je m'inquiète pour mon père, je dois aller à Orléans, mais je ne veux pas le laisser seul.

Elle détestait mentir, mais une ébauche de plan commençait à émerger en elle.

— Alors, tranquillisez-vous, je pourrai servir votre père tout en m'occupant de ma maison.

— Je serai soulagée de vous savoir avec lui, il n'est pas aussi alerte qu'autrefois.

— Allons, mademoiselle, ne vous tracassez pas, je veillerai sur lui, assura la bonne Thérèse en ramassant le panier et en le lui rendant.

— Oh ! Thérèse, mon cousin Colomban, qui est aussi apprenti de mon père, arrive demain.

— Bien, mademoiselle, je ferai de la soupe pour deux, alors. À quoi ressemble-t-il ?

— Mon frère jumeau si j'en avais un, sourit Colombe en rentrant à la maison.

Cette nuit-là, Colombe dormit mal, elle avait vu la triste mine de son père au dîner. Il n'avait presque pas touché à la soupe et au pain qu'elle lui avait servis. Il paraissait fatigué, mais pas seulement physiquement. Son âme d'artiste semblait le quitter. Au petit matin, elle entra dans la chambre de son père et l'espoir lui revint. Sur la table de travail se trouvait une esquisse : une rosace. Les formes géométriques s'épanouissaient autour d'un axe central. Certaines étaient mal proportionnées, par endroits c'était le coup de crayon qui n'était pas net, mais l'ensemble était impressionnant. Combien d'heures son père avait-il travaillé cette nuit pour réaliser ce premier jet ? Colombe évalua l'échelle du carton et ouvrit la bouche, éberluée. Ce serait le plus grand chef-d'œuvre jamais réalisé par son père.

— Laisse ça, ma fille, ce ne sont que les délires d'un vieux fou, dit la voix de maître Jacques au fond de son lit.

— Non, ce sera magnifique. Les proportions sont énormes, est-ce vraiment l'échelle voulue ?

— Oui, la cathédrale est spectaculaire.

— J'aimerais aller la voir, elle a dû beaucoup changer depuis notre dernier passage.

— Je serais incapable d'abattre tout ce travail, il faut être raisonnable.

Colombe fit une moue déterminée et regarda son père droit dans les yeux.

— Je peux le faire.

— Je sais que tu en serais capable, dit son père en lui caressant la joue.

Colombe repoussa la main paternelle et se redressa sur ses pieds.

— Non, écoutez-moi, père, je peux le faire !

— Tu te rendrais à Paris et frapperais à la porte de Pierre de Montreuil avec un joli sourire en lui disant que tu prends le chantier ?

— Non, votre apprenti ira à Paris frapper à la porte de Pierre de Montreuil pour lui dire que vous prenez le chantier et qu'il travaillera pour vous. J'ai dit à messire Eudes que son frère pouvait encore retenter sa chance.

Maître Jacques se redressa sur sa couche et regarda sa fille en soupirant.

— Pourquoi avoir fait ça ?

— Parce que vous êtes le meilleur et parce que nous avons besoin de cet argent.

— Et qui est-il cet apprenti venu du ciel ?

La jeune fille croisa les bras sur sa poitrine et sourit d'un air de défi.

Voyant la lueur dans les yeux de Colombe, le verrier comprit ce qu'elle tramait.

— Ah non, Colombe, non !

Chapitre 2

Dans sa chambre, éclairée par quelques bougies de suif, Colombe, la main tremblante, tenait une paire de forces. Le tissu épais de sa chemise dissimulait son corps mince, aux courbes délicates, et elle en ouvrit le col pour avoir plus d'aisance dans ses gestes.

Assise sur un tabouret de bois, face à un miroir qui lui venait de sa mère, elle contemplait en silence sa chevelure blond doré qui, bientôt, ne serait plus qu'un souvenir. Malgré ses craintes et la tristesse qui lui tenaillaient le ventre, elle était sûre d'avoir pris la bonne décision.

Elle prit une profonde inspiration avant de commencer à couper ses cheveux au-dessus des épaules, regardant choquée et émerveillée à la fois le début de la transformation. La seconde natte ne fut pas longue à rejoindre la première sur la table. Soudain, quelqu'un entra dans sa chambre sans frapper. Son père appuyé sur sa canne l'observait avec désolation.

— Seigneur Dieu, dit le verrier en prenant une natte dans ses mains. Tout cela est ma faute, ajouta-t-il navré de voir sa fille renoncer à sa féminité pour tenter de les sauver de la pauvreté.

Colombe regardait tristement son père impuissant. Elle aurait tout donné pour le voir sourire comme autrefois.

— Vous avez investi tout votre argent dans ce malheureux chantier. Cet homme était un voleur, et nous n'avons pas pu prouver qu'il vous avait trompé.

La jeune fille se leva et se blottit dans les bras paternels.

— J'aimais tes cheveux, ils étaient aussi beaux que ceux de ta mère, dit-il nostalgique avec une voix brisée.

— Aidez-moi, je n'y arriverai pas toute seule.

Colombe reprit place sur le petit tabouret, et son père divisa ses cheveux en sections, derrière, devant et sur les côtés. Puis il coupa, mèche par mèche. Bientôt elle se trouva un air de garçon au visage fin, coiffé d'une coupe au bol, la frange retombant sur son front, juste au-dessus de ses sourcils. Ses cheveux courts, libérés du poids des tresses, ondulaient naturellement.

— On dira de toi que tu es un beau garçon, comme les pages au château, sourit tristement le maître verrier.

— J'ai trouvé des vêtements aussi, dit-elle en montrant une tunique courte, un capuchon, des chausses et des bottines de cuir. Une chemise simple raccourcie fera l'affaire pour les dessous et j'ai aussi des bandages pour… ma poitrine. Ne dites rien à Thérèse et Thomas, j'ai pris tout cela dans les coffres de leurs garçons. C'est un emprunt.

Dans leur malheur, ce couple de fidèles serviteurs était resté près d'eux, connaissant la valeur de maître Jacques et sa bonté. Leurs fils étaient désormais partis en apprentissage à Orléans et Thérèse avait rangé leurs vêtements devenus trop petits.

— Un emprunt ? sourcilla le verrier en pensant que

sa fille se montrait bien légère avec les affaires d'autrui. Nous avons de la chance de les avoir à notre service par ces temps difficiles, j'espère qu'ils ne remarqueront rien.

— Heureusement, ma voix n'est pas aiguë, cela simplifiera les choses.

— Si tu le dis.

Colombe essaya la tenue qu'elle comptait porter, puis se tourna vers son père pour avoir son avis.

— Et si tu étais démasquée ? Je n'ose imaginer…

Colombe secoua la tête et prit la main de son père.

— Ne vous faites aucun souci, père, tout ira bien. Messire Pierre de Montreuil ne me connaît pas, comment pourrait-il me confondre ?

— Et ton identité ? Comment te nommeras-tu ?

— Colomban Deverre, je dirai que je suis le fils de votre défunt frère et que vous m'avez pris en apprentissage. Et que j'ai dix-huit ans.

— À ta frimousse sans barbe, quatorze me paraissent plus réalistes, fit le verrier en haussant un sourcil dubitatif.

— Quatorze ? dit-elle dépitée de manquer de crédibilité.

Elle se tourna vers son miroir un bref instant.

— Va pour quinze, sourit Colombe après avoir réévalué sa dégaine.

— Tu peux peut-être faire illusion, commenta le vieil homme au bout d'un instant. Il faudrait s'en assurer, avant que tu prennes la route pour Paris.

— Emmenez-moi en ville demain, nous verrons la réaction des gens. Nous irons en charrette pour que vous ne vous fatiguiez pas trop.

Ce soir-là, Colombe se coucha en priant pour que le lendemain tout se passe bien. Une fois cette épreuve passée, elle pourrait se rendre à Paris à cheval. Là-bas, elle servirait de lien entre l'architecte et la verrerie. Son père se chargerait de la fabrication du verre et elle de la découpe, de la peinture, et de l'assemblage. Elle disposerait sûrement d'un atelier dans la cathédrale, comme lorsque son père avait installé le sien dans la Sainte-Chapelle. Tout semblait se présenter sous les meilleurs auspices. Un sourire aventurier se dessina sur les lèvres roses de la jeune fille et elle s'endormit la tête pleine de rêves.

Le lendemain, elle se leva aux aurores et, après une toilette à l'eau froide, se prépara. Elle se banda la poitrine, enfila une chemise courte, une tunique grise et des chausses de la même teinte. Puis boucla un ceinturon de cuir pour tenir le tout. Elle chaussa ses bottines dont les liens lui enserraient les mollets. Elle était d'ossature fine et ne faisait pas plus de quinze ans. Voilà un garçon de constitution délicate. *Un gringalet*, pensa-t-elle en faisait la moue.

Lorsqu'elle arriva dans la cuisine, son père l'attendait déjà et la regarda avec appréhension.

— Mange, j'ai préparé du pain et du fromage. La soupe est en train de chauffer, j'ai remis du bois.

Colombe regarda l'âtre où des bûches se consumaient.

— Avez-vous seulement dormi ? demanda-t-elle en connaissant déjà la réponse.

— Non, j'ai poursuivi l'esquisse du vitrail.

— Puis-je voir ? poursuivit-elle en sachant que son père n'aimait pas montrer ses cartons non achevés.

— Si tu veux, concéda-t-il de mauvaise grâce.

Colombe alla dans la chambre de son père et regarda

émerveillée le brouillon du vitrail. Les formes vues la veille se précisaient : scènes bibliques, saints, anges. Le Christ était au centre.

— Quarante-trois pieds de diamètre. Je ferai de mon mieux pour respecter tes dessins.

— Tu les amélioreras sûrement, j'ai confiance en ton travail. Allons, viens manger, il faut que tu aies le ventre plein pour l'épreuve qui t'attend. Tu as peur ?

— Oui, dit honnêtement la jeune fille en prenant place sur un banc.

— Comment te sens-tu ?

— Enserrée et légère à la fois. Porter des chausses est… différent, mais ne plus avoir le poids des jupes est libérateur.

Le maître verrier se mit à rire et s'assit à côté de Colombe avec deux écuelles de soupe. Il bénit le repas et ils se signèrent. Colombe rougit un instant du mensonge qu'ils concoctaient ensemble. Elle se jura d'aller se confesser dès la mission terminée.

Colombe, déguisée en Colomban, et son père partirent pour la place du marché à Orléans. Ils allèrent chez le tisserand acheter de quoi constituer un trousseau rapide : une laine épaisse pour faire une cape et quelques toiles pour une autre tenue complète. Le marchand les confia à une de ses couturières pour les mesures.

— Dans trois jours ce sera prêt, assura la couturière, la coupe est simple, ça ne posera pas de souci. Faut-il des galons ?

— Non, c'est un apprenti, pas un jouvenceau de la cour du roi, sourit le maître verrier.

— Nous te ferons quelque chose de solide, ne t'en fais pas, reprit la couturière en donnant une tape sur la tête de Colombe. Allons, petit, à bientôt.

— Merci, répondit Colombe en suivant son père qui sortait déjà.

Elle accéléra le pas pour le rattraper, mais il fut alpagué par un bourgeois de la ville.

— Maître Jacques, par Dieu, quelle chance de vous voir ! Je disais justement à mon épouse que des vitres de verre seraient du meilleur effet à l'étage. Pouvons-nous passer commande ?

— Je suis navré, messire, mais je ne vais pas être disponible avant longtemps.

— Triste nouvelle, dit l'homme en secouant la tête. Vous quittez la région ? Après votre procès perdu, je pourrais comprendre…

— Nenni, messire, le coupa le verrier, je vais sur un chantier à Paris.

— Et qui vous demande ?

— Le roi. Pour la cathédrale Notre-Dame. Jehan de Chelles est décédé et c'est Pierre de Montreuil qui reprend le projet de cet édifice.

— Eh bien, l'ami, en voilà un chantier. Et qui est ce petit ? demanda le notable en regardant Colombe qui tâchait de faire bonne figure.

— Mon apprenti. Colomban. Un de mes neveux.

— D'où viens-tu, gamin ?

Colombe regarda son père. L'histoire de Colomban avait quelques lacunes auxquelles il faudrait remédier.

— De Bourgogne, messire, mon père est décédé et mon oncle m'a pris sous son aile, improvisa-t-elle.

— Serait-il capable de nous faire nos vitres ? questionna l'homme avec espoir.

— Sûrement, messire, mais hélas pour vous, j'en ai besoin à Paris. Le roi a commandé une rosace de quarante-trois pieds de diamètre.

— Seigneur ! Je serais curieux de voir cela !

Le père et la fille firent quelques emplettes, puis reprirent la charrette et le cheval laissés à l'extérieur de la place du marché, et rentrèrent chez eux. Maître Jacques expliqua que sa fille était partie chez des amis à Orléans en vue d'un mariage et que Colomban venait d'arriver de Bourgogne. Les serviteurs ne posèrent pas de questions et firent bon accueil au garçon. Thérèse releva la remarque que lui avait faite Colombe.

— Notre demoiselle avait raison, des jumeaux, c'est incroyable ! Bienvenue à la verrerie, Colomban.

Ils passèrent les jours suivants à travailler sur les dessins des cartons, Colombe assistant son père des heures durant. Ils devaient avancer assez vite pour que la jeune fille puisse monter à Paris et présenter les esquisses à Pierre de Montreuil en espérant que celui-ci accepte de travailler avec eux malgré le refus initial de maître Jacques.

Dans la chambre du verrier, les formes et les plans se succédaient à un rythme vertigineux. Colombe dessinait à la plume les personnages bibliques souhaités par son père, tâchant de retranscrire les idées qu'il avait dans la tête le plus fidèlement possible. Les couleurs seraient variées et nécessiteraient un grand travail aux fours pour obtenir des verres suffisamment imprégnés de pigments pour tenir dans le temps.

— Tu partiras avec les cartons, mais également avec des échantillons de verre. J'ai des bleus et des rouges que je souhaite soumettre à Pierre de Montreuil.

— Bien sûr, père, répondit Colombe en cachant un bâillement.

— C'est un remarquable architecte, mais c'est un homme dur. Il attendra de toi obéissance et respect. Il est plutôt taiseux et apprécie le silence. Pour lui tu ne seras qu'un apprenti, il se peut même qu'il te rabroue ou lève la main sur toi, expliqua son père qui savait que de nombreux maîtres étaient durs avec leurs élèves.

— Cependant je suis votre apprenti, pas le sien.

Elle ne voyait pas d'un bon œil l'autoritarisme potentiel de l'architecte.

— Mais c'est toi qui vas monter l'œuvre sur les murs de Notre-Dame, avec lui. Vous allez donc passer du temps ensemble, beaucoup de temps ensemble. Sois prudente, je t'en prie.

— Je ferai en sorte de ne pas trop me faire remarquer, sourit la jeune fille avant d'embrasser son père.

— Tout cela n'est que folie…, dit le maître verrier pour la centième fois au moins.

Colombe sourit doucement et prit son père dans ses bras. Il l'enserra et ils restèrent ainsi, se consolant l'un l'autre une longue minute.

— Nous n'avons pas le choix, père, cette commande pour Notre-Dame de Paris est un cadeau du ciel et c'est inespéré après nos déconvenues.

Ils se séparèrent et le verrier regarda sa fille avec amour.

— Je pourrai te reconstituer une dot et te permettre de t'établir. Allons dormir, ma Colombe. Il est déjà tard.

Sur ces mots, il souffla la bougie de suif qui éclairait la table de travail où s'étalaient les cartons.

— Je lui ai écrit une lettre pour l'informer que tu montais à Paris le rencontrer et lui proposer notre projet. J'espère que tu n'as pas fait tout cela pour rien.

— Vous êtes le meilleur, père. Vous êtes le seul à connaître ces secrets de fabrication, vos couleurs sont merveilleuses. Quant à moi, je suivrai vos cartons, je découperai et je peindrai, vous m'avez appris comment assembler et souder les plombs avec finesse. Je ne vous décevrai pas, promit-elle le regard plein de fougue.

Colombe aida son père à se coucher et lui appliqua ses cataplasmes de plantes pour apaiser les douleurs qui revenaient. Puis elle quitta les lieux prête à affronter la route pour Paris le lendemain.

Dans la pénombre de sa chambre, Colombe tâchait de se faire un portait de Pierre de Montreuil. Dans ses souvenirs, il avait une large stature. Ses traits étaient sévères. *Austères, même*, se laissa-t-elle penser. Il ne paraissait pas noceur ni porté sur les excès, ce qui lui convenait très bien. Elle devait être efficace, travailler avec ardeur et rentrer le plus vite possible chez son père. Là, elle pourrait faire disparaître Colomban, faire renaître Colombe et reprendre sa vie en main.

Île de la Cité, maison des Montreuil

Marthe regardait les deux frères qui discutaient autour d'une table.

— Je n'aime pas son style, trop grossier ! dit Pierre

en écoutant son frère proposer un verrier qui venait de finir une chapelle dans un couvent.

— Il est moins bon que maître Jacques, je te l'accorde, mais de toute façon tu n'as pas le choix.

— C'est une commande royale, je ne peux me contenter du médiocre !

L'architecte faisait les cent pas.

— Sa fille a dit que tu saurais le convaincre.

— Je n'ai pas le temps d'aller là-bas. Voilà pourquoi je t'y avais envoyé.

— Il a parlé de son apprenti. J'ai pu voir son travail, remarquable, vraiment, on voit qu'il possède à merveille les techniques de son maître.

— Et maître Jacques ne pouvait pas m'envoyer son apprenti ? grogna Pierre furieux de ne pouvoir obtenir le meilleur verrier de France. Ce gamin m'aurait été utile, s'il est aussi bon que tu le dis.

— Je ne l'ai pas personnellement rencontré, mais son travail est excellent, attesta de nouveau Eudes en prenant le pichet de cidre des mains de Marthe.

La servante haussa un sourcil puis se tourna vers une desserte où elle avait posé du pain frais tout juste sorti du four, une motte de beurre et une assiette de fromages variés.

— Tu lis dans mes pensées, ma Marthe.

— Heureusement que non, messire Eudes.

Le jeune homme adressa une œillade provocatrice à Marthe qui rougit comme une pivoine sous sa coiffe d'où s'échappaient des boucles gris argent.

— Messire Eudes…

— Oui, Marthe, dit le cadet en la regardant d'un air innocent.

— Je plains la pauvre femme qui aura le malheur de vous épouser, vous allez la rendre folle.

— Mais j'y compte bien, Marthe, rit ouvertement Eudes. Mais à tout seigneur tout honneur, tâchons d'abord de trouver une femme à Pierre.

— Une femme respectable et tout à fait convenable, je n'en doute pas, rétorqua Marthe sûre que son maître ferait un choix judicieux.

— Ennuyeuse, rabat-joie, prude et bigote… Je vois le tableau d'ici, lança Eudes avec une grimace de dégoût. Ne fronce pas les sourcils, mon frère, je l'accueillerai comme ma sœur, je ne chercherai jamais à l'embrasser, ajouta Eudes goguenard.

— Tu n'es jamais sérieux.

— Si, pour ce qui est important.

— Le mariage, c'est important.

— J'espère qu'elle saura te faire sourire et même rire. Si tu m'en trouves une comme cela, je l'accepterai de bon cœur, même laide à faire peur. À la joie de vivre et à la santé de ma future belle-sœur, où qu'elle puisse se trouver sur la terre, s'exclama-t-il en levant son verre.

Marthe les laissa à leur conversation et descendit aux cuisines pour dessaler de la viande. Alors qu'elle remplissait la cuve d'eau, on vint frapper le heurtoir de la porte d'entrée. Essuyant ses mains sur son tablier, elle ouvrit la porte et récupéra une lettre qu'un courrier était venu porter.

Un cachet de cire la fermait. Sans plus attendre, elle

remonta à l'étage. Après avoir frappé à la porte de la pièce commune, elle entra.

— Messire Pierre, voici un courrier pour vous, dit-elle en tendant la lettre.

— Merci, Marthe.

— Faut-il que je hèle un courrier pour une réponse ?

— Attends, dit l'architecte en ouvrant la lettre.

Pierre lut le contenu et un sourire satisfait se dessina sur ses lèvres.

— Maître Jacques nous envoie son prodige, je vais lui répondre de ce pas.

Eudes attrapa le courrier et lut à son tour, puis regarda son frère rédiger quelques mots. Soudain, Pierre s'arrêta en fronçant les sourcils.

— Un problème ?

— Non. Je préfère avoir ce gamin sous les yeux. Il logera ici et je le ferai travailler dans l'atelier de la cour.

— Tu veux y construire des fours ? En plein Paris ? Tu es fou ? La milice va te mettre à l'amende !

— Mais non, descends de tes grands chevaux. L'apprenti n'est en charge que du découpage du verre et du montage du vitrail. J'aurais tout de même préféré maître Jacques en personne, maugréa l'architecte tatillon.

— Donne quand même une chance à son apprenti.

— Colomban, lut messire Pierre en se saisissant du courrier à nouveau. Marthe, prépare-lui une chambre, s'il te plaît.

Il donna sa missive à la bonne après l'avoir scellée du sceau des Montreuil.

— Demande à un des hommes de la porter, tu es déjà assez occupée depuis que nous avons Eudes à la maison.

Le cadet éclata de rire, loin de se vexer des piques de son frère.

— Ce pauvre bougre va devoir se contenter d'une vie bien monacale à tes côtés.

— Il est là pour travailler, pas pour s'amuser !

— L'un n'empêche pas l'autre, regarde-moi, dit Eudes en levant les bras au ciel pour se donner en spectacle.

— Justement, je te regarde. Tu es doué, très doué même, mais tu prends tout avec tant de légèreté que les gens ne te feront pas spontanément confiance.

— Je suis doué, certes, et j'aime mon travail. Mes clients ont tous été satisfaits. Si les ecclésiastiques rigoristes se plaignent de ce que je fais de ma vie privée, ce n'est pas mon problème.

— Ça pourrait le devenir, Eudes. L'Église est notre plus gros client, ne l'oublie pas !

— Eh bien, justement, je commence à m'en lasser. J'aimerais travailler sur des projets urbains différents.

— As-tu des nouvelles du roi ?

— Non, pas encore, il m'a seulement dit qu'il attendait une délégation de croisés dans les trois mois à venir. Et qu'il me parlerait de son projet en temps voulu. De toute façon, j'ai accepté une chapelle chez des bonnes sœurs.

— Tu repars donc ?

— Oui, cher frère. Mais compte sur moi pour revenir à l'improviste comme à l'accoutumée. Qui peut se passer longtemps de la cuisine de Marthe ?

— Dis plutôt que tu es curieux de voir le vitrail.

— Le vitrail, la cuisine de Marthe… et ta cave, sourit insolemment Eudes. À propos, quand arrive notre apprenti ?

— Dans les prochains jours, si j'en crois maître Jacques. Je vais commencer par faire préparer l'atelier, il va lui falloir une table de travail assez conséquente. Des casiers pour les verres. Les plombs ont déjà été commandés. Un petit foyer fera l'affaire pour les soudures. Je ne sais pas s'il vient avec du matériel ou pas… Dans le doute, je vais passer commande, conclut Pierre satisfait de voir les choses prendre forme.

— Et tes carrières ? questionna le cadet curieux de savoir si les arrivages de pierres seraient respectés pour le chantier.

Pierre lissa sa barbe d'une main large et sourit satisfait des négociations qu'il avait menées à terme la veille.

— J'ai fait en sorte que seuls les compagnons puissent valider l'extraction et les commandes que je passerai. Je suis donc tranquille.

— Bien joué.

— Quand pars-tu ?

— Pressé de me voir déguerpir ?

Pierre inclina la tête, sérieux, lassé des pitreries perpétuelles de son jeune frère.

— Une fois que j'aurai rencontré ce Colomban, pas avant, je suis trop curieux de le voir à l'ouvrage. J'ai fait la connaissance de la fille de notre verrier, une certaine Colombe, apparemment maître Jacques aurait eu des revers de fortune. La petite y a laissé sa dot.

— J'ai entendu parler de cela, certains ont même essayé de me dissuader de travailler de nouveau avec lui. Mais je n'en crois pas un traître mot. C'est un artisan honnête.

— Tiens-le à l'œil tout de même, il n'y a pas de fumée sans feu, dit Eudes en haussant un sourcil suspicieux.

— Je n'ai aucun doute sur maître Jacques, ce ne sera pas le premier homme intègre à avoir fait confiance à la mauvaise personne. Je ferai en sorte que son salaire lui soit versé en temps et en heure.

— Il n'aura aucuns frais d'avance puisque nous fournissons même les pigments pour ses verres. Et ce Colomban, tu vas l'héberger gratuitement ?

— Oui, ne t'en déplaise. Un apprenti ne coûtera pas une fortune, il n'aura que le gîte et le couvert. L'avantage est que je pourrai surveiller l'avancée de la rosace, ce sera le chef-d'œuvre du côté sud. Le roi est impatient.

— Toi qui aimes tant ta tranquillité et ta solitude, te voilà affublé d'un apprenti, rit Eudes amusé de voir son aîné se transformer en hôte. Et s'il parle sans cesse ou qu'il a de mauvaises manières ?

— Cela ne me changera pas beaucoup de toi…

— Merci, répondit Eudes vexé en fronçant les sourcils. Sérieusement, qui te dit que tu t'entendras bien avec lui ?

Rien, en effet. Colomban est là pour travailler, pas pour jacasser, je mettrai les choses au clair à son arrivée. Un point c'est tout.

— J'ai hâte de voir ça, sourit Eudes en picorant les biscuits que Marthe avait laissés à son intention dans une assiette posée sur la table.

Porte Saint-Jacques, Paris, deux jours plus tard

Colombe remit son capuchon sur sa tête, le vent soulevait les cheveux qui lui couvraient le front. Vêtue comme un garçon, elle chevauchait un hongre à crue et la route l'avait fatiguée. Ses nerfs tendus et son dos la faisaient souffrir. Enfin arrivée à destination, elle essayait d'imaginer sa venue à Paris chez les Montreuil. Elle savait que son père avait annoncé sa venue, mais comment l'architecte du roi allait-il la recevoir ? Était-il déjà au travail avec un autre ? Tout était possible.

— Hé garçon, tu avances ? On n'a pas toute la journée, nous ! fit la voix d'un homme derrière elle.

Elle se retourna et vit des colporteurs qui attendaient de passer la porte et de payer la taxe pour entrer et faire du commerce en ville.

— Veuillez m'excuser, dit Colombe en prenant sa bourse et en payant son dû au soldat qui tenait la porte.

Talonnant son cheval, elle avança dans la ville. Paris ne lui était pas inconnu, mais d'ordinaire elle y suivait son père. Cette fois-ci elle était seule. Seule pour affronter le monde et les gens. Seule pour convaincre Pierre de Montreuil qu'elle était un apprenti capable de réaliser cette rosace spectaculaire. Colombe sentit son estomac se serrer d'angoisse.

— Tu peux le faire, se répétait-elle tout en dirigeant son cheval.

— Hé, mon tout beau, on est venu s'encanailler à Paris ? fit une femme vêtue de couleur vive.

Colombe regarda la prostituée dont le corsage dévoilait beaucoup.

— Allons, ne sois pas timide, ce serait la première fois ?

Mal à l'aise, Colombe accéléra et laissa la femme et ses comparses rire d'elle sans en prendre ombrage. Au fond, ces femmes lui faisaient pitié, et elle était heureuse d'avoir un père qui veillait sur elle. Elle emprunta la grand-rue puis traversa la Seine sur le petit pont. Prenant à l'est, elle se dirigea sur l'île de la Cité en direction de la cathédrale. Arrivée sur la place, elle ne put s'empêcher d'avancer encore pour mieux observer ces deux tours imposantes qui en formaient l'entrée.

Des tailleurs de pierre sculptaient le dessus de la porte. Elle les regarda travailler, admirant les saints qui sortaient de ces blocs de pierre sous les coups répétés des ciseaux et des burins. L'entreprise était osée et formait un portail de plusieurs rangées au-dessus des portes.

— Tu cherches quelque chose, gamin ? intervint un des ouvriers.

Un homme assez jeune mais costaud comme une muraille l'avait interpellé. Souriant, il semblait prêt à se rendre utile. Près de lui, un autre homme très maigre aux cheveux gris la regardait d'un air bienveillant.

— Je cherche Pierre de Montreuil. Est-il sur le chantier ?

— Non, pas cet après-midi, il est chez lui pour travailler sur les plans du côté sud. Qu'est-ce que tu lui veux ?

— Je suis l'apprenti de maître Jacques le verrier, je dois me rendre chez les Montreuil.

— Tu n'es pas loin, prends la rue sur ta gauche, puis la première à droite et tu verras la maison, elle est rouge avec des fenêtres en verre. Un pontelet réunit deux bâtisses. L'entrée donne sur une cour, tu ne peux pas la manquer, c'est la plus belle de la rue.

— Merci beaucoup, sourit Colombe gentiment.

Puis, se souvenant qu'aux yeux du monde elle était désormais un garçon, elle leva la main et salua les ouvriers d'un air plus grave.

— Hé, fais attention à ta bourse ! lui cria l'ouvrier alors que deux maraudeurs s'approchaient d'elle.

Le cheval, sentant la nervosité de sa cavalière, rua et la projeta à terre. Aussitôt, les deux ouvriers accoururent pour la relever et rattraper son cheval. Ses poursuivants, quant à eux, avaient rapidement quitté les lieux. Colombe épousseta sa tenue couverte de poussière.

— Eh bien, gamin, tu ne vas pas faire long feu à Paris, dit l'ouvrier robuste avec qui elle avait parlé. Robin, tailleur de pierre. Et toi, comment t'appelles-tu ?

— Colomban.

Robin lui serra la main.

— Bienvenue sur le chantier, Colomban. À l'intérieur tu seras en sécurité, il n'y a pas de visiteurs tant que nous travaillons. Notre architecte est très scrupuleux, il a fait refaire tous les échafaudages et a donné des règles strictes de sécurité. Si tu ne les respectes pas, tu quittes le chantier.

— Ce n'est pas un drôle, cet homme, ajouta le second tailleur de pierre. Je suis André.

— Enchantée, dit Colombe en acceptant la deuxième poignée de main.

Les deux ouvriers semblaient sympathiques et Colombe leur posa quelques questions sur la cathédrale.

— Vas-y rentre, tu peux aller jeter un coup d'œil.

— Notre architecte sera-t-il d'accord ?

— Tu fais partie de l'équipe d'ouvriers, non ?

— Oui… Enfin, si Pierre de Montreuil valide les cartons de maître Jacques. J'espère pouvoir participer à cet ouvrage, c'est vraiment spectaculaire.

Elle admira la façade de nouveau.

— Ça donne presque le vertige, la vue de là-haut doit être superbe, ajouta-t-elle.

— Tu peux le dire, on domine le monde.

— On se sent plus près des anges et de Dieu, confirma André. Mais attention, tout n'est pas sécurisé. Pierre de Montreuil va sûrement s'en occuper, il tient à ce que les travaux ne soient pas entachés par des accidents. On ne peut qu'approuver, il y a déjà eu des morts du temps de Jehan de Chelles.

— Allez, viens, je vais te montrer, dit Robin.

Colombe attacha son cheval à l'anneau d'un bloc de pierre et suivit l'ouvrier. Elle pénétra à l'intérieur de l'édifice. Chacun de ses pas résonnait dans cette bâtisse immense. Elle se sentait minuscule.

Levant la tête, elle observait tous les détails : la nef, l'autel de pierre, les bougies qui éclairaient partiellement l'ambiance, les planches de bois et les rivets posés çà et là qui serviraient bientôt à compléter la toiture. Malgré les travaux en cours, il régnait ici une atmosphère particulière qui invitait au silence et à la contemplation.

Avançant encore et écoutant les bavardages de Robin d'une oreille distraite, son regard fut capté par la rosace de la façade nord. La lumière du jour frappait chaque morceau de couleur, la dentelle de pierre formait un tout parfait et harmonieux. Elle avait devant elle la jumelle de la rose sur laquelle elle travaillerait bientôt.

Elle fut presque autant saisie de joie que de panique. Il leur faudrait de nombreux mois pour achever ce chantier. Son père avait conçu les cartons selon son inspiration, mais elle voulait que les deux rosaces s'harmonisent au maximum. Elle observa attentivement les dessins sur les verres, les visages des personnages, le tracé des pétales, les entrelacs et la teinte précise de la peinture, et inscrivit tous ces détails dans sa mémoire. Tournant la tête, elle regarda la façade sud en pleine construction.

— Lorsque les deux rosaces se feront face, ce sera magnifique, chuchota-t-elle pour elle-même.

— En espérant que mon verrier ne me fasse pas faux bond, dit une voix grave derrière eux.

Colombe se retourna comme piquée à vif et regarda l'homme qui sortait de l'ombre.

Pierre de Montreuil s'avançait vers elle en la détaillant d'un air critique, voire agacé. Il était vêtu d'une tunique de cuir et d'une chemise brune dont les manches étaient larges et resserrées par des bracelets de cuir aux poignets. Ses chausses rouges et ses souliers bruns lui donnaient une allure plus ouvrière que noble. Seuls la cape de laine rouge bordée de fourrure et le collier d'or qu'il portait sur la poitrine attestaient de son rang. Ses yeux la fascinèrent tout d'abord : noirs, profonds comme des lacs, ou comme la nuit. Il émanait de cet homme beaucoup de force et de virilité, et Colombe s'en émut. Sa bouche semblait sévère, mais elle ne put s'empêcher de poser le regard sur ses lèvres, puis détourna rapidement les yeux. Il semblait lire dans ses pensées, avait-il déjà compris qu'elle était une usurpatrice ? Elle rougit violemment, se sentant malhonnête de mentir à tous, priant le ciel que son déguisement ne soit pas démasqué. Le regard de l'architecte la scrutait et finit par plonger dans le sien. Le cœur de Colombe manqua un battement. Cet homme austère et à l'allure rigide l'inquiétait au plus haut point. Elle déglutit péniblement en le voyant s'approcher davantage encore et la dominer de sa taille. Il croisa ses bras sur son torse et la toisa ouvertement.

— Bonjour, maître, dit Robin respectueusement. Colomban est l'apprenti que maître Jacques le verrier vous envoie pour vous présenter ses cartons. Bon, je me remets à la tâche.

— En effet, Robin, je ne te paye pas pour servir de guide à ce moineau décharné…

Moineau décharné ? Colombe cacha son indignation et se contenta de rester droite et digne.

— Quel âge as-tu ? Treize ans ?

— Quinze, messire.

Un sourcil se souleva, apparemment peu convaincu.

— Tu sembles chétif.

— Je suis compétent.

— Nous verrons cela, dit l'architecte dubitatif. Suis-moi.

Il fit demi-tour.

Colombe se dirigea vers la sortie et la lumière du jour lui parut presque aveuglante. De nouveau, elle subit le regard critique de son potentiel employeur. Soudain il s'approcha d'elle et lui saisit le poignet. Il regarda sa main fine et petite. Sous l'emprise de son interlocuteur, Colombe se sentait vulnérable, elle n'avait pas prévu d'être troublée à ce point. Tout son plan audacieux lui paraissait à présent très dangereux. Il était étrange d'être touchée ainsi, était-ce normal que sa peau se couvre de frissons ? Sentant toujours la pression de la main de Pierre de Montreuil sur son poignet, elle inspira pour reprendre courage et garder une attitude conforme à celle d'un apprenti.

— Tes mains sont petites.

Colombe rougit sous la critique.

— Mais capables, messire, il faut de la délicatesse pour travailler le verre.

L'architecte ignora sa réponse, la lâcha enfin et monta sur son cheval.

— Alors, tu es prêt ?

— J'arrive, messire.

Elle courut jusqu'à son cheval qu'elle détacha.

Robin vint l'aider à se hisser dessus, ce qui fit sourire André qui observait la scène avec intérêt.

— Courage, gamin, montre-lui que tu peux y arriver, souffla Robin en frappant la croupe de l'animal.

— J'y compte bien, sourit Colombe.

— Allez, j'ai assez perdu de temps, suis-moi, dit messire Pierre d'une voix sèche.

Colombe talonna doucement le hongre qu'elle montait et suivit l'architecte dans le dédale des rues de la capitale.

Ce matin-là, Pierre de Montreuil avait décidé de venir inspecter les barrières de sécurité et les échafaudages qu'il avait commencé à installer pour garantir la sécurité de ses ouvriers. En arrivant sur le parvis, il avait vu André qui travaillait seul au portail d'entrée. Celui-ci l'avait salué et l'avait informé de la présence du garçon.

Ce freluquet était donc passé à la cathédrale avant de venir lui présenter ses devoirs. À première vue les manières du jeune apprenti laissaient à désirer, mais lorsqu'il l'avait aperçu, il avait révisé son jugement. Le garçon semblait plutôt poli. Timide, intelligent. Pourtant, son regard franc le déstabilisait. Ses yeux peut-être, ou son allure délicate… Il y avait quelque chose chez ce gamin qui le mettait mal à l'aise, sans qu'il sache pourquoi. Ne voulant pas juger l'apprenti sur une première impression, Pierre de Montreuil préféra l'évaluer sur son travail, et comptait bien tester son savoir et ses aptitudes. Maître Jacques avait toujours été personnellement présent sur les chantiers, pourquoi en était-il absent cette fois-ci ? Attendait-il le début des travaux de verrerie pour faire son apparition ou comptait-il laisser ce petit moineau squelettique monter la rosace seul ?

Chapitre 3

Colombe avançait derrière Pierre de Montreuil. Sa stature imposante la rendait nerveuse. Mais il y avait autre chose.

Il semblait très autoritaire. Implacable. Elle ne put s'empêcher de le comparer aux hommes avec lesquels elle vivait. Les ouvriers de son père avaient-ils eu des gestes intimes avec elle ? Certes non, aucun ne se serait permis de lui prendre le poignet comme Pierre de Montreuil venait de le faire. À sa décharge, ce dernier la croyait un garçon. Elle avait déjà eu des prétendants mais aucun n'avait provoqué chez elle cette sensation étrange qui lui parcourait le corps. Devenait-elle différente car vêtue en homme ? Cette idée lui parut ridicule.

Que connaissait-elle des hommes ? Elle n'aurait jamais la chance de faire un mariage d'amour, ni de choisir l'homme à qui elle donnerait son corps et son cœur. L'image de Pierre de Montreuil s'imposa soudain à son esprit et tout son être s'immobilisa, au point que son cheval fit un écart. Partager le lit d'un homme comme lui… Colombe battit des cils en essayant de chasser de sa tête des visions qu'elle jugeait lascives. Seule à présent sous la dextre de l'architecte, elle devait rester prudente et ne pas se laisser aller à ce genre de rêveries insensées réservées aux riches bourgeoises ou aux dames des donjons du pays.

Soudain le cavalier se retourna et lui jeta un regard. Elle ne sut comment l'interpréter. Pierre de Montreuil ne semblait pas facile à cerner.

Les mois à venir lui parurent soudain plus sombres. Être sous la tutelle d'un tel homme n'allait pas s'avérer facile. La tradition voulait que les maîtres soient sévères et très exigeants avec leurs apprentis.

Puis, haussant les épaules, elle essaya de voir les choses plus positivement. Elle travaillerait probablement seule à l'atelier et serait peu en contact avec lui. Ses affaires le mèneraient sûrement ici et là et elle pourrait faire valoir son savoir-faire sans être gênée par sa présence. Mais pour l'heure, elle devait tout d'abord le convaincre de choisir son père comme verrier.

Secrètement, elle espérait que l'offre alléchante faite par son frère messire Eudes ne soit pas revue au rabais. Ils avaient impérativement besoin de cet argent pour garantir une fin de vie confortable pour son père, et si Dieu le voulait, une dot capable d'assurer son propre avenir.

Colombe vit l'architecte descendre de cheval devant une maison rouge.

— Descends et amène ton cheval dans la cour, ordonna-t-il.

Était-il toujours aussi directif ? Hélas, elle savait que pour valider son statut d'apprenti elle devait faire profil bas.

Elle obtempéra et suivit son hôte dans la cour. Là,

un serviteur vint s'occuper des chevaux et elle eut tout juste le temps de prendre la sacoche qui contenait les cartons et les échantillons de verre.

Sans un mot, le maître de maison entra à l'intérieur par un perron qui menait à l'étage et Colombe en déduisit que les pièces du rez-de-chaussée étaient réservées à la cuisine et au cellier. Une alléchante odeur de pain chaud et de gâteau arriva jusqu'à ses narines et elle sentit son estomac se serrer. Trop nerveuse pendant le voyage, elle n'avait rien pu avaler.

Ils arrivèrent dans une pièce pavée de tomettes ocre de plusieurs tons dessinant des formes géométriques. Les murs blanchis à la chaux gardaient la pièce lumineuse et les poutres du plafond étaient peintes de couleurs vives, représentant des scènes du quotidien.

— Ne perdons pas de temps. Montre-moi donc ce que propose maître Jacques, j'ai hâte de voir cela, commença Pierre de Montreuil en posant sa sacoche sur la table centrale.

Mais avant que la jeune fille puisse esquisser le moindre geste, Eudes de Montreuil entra dans la pièce avec un grand sourire.

— Voici donc ton nouvel invité, mon frère, dit-il en s'avançant vers Colombe. Plus jeune que je ne pensais, ajouta-t-il comme s'il réfléchissait à voix haute.

— Certes, admit messire Pierre en prenant place sur un grand fauteuil devant la table.

— Je suis allé rencontrer ton oncle et ta cousine Colombe. Un air de famille, indubitablement…

Colombe sentit ses genoux se ramollir, son cœur battait la chamade. Tromper les ouvriers et potentiellement messire Pierre était une chose, mais messire Eudes allait-il la démasquer ?

— Allons, mon garçon, n'aie pas peur de lui. Mon frère aime jouer les autoritaires, ricana Eudes en s'asseyant également devant la table.

En silence et l'air peu assuré, Colombe sortit les cartons et déroula les tissus. Chaque pièce était chiffrée et codée selon les couleurs choisies. Colombe prit une profonde inspiration et tenta d'expliquer les choix de son père.

— Si je puis me permettre, messire, je repenserais certaines couleurs pour les harmoniser avec la rosace du nord. L'harmonie en serait sublimée.

— Maître Jacques n'a pas son pareil pour concevoir une telle œuvre. Ne peut-il se rendre disponible bientôt ?

— Il… a quelques soucis à la verrerie, mais peut-être trouvera-t-il le temps de venir. Je ne sais pas. Il m'a envoyé pour le découpage du verre et l'assemblage.

— Justement, je voulais ton maître, car ses finitions sur les plombs sont sans pareilles ! La commande du roi ne saurait être médiocre.

Colombe tenta de se défendre.

— Il m'a enseigné ses techniques, messire.

— Pourquoi me contenter d'une pâle copie quand je peux avoir le maître en personne ? jeta Pierre de Montreuil courroucé et déçu.

Colombe accusa le coup et essaya de ne pas trembler. Cet homme l'impressionnait au plus haut point. L'architecte du roi… Il y avait de quoi se sentir toute petite.

— Mais je serai juste, reprit Pierre de Montreuil en la fixant avec autorité. Montre-moi de quoi tu es capable et je verrai si je peux faire affaire avec toi.

L'architecte croisa les bras sur sa large poitrine.

— C'est-à-dire ? demanda-t-elle la gorge sèche.

— Il y a un atelier dans la cour où le four a été allumé. Les plombs sont arrivés il y a quelques jours et j'ai des vieux verres de qualité médiocre. Je veux voir comment tu t'en sors sur un montage. On y va.

Joignant le geste à la parole, messire Pierre se leva et ouvrit la porte qui se trouvait face au perron.

— Laisse cela, ajouta-t-il pour Colombe qui commençait à enrouler les cartons pour les ranger. Je voudrais les étudier de nouveau ensuite.

Les bras tendus au-dessus de la table, ses manches se raccourcissaient et elle sentit le regard interrogatif d'Eudes sur le bandage qu'elle portait au bras gauche. Elle tâcha de garder une attitude imperturbable et espéra que le cadet ne repense à sa brûlure sur le chaudron de la cuisine lors de sa visite.

Anxieuse, Colombe suivit l'architecte royal et traversa la cour, messire Eudes sur ses talons. Ils entrèrent dans un atelier où ronronnait un four. Une grande table, sur laquelle étaient étalés la plupart des instruments dont un verrier pouvait rêver, trônait au milieu de la pièce.

— As-tu apporté tes propres outils ?

— Certains, messire.

— Tu trouveras le complément ici. Il faudra adapter la table à ta taille, je le crains, ajouta Pierre en haussant un sourcil sarcastique.

— Un petit marchepied suffira, messire, bredouilla Colombe.

— Pour que tu tombes et brises ma commande ?

Certainement pas. Je ferai adapter la table. Mets-toi au travail.

Colombe ouvrit la bouche puis la referma aussitôt.

— Quelle forme souhaitez-vous ? questionna-t-elle en sentant toujours sur elle le regard curieux d'Eudes. Un regard qui semblait voir beaucoup de choses.

— À toi de choisir. Travaille sur des arrondis et des pointes, des rotations, prends six à huit verres, retaille-les et peins-les. La limaille de fer est sur l'étagère.

— Bien, messire, je vous apporterai mon travail dès que j'aurai terminé.

Elle espérait que les deux hommes quittent les lieux et la laissent en paix, mais ils prirent place sur des chaises et commencèrent à discuter des avancées du chantier tout en gardant un œil sur ses faits et gestes.

Raide comme la justice, elle alla vérifier le four et plaça un tisonnier à chauffer pour la découpe. Dans un bac de bois posé à même le sol, elle trouva des chutes de verre de toutes sortes et en choisit quelques-unes à travailler.

Sur une étagère elle dénicha un pilon. Après avoir écrasé la limaille de fer avec de l'huile, elle en tira un liquide sirupeux qui lui servirait à dessiner les formes ou détails voulus. Ensuite, elle posa le pilon et le récipient contenant sa peinture de fer et examina les verres sélectionnés. Il fallait trouver une idée, quelque chose de simple mais de relativement harmonieux pour que Pierre de Montreuil valide le résultat et accepte de travailler avec elle, à défaut de son père, sur la rosace de la cathédrale.

Remontant ses manches, elle étala les verres, en saisit deux et les leva pour en regarder la teinte rougeâtre à la lumière.

De son côté, Pierre de Montreuil observait ce jeune apprenti du coin de l'œil. Le garçon semblait perdu dans ses pensées et tout à sa créativité. La lumière qui frappait les verres rougissait ses joues, il en leva un autre, vert, et son visage se colora immédiatement de cette couleur. Colomban hochait la tête par moments, comme si, lentement, les idées se mettaient en place dans son esprit. Enfin, un sourire satisfait étira ses lèvres et l'apprenti se mit au travail avec des gestes précis. Sans même faire de carton, il improvisa. Prenant un couteau à verre, il traça des figures sur les différentes pièces puis il sortit le fer chauffé du four. Passant le bout incandescent sur les pièces de verre, il versa de l'eau froide et aussitôt le choc thermique brisa le verre à l'endroit voulu. Une fois les pièces découpées, il les étala et prit de quoi les raboter pour des finitions impeccables. La pince à gruger finit de retirer les imperfections. Puis le dessin prit place petit à petit.

Se levant de leurs sièges pour comprendre où le garçon voulait en venir, les frères Montreuil s'approchèrent. Pierre regardait les mains habiles du jeune garçon alors qu'Eudes scrutait son visage. Loin de suivre les réflexions que pouvaient se faire les deux hommes, Colombe, plongée dans son travail, avançait dans sa création. Les pétales de la rose prenaient forme dans son esprit, la tige et les feuilles également. Elle passa chaque verre au chiffon en y appliquant une lotion légèrement corrosive afin que la peinture de fer tienne.

Elle reprit le récipient de limaille huileuse et un pinceau épais ainsi qu'un plus fin. Poils de blaireau, poils de renard, chaque pinceau avait son utilisation.

Ses doigts fins ne tremblaient pas et lentement chaque pétale se para de nuances et de reliefs. Enfin elle plaça une plaque de métal dans le four et y déposa les verres peints quelques minutes puis les retira et les laissa sécher et refroidir.

Enfin elle inspecta les plombs et ses sourcils se froncèrent.

— Pardonnez-moi, mais c'est tout ce que vous avez ?

— Plaît-il ? questionna Pierre de Montreuil perplexe.

— Ils ne sont pas suffisamment fins. Tout juste bons pour l'extérieur d'un vitrail, mais pas pour des formes délicates.

— Mmm, grommela l'architecte. Il faudra t'en contenter pour le moment, si tes finitions me conviennent, nous verrons par la suite où trouver des plombs qui te satisferont.

— Oui, messire.

Reprenant son travail, la jeune fille cercla toutes les pièces de verre en les assemblant avec brio. À l'aide du tisonnier, elle fit les jointures et les nettoya ensuite avec de l'huile. Puis, elle assembla le tout et frotta délicatement au sable fin pour retirer les petites aspérités, avant de passer au chiffon, et leva son chef-d'œuvre à la lumière. Elle le posa contre la fenêtre afin que les deux frères puissent admirer les détails.

— Je suis impressionné, avoua Eudes.

— Pas mal, dit seulement messire Pierre.

Pas mal ? pensa Colombe plutôt vexée. Cet homme ne manquait pas de toupet. Les verres étaient minables, quant aux plombs, ils étaient de qualité plus que médiocre, mais l'ensemble était tout de même très joli et les finitions impeccables.

— Ne cherche pas de compliments chez mon frère, Colomban. Pas mal signifie parfait.

Colombe fut sensible à cette explication. Messire Eudes paraissait faire plus grand cas de sa sensibilité que son futur employeur.

— Je ne cherche pas de compliments, messire Eudes, juste la satisfaction du travail bien fait.

Messire Pierre semblait perdre patience et arriva vite à la conclusion de cet essai.

— Tu auras cet atelier à disposition, il faudra également que tu te rendes sur le chantier afin de travailler avec les maçons sur la dentelle de pierre.

— Bien, messire, dit Colombe le cœur battant, en comprenant qu'elle allait vraiment travailler à la construction de Notre-Dame de Paris. L'atelier sera parfait pour y loger, je vous remercie.

Eudes se mettant à rire, Colombe le regarda surprise.

— Tu ne logeras pas à l'atelier.

— Ah non ?

Quel logement lui était-il destiné ?

— Tu logeras à la maison, Marthe, ma bonne, t'a préparé une chambre, l'informa le maître de maison.

Elle ne voulait surtout pas avoir à vivre sous le même toit que son patron.

— Mais je pensais dormir à l'atelier et…

— Évite de penser et contente-toi d'obéir, Colomban, je ne suis pas un maître patient.

Le regard impérieux de Pierre de Montreuil l'empêcha de répondre.

— J'écrirai à maître Jacques pour lui dire que ton travail m'a convaincu.

— Les conditions sont-elles toujours identiques à celles que nous a faites votre frère ? Pardonnez-moi, mais maître Jacques tient à la réponse.

— Je me suis engagé, Colomban, je ne m'engage jamais à la légère. Les conditions resteront inchangées. Je fournirai tout ce dont maître Jacques aura besoin à sa verrerie. Il me joindra une commande et je ferai en sorte qu'elle soit satisfaite.

— Merci, messire, dit la jeune fille en baissant les yeux.

Eudes regarda au-dehors puis proposa à son frère de montrer sa chambre à Colomban.

— Tu as d'autres choses à faire, Pierre, et Marthe vient de sortir à l'instant. Allons, garçon, viens avec moi et tu pourras t'installer.

Laissant Pierre de Montreuil absorbé dans la contemplation de la rose posée sur la fenêtre, Eudes et Colomban revinrent vers la maison. Arrivés au premier étage, Eudes prit un couloir qui menait à la chambre du maître et lui montra une pièce un peu plus loin sur la droite.

— À toi l'honneur.

Colombe entra dans la pièce. Un vrai lit de bois, une table, une chaise, un prie-Dieu et deux coffres la décoraient. Sous la fenêtre, alourdie de coussièges de pierre, se trouvait une tablette avec une cuvette et un seau.

— Je loge de l'autre côté du pontelet lorsque je suis là, ainsi chacun a ses appartements, expliqua Eudes.

Il referma la porte derrière lui et s'y adossa, comme s'il attendait quelque chose. Un sourire insolent se dessina sur ses lèvres. Il paraissait s'amuser de la situation et elle craignait de comprendre.

— Bien, puisque tu sembles avoir perdu ta langue,

je vais commencer : je sais qui tu es… *Colomban*. Tu admettras que tu n'as pas fait beaucoup d'efforts pour ton nom d'emprunt.

— Je ne comprends pas ce que vous voulez dire, rougit Colombe.

— Tu es la fille du verrier, pas son apprenti. Tes yeux, ta voix et cette brûlure t'ont trahie.

Colombe, paniquée, chercha une issue pour se sauver, mais son accusateur bloquait la porte.

— Calme-toi, je ne vais pas te dénoncer à la garde. Tu serais emprisonnée et fouettée sur la place publique. Je n'ai pas le cœur à cela.

La jeune fille était aux cent coups, prête à trouver un compromis. L'avenir de son père et le sien dépendaient de ce chantier, elle ne pouvait pas tout perdre à peine arrivée à Paris !

— Pourquoi vous taire ?

— Parce que tu vas te rendre utile à mes fins, sourit messire Eudes espiègle.

— Comment cela ?

La réponse de messire Eudes la laissa sans voix.

— Tu vas faire exactement ce pour quoi tu es venue ici.

— Quel avantage en tirerez-vous ? reprit Colombe qui n'y comprenait rien.

— De voir si mon frère est un homme ou si même la présence d'une femme à ses côtés ne lui évoque rien de… naturel comme réaction.

Scandalisée, Colombe ouvrit des yeux ronds.

— Vous… Vous voulez que je tente de séduire votre frère alors qu'il pense que je suis un garçon ?

— Ce serait très amusant… Mais non, je plaisantais,

évidemment. Contente-toi d'être un bon petit apprenti. Essaye de supporter ses sautes d'humeur et sa morosité habituelle. Je parie qu'il ne remarquera même pas ta présence.

Il semblait sur le point de partir et Colombe paniqua.

— Vous gardez le secret, vous me le jurez ?

— Oui, assura-t-il. Tu fais ça pour l'argent ?

— Oui. Mais aussi parce que je suis à la hauteur de cette tâche. Mon sexe m'interdit toute profession du verre. Il n'y a qu'à l'atelier de mon père que je suis libre de travailler une fois toutes les portes closes.

Déterminée et prête à pleurer à la fois, toute force et fragilité, elle émut Eudes qui se montra encourageant.

— Tu es douée, Colombe, ne va pas tout gâcher en te faisant démasquer. Je reviendrai dans un mois ou deux, en attendant, ne fais pas de bêtises.

— Je vais faire attention, messire Eudes.

— Pierre va en faire une jaunisse lorsqu'il le saura.

— Ah non, messire, vous avez promis de garder le secret !

— Hélas. Allons, je m'amuserai de lui de toute façon. Notre austère architecte, garant de toute morale et piété, qui héberge chez lui une femme travestie en homme, c'est hilarant ! L'évêque va en avaler sa mitre ! Et maintenant, installe-toi, *Colomban*, dit-il en insistant sur son nom d'emprunt avant de quitter les lieux.

Laissant Colombe à sa chambre, Eudes redescendit à l'atelier pour tester les nerfs de son frère aîné. Il entra et observa Pierre qui lorgnait toujours le vitrail. Son index passa au-dessus d'une soudure quasi invisible.

— J'ai regardé sa technique, elle est rapide, précise.

— Il est doué ce gamin, c'est certain. Être sous la férule de maître Jacques lui a été salutaire. Que penses-tu de lui ?

— Il a du talent, admit Pierre de Montreuil sincère, les yeux encore rivés sur ce travail exécuté avec soin en un laps de temps très court.

— Oui, je viens de le dire également, coupa rapidement Eudes qui s'intéressait plutôt à toutes autres impressions qu'aurait pu faire Colomban sur son frère. Je pensais à son allure. Qu'en dis-tu ?

— Chétif, fit l'architecte, une pointe de mépris dans la voix.

— Je dirais gracieux. Un joli garçon, nuança Eudes.

Un sourcil hautain se redressa au-dessus du regard brun de Pierre.

— Il est efféminé, mais sûrement parce qu'il est jeune. Travailler à la cathédrale lui fera les bras.

— Il ferait un bien beau modèle de sculpture. Les dames de la cour ont quelques éphèbes de son genre comme pages.

— Je doute que Colomban prenne cela pour un compliment, railla Pierre en imaginant que le gamin devait être susceptible au sujet de sa virilité, comme n'importe quel garçon de son âge.

— Il n'empêche que je le trouve agréable à regarder. Il a quelque chose de délicat.

— Je vais faire en sorte que cela change… Je vais en faire un homme, de ce gamin. Tu verras à la fin du chantier !

— Je n'en doute pas mon frère, sourit Eudes qui comptait bien passer régulièrement à la maison familiale observer les relations qui se tisseraient entre son frère et Colombe.

— Que fait-il ?

— Il déballe son maigre balluchon.

— Dînes-tu à la maison ? questionna le maître de maison en sortant de l'atelier suivi de son frère.

Pierre ferma la porte de bois. Le bruit ferrailleux de la clé fit grimacer son cadet.

— Oui, si cela te convient, je partirai demain.

— Je vais me pencher sur les cartons, il me faudra les présenter au roi.

Dans la cour, un serviteur venait d'attraper une poule pour la remettre aux cuisines.

— Apparemment, Marthe a déjà anticipé ta présence.

— À moins que ce soit pour Colomban, tu sais que Marthe a tendance à materner tout le monde.

— Marthe est tout sauf un bon juge de la nature humaine, la preuve, elle te gave de pâtisseries, sourit Pierre en posant une main sur l'épaule de son frère.

— Tu es jaloux parce qu'elle m'a toujours préféré à toi, lança Eudes taquin.

Pierre n'en prit pas ombrage. Enfant, la santé d'Eudes avait été précaire. Il avait fallu beaucoup de courage à son cadet pour surmonter ses douleurs et la maladie. Il savait que le côté vantard et provocateur d'Eudes n'était qu'une revanche sur la vie. Il avait vu ses parents soulever des montagnes pour trouver les meilleurs médecins et guérisseurs. Marthe avait été leur nourrice et les aimait comme ses propres enfants. En voyant Eudes aujourd'hui, bel homme comme tous les garçons de la famille, qui pouvait encore se souvenir de l'enfant souffreteux qu'il avait été ?

Leur père avait toujours été très exigeant avec Pierre, l'aîné, et beaucoup plus complaisant pour Eudes. Très tôt au fait de ses responsabilités, Pierre avait pris la suite de son père et avait porté les affaires familiales au sommet.

Le vent souleva des fétus de paille qui vinrent se coller contre ses jambes. Pierre épousseta ses chausses et le bas de sa tunique puis, sentant un regard peser sur lui, il leva les yeux vers les fenêtres qui donnaient sur la cour. Il eut le temps d'apercevoir le visage de Colomban un court instant.

Eudes avait raison, ce gamin était trop délicat. Trop... Il ne trouvait pas exactement le terme, mais il y avait quelque chose d'étrange chez ce garçon. Pourquoi l'épiait-il ainsi de là-haut ?

Secouant la tête, l'architecte rentra chez lui et prit place à sa table de travail où se trouvaient encore les cartons. Sans les codes de maître Jacques, il était difficile de comprendre les couleurs. Il lui fallait Colomban. Pierre se leva et se décida à aller le chercher.

Dans sa chambre, Colombe essayait de calmer les battements de son cœur. Tout allait de travers. Adossée au mur, elle regardait droit devant elle en essayant de se concentrer sur ce qu'elle devait faire.

— Détends-toi..., se répétait-elle à voix haute. Tout se passera bien.

— Si tu travailles bien, en effet, dit une voix qui la sortit de sa rêverie.

Elle sursauta et laissa échapper un cri de surprise.

— Je ne mange pas les apprentis chétifs et osseux, alors calme-toi.

Un frisson parcourut son dos. Devant elle se tenait le maître des lieux. Sa stature, ses cheveux épais et ondulés qui auréolaient son visage, ses yeux bruns et profonds la déstabilisaient. Il dégageait un charisme et une présence qui la mettaient à fleur de peau. Colombe le trouvait beau. En tout cas, terriblement viril et magnétique. Elle baissa les yeux, consciente de le dévisager comme une idiote.

Comporte-toi comme un garçon, Colombe ! Placide, taiseux et tout à sa tâche, se promit-elle en reprenant une posture plus masculine.

— Désirez-vous quelque chose, messire ?

Une étrange sensation parcourut Pierre de Montreuil. Eudes avait raison, ce gamin avait quelque chose de… délicat, finit-il par penser, incapable de trouver le mot qu'il cherchait. Sa façon de le regarder, de se tenir, et même de lui demander ce qu'il désirait…

Revenant à du concret, Pierre observa la chambre pour voir si rien n'y manquait.

— J'ai des délais à tenir. Viens, j'ai besoin d'explications.

Colombe suivit son maître en silence et entra derrière lui dans la grand-salle où elle avait présenté les cartons.

— Donne-moi les codes de ces couleurs.

Colombe répertoria l'ensemble des teintes choisies par son père en les modifiant légèrement afin qu'elles s'harmonisent avec celles de la rose nord. Pierre de Montreuil s'approcha d'elle et se tint au-dessus des cartons pour en saisir les codes et les noter sur un carnet. Le dos raide de cette promiscuité, Colombe tâcha de rester concentrée et feignit une attitude détendue et travailleuse.

— Je dois écrire à mon p… maître, afin de lui communiquer les nouvelles teintes souhaitées, dit Colombe en toussant volontairement afin de cacher le mot « père » qu'elle avait failli lâcher malencontreusement.

— Attends d'abord que j'aie présenté les cartons au roi. Il doit valider la commande avant que tu te mettes au travail. Tu viendras avec moi.

— Chez le roi ? blêmit Colombe.

— Oui, s'il pose des questions, tâche de ne pas t'évanouir, railla Pierre de Montreuil. Tes parents t'auraient-ils élevé en femmelette ? Tu sembles sensible et apeuré.

— Non, pas du tout, messire, ils m'ont élevé dans le respect des gens et le travail. Je suis simplement un peu impressionné d'aller à la cour. Je ne suis qu'un apprenti.

— Ça te fera une histoire à raconter aux filles pour les épater.

— Je ne cherche pas à épater les filles ou qui que ce soit d'autre, messire, répondit-elle en fronçant les sourcils.

— Cela me convient, les facéties d'Eudes me suffisent amplement, conclut le maître de maison en apercevant son frère dans l'embrasure de la porte.

Le cadet souriait de toutes ses dents en savourant la scène.

— Du diable, Colomban, redresse-toi, lève le menton ! Tu es un homme libre, pas une pucelle timorée !

— Je ne pensais pas que la modestie était un défaut. Maître Jacques y tient sous son toit, fit Colombe en tâchant de regarder ses interlocuteurs comme le ferait un garçon.

Pierre leva les yeux au ciel, puis reprit paternellement :

— Il y a une différence entre fanfaronner et se comporter en homme, en effet. Tu prendras de l'assurance en grandissant.

La pauvre Colombe se sentait gênée sous les regards sévère de Pierre et taquin d'Eudes.

Les deux frères parlèrent de la présentation des cartons au roi, et Pierre demanda à l'apprenti de lui préparer un échantillon le plus soigné possible.

— Les plombs ne sont pas bons, messire, pardonnez-moi d'insister sur ce point, sans cela les finitions ne seront pas de qualité.

— Je n'ai pas oublié ton opinion sur les plombs de l'atelier.

Colombe rougit violemment, espérant ne pas avoir froissé son maître.

— Ne rougis pas, Colomban, tu es un homme, dit Eudes feignant une gravité qu'il était loin de posséder.

— Je suis simplement désolé que messire Pierre puisse penser que je le crois ignare sur le sujet.

— Tu es plus qualifié que moi sur ce terrain, Colomban, ce qui est logique, tu seras verrier, et moi je suis architecte, à chacun ses compétences et ses savoirs.

— Et cela n'empêche pas de les partager, sourit la jeune fille. Je répondrai bien volontiers à vos questions.

— Ton maître ne serait peut-être pas du même avis. Divulguer des secrets de fabrication…, plaisanta Eudes.

— Sur la fabrication du verre ? Jamais un mot ne franchira mes lèvres, c'est un secret, en effet.

— Tu entends, Pierre, sa bouche sera muette, et ses lèvres roses closes à tout jamais, siffla Eudes en regardant son frère poser automatiquement son regard sur la bouche de Colombe.

L'espace d'un instant, Eudes vit son visage se crisper. La mâchoire contractée attestait d'un trouble passager. Heureux d'avoir fait germer ce malaise dans l'esprit de son frère, Eudes reprit la conversation avec aisance :

— Il est vrai que révéler un secret est grave, dit Colombe en regardant Eudes droit dans les yeux. Les conséquences peuvent être dramatiques. Toute vérité n'est pas bonne à dire. Les relations entre les gens pourraient en être bouleversées et devenir affreuses.

— Ou divertissantes.

— Colomban a raison sur ce point. C'est parce que je tiens à nos bonnes relations, mon frère, que je ne divulgue pas toute la vérité à ton sujet au premier venu, sourit Pierre ravi de mettre son frère en boîte.

Colombe le regarda. C'était la première fois qu'elle le voyait se détendre en sa présence. Elle le trouva soudain plus jeune, plus… accessible. Ses yeux de biche le détaillaient avec émotion, puis prenant conscience de son attention bien trop appuyée, et toute féminine, elle se gratta la gorge et porta son regard sur les cartons.

Pierre regarda Colomban ranger chaque rouleau de tissu avec attention, pour ne pas abîmer le dessin. Il devait se tenir sur la pointe des pieds et étirer les bras devant lui, comme à l'atelier. Décidément, les tables de travail n'étaient pas à sa hauteur.

— Êtes-vous petits dans ta famille ? questionna-t-il en le regardant de pied en cap.

— Je ressemble à ma mère, messire, elle n'était pas grande en effet, dit-il en pesant ses mots.

Agacée que sa taille devienne un sujet de conversation, elle tourna la tête pour attraper un autre pan de tissus, et cela eut pour effet de dégager sa nuque, ses cheveux révélant sa peau d'albâtre. *Délicat ?* pensa Pierre en se remémorant l'expression d'Eudes au sujet de Colomban. *Efféminé !* se dit-il en trouvant enfin le mot qu'il cherchait. Il sentit que sa façon de regarder son jeune apprenti était troublante, vraiment trop troublante, lorsque des picotements lui parcoururent le dos.

Soudain une pensée lui traversa l'esprit.

Colomban était-il simplement joli garçon comme le prétendait son frère ou bien un de ces sodomites réprouvés par l'Église et la loi ? Car il était hors de question qu'il héberge sciemment un pêcheur ! Il devrait donc le mettre à l'épreuve pour savoir qui il était vraiment.

Et pour ce genre de situations, il disposait de l'allié rêvé : Eudes ! Son frère serait sûrement ravi d'emmener Colomban voir les filles des tavernes alentour. Une fois fixé, il serait plus serein de cohabiter avec l'apprenti.

Marthe arriva sur ces entrefaites et salua ses maîtres.

— Tu dois être Colomban, bienvenue chez nous, mon garçon. Tu as l'air bien maigre et jeune pour un tel travail !

— Il semblerait en effet, répondit Colombe en levant les yeux au ciel. Ces messieurs semblent d'accord avec vous, madame.

— Pas de madame, mon petit, Marthe suffira, comme pour tout le monde ! sourit la bonne en lui pinçant la joue. J'ai préparé une poule au pot avec de belles carottes et des épices, et puis j'ai fait une tarte aux pruneaux accompagnée de fromage blanc pour le dessert. Les arbres fruitiers ont bien donné l'année dernière. Ta chambre te plaît ?

Devant cette avalanche d'attention, Colombe sourit. Cette dame semblait vraiment chaleureuse.

— Je vous remercie, Marthe. Tout est parfait, je n'en espérais pas tant.

— Tu partiras d'ici avec quelques rondeurs de plus, sourit la bonne avant de rentrer à sa cuisine.

Colombe pensa justement à ses rondeurs qu'elle avait fait disparaître sous un bandage inconfortable. Elle avait hâte d'être dans sa chambre pour se défaire de ce carcan désagréable mais ô combien nécessaire à son déguisement.

La soirée se passa plutôt agréablement. Colombe fut invitée à partager la table des maîtres, ce qui la surprit. Cette invitation venait de messire Eudes, qui voulait l'accueillir comme il se devait.

— Marthe avait prévu tes repas à l'office, mais Eudes est libre de t'inviter si cela te convient. Tu es le bienvenu à notre table, Colomban, dit le maître de maison en lui indiquant la place à la droite de son frère.

Colombe, consciente de l'honneur qui lui était fait, accepta l'invitation de bonne grâce. Mais elle se doutait bien qu'Eudes avait son idée derrière la tête, une idée qui n'avait rien à voir avec le sens de l'hospitalité.

Le dîner fut copieux, et Colombe se régala de la poule au pot préparée par Marthe. Elle observait les deux frères et écoutait leurs échanges très intéressants sur les derniers chantiers auxquels ils avaient participé. Le regard de messire Pierre se posait par moments sur elle, et elle s'en sentait touchée d'une façon encore inconnue. Elle devait être tout simplement fatiguée du voyage, impressionnée et nerveuse, se dit-elle pour se justifier. Qui ne le serait pas à sa place ? Se travestir ? Mentir ? Elle risquait gros à ce jeu-là ! Avait-elle vraiment pris la mesure de tous les dangers auxquels elle s'exposait en se lançant dans cette folle aventure ?

Chapitre 4

La nuit était tombée sur Paris, et Colombe s'était retirée après le dîner. Elle se sentait un peu nauséeuse et avait mal au ventre, toutes ces émotions l'avaient mise mal en point. Dans le calme de sa chambre, elle profitait de l'eau chaude que Marthe lui avait donnée et qu'elle avait montée à l'étage dans une grosse cruche, et faisait sa toilette. La jeune fille se lava le visage, puis commença à se dévêtir. La tunique de laine et la chemise furent posées sur une chaise, et elle commença à défaire le bandage qui lui maintenait la poitrine serrée. Navrée, elle inspecta ses côtes constellées des marques rouges laissées par cette contention improvisée qui la blessait.

Mais comment cacher ses formes féminines sans cela ? Pourtant, elle était menue de constitution, et ses courbes peu marquées. Elle eut soudain une idée : si elle superposait les épaisseurs, peut-être que cela camouflerait sa poitrine ? Puis, dépitée, elle pensa au four et à l'atelier, où il régnait une forte chaleur. Elle serait mal à l'aise de travailler ainsi couverte. Le bandage restait la meilleure idée.

Passant le linge de toilette sur son buste, elle savoura

la liberté que lui donnait la nuit. C'était relaxant et bienvenu, après cette première journée en demi-teinte. Pierre de Montreuil ne semblait pas avoir remarqué quoi que ce soit, et Eudes avait promis de se taire. Mais tiendrait-il parole ?

Défaisant ses chausses et son haut-de-chausses, elle se retrouva nue comme au premier jour. Après s'être lavée, elle s'enroula dans une serviette et avança vers le feu de cheminée pour se sécher tout à fait. Les flammes qui dansaient dans l'âtre conféraient une atmosphère rassurante à la nuit. Il faisait bon dans la pièce, mais le couvre-feu avait déjà été sonné, et elle se résolut à éteindre le foyer. Munie d'un peigne, elle lissa ses cheveux et pensa amère au doux temps où elle pouvait encore les natter. Une fois sèche, elle se leva pour enfiler sa chemise et constata accablée que ses menstrues étaient arrivées.

Elle retourna se laver. Chez elle, elle avait à disposition tout le nécessaire indispensable à toutes les femmes de la création, mais elle avait oublié de prendre ces affaires-là en partant. Elle allait devoir trouver dans la maison de quoi se préparer une protection pour ses lunes, qui ne manqueraient pas de revenir chaque mois.

Dans la cuisine ou l'office, elle trouverait sûrement des linges qui feraient l'affaire. Après s'être entièrement rhabillée, elle ouvrit la porte de sa chambre en essayant de faire le moins de bruit possible.

À tâtons, elle remonta le couloir et descendit l'escalier qui menait au rez-de-chaussée. Elle entendit Marthe sortir de la cuisine en fredonnant et se cacha dans un coin sombre, les sens en éveil. La cuisinière passa devant elle sans la voir, et Colombe soupira de soulagement.

Reprenant son chemin, elle entra dans la cuisine. La cheminée où mourait un feu de braises sous une cloche en fonte allait s'avérer utile. Elle prit la bougie de suif qui était sur la table et alluma la mèche. Aussitôt, une flamme vacilla au bout de la chandelle, et elle se dirigea vers l'office. Des placards et des coffres s'y trouvaient. Colombe poursuivit sa quête et finit par dégoter un vieux drap de toile qui ne manquerait sûrement à personne. Ce coffre contenait aussi des bandages enroulés et des compresses de fibres fines. Marthe semblait très organisée, tout était impeccable et bien rangé. Munie de son butin, elle éteignit la bougie. Passé le couvre-feu, il était interdit d'utiliser des bougies en ville, et cela changeait de ses habitudes à la verrerie paternelle. Marthe avait été très ferme sur ce point : le risque d'incendie était trop grand et les maisons tellement proches les unes des autres que le feu ainsi déclaré était presque impossible à éteindre. Les resquilleurs étaient punis de fortes amendes, et Colombe ne souhaitait pas être chassée de Paris à peine arrivée.

La jeune fille remonta à l'étage, la maison était à présent plongée dans l'obscurité, elle devait faire attention pour ne pas buter dans les meubles. Heureusement, la lune était pleine, et à travers les fenêtres une pâle lumière argentée éclairait faiblement le couloir.

— Ce n'est pas une heure pour se promener dans la maison, fit une voix grave derrière elle.

Elle fit volte-face, son drap pressé contre elle.

Dans la pénombre, Colombe distingua la silhouette de Pierre de Montreuil. Il avait retiré sa tunique et son pourpoint. Sa chemise blanche ressortait dans le noir, la demoiselle remarqua qu'elle était ouverte sur son torse et battit des cils.

— Je vais me coucher, messire, et vous souhaite la bonne nuit, bredouilla-t-elle en regardant l'homme qui aggravait son émoi en approchant encore plus près.

— Que cherchais-tu ? Marthe a dû prévoir tout ce dont tu pouvais avoir besoin.

— Oui, en effet, Marthe est très consciencieuse. J'ai saigné du nez, mentit-elle. Cela m'arrive parfois. J'ai taché la serviette, je voulais juste en prendre une autre propre.

— Tu aurais pu demander à Marthe.

— Je ne voulais pas la déranger pour si peu. J'ai trouvé ce drap à l'office. Cela fera l'affaire.

Pierre de Montreuil s'approcha davantage. Il regardait le visage du garçon éclairé par la lune. Eudes avait raison, ce gamin était beau. Trop beau, peut-être. Une sorte de petit farfadet asexué dont les yeux brillaient, animés par une lueur de peur ou de gêne. Dieu que ce petit était maniéré ! se dit Pierre en croisant les bras sur sa large poitrine.

— Tu as couvert ton feu ?

— Oui, messire, dit-elle heureuse de l'avoir fait avant de descendre.

Elle ne souhaitait surtout pas se faire remarquer le premier jour pour un oubli de ce genre. Elle n'aspirait qu'à une chose : disparaître de la vue de son hôte.

— Va dormir, tu auras du travail demain, et je ne tolérerai aucun retard. Tu as compris ?

— Bien, messire, obéit Colombe en filant dans sa chambre et en fermant la porte.

Le cœur battant, Colombe remercia de nouveau sa

bonne étoile, décidément elle avait eu chaud. Être une femme déguisée en homme allait s'avérer plus compliqué que prévu. Posant le drap sur le lit, elle se rendit compte qu'elle avait oublié de remettre le bandage sur sa poitrine. Une étourderie qui aurait pu s'avérer fatale.

Elle soupira en prenant place sur le lit et s'attela à découper les bandes de tissu pour préparer des protections semblables à celles qu'elle avait oubliées chez elle. Elle se dévêtit partiellement et ajusta la garniture dans son haut-de-chausses. Satisfaite, elle rangea le reste dans le coffre, le cachant sous une couverture.

Elle se coucha épuisée, sans même prendre le temps de se mettre en chemise, et ferma les yeux aussitôt. Tout pourrait attendre demain, elle ne souhaitait qu'une chose : dormir.

De l'autre côté du mur, Pierre de Montreuil se délestait également de ses vêtements. Une fois en chemise, il se coucha dans son lit, mais contrairement aux yeux de Colombe, les siens ne se fermaient pas. L'image du garçon sous la lumière de la lune le hantait. Il y avait un mystère derrière ses yeux craintifs, et l'architecte était bien décidé à le percer. Que pouvait donc cacher ce gamin ?

Les bras derrière la tête, Pierre pensait à ses jeunes années. Du plus loin qu'il se souvienne, il ne s'était jamais senti faible ou chétif. À quinze ans, il était déjà aussi grand que son père, et tout aussi robuste, en bonne santé, doté d'une vive intelligence. Colomban avait l'air plutôt débrouillard, il comprenait vite les choses et s'appliquait à ses tâches. L'essai avec le vitrail à la rose en était la preuve. Ce trouble que ressentait Pierre ne venait pas de son esprit, mais plutôt de l'allure du garçon, de ce qui se dégageait de lui.

Il avait confié ses doutes à Eudes qui s'était contenté d'éclater de rire et qui avait malgré tout accepté de faire passer à Colomban l'épreuve auprès des femmes des tavernes, lorsque l'occasion se présenterait. Ce serait un bon début, pensa l'architecte en se retournant sur le côté. Tous les doutes seraient ainsi levés.

Pour le reste, il allait demander audience au roi dans la huitaine afin de lui présenter un échantillon de la rosace et voir si le monarque appuyait sa commande auprès de maître Jacques. Colomban allait devoir se mettre au travail dès potron-minet, et il se promit de le surveiller de près.

Il finit par s'endormir plusieurs heures après, l'esprit occupé à résoudre le problème de la construction du mur nord de la nef, car sans ce mur achevé, pas de rosace.

Colombe fut tirée du sommeil par le chant du coq qui coqueriquait dans la cour. Elle ouvrit les yeux et s'étira comme un chat. Elle avait bien dormi et se sentait mieux que la veille. Sortant de sous la couverture, elle retapa son lit et ouvrit la fenêtre pour aérer la chambre. Marthe devait déjà être aux fourneaux, puisqu'une délicieuse odeur de pain frais s'échappait de la cuisine. Colombe réutilisa le bandage sur sa poitrine, mais changea la façon de le poser pour éviter de se blesser. Cela semblait convenir et ne lui tirait pas la peau. Elle se débarbouilla à l'eau froide, puis frotta ses dents et mâcha de la cardamome pour se rafraîchir la bouche. Un coup de peigne suffit à remettre ses cheveux en ordre.

La jeune fille prépara sa besace pour la journée et se remit au propre. Ne sachant que faire de sa protection souillée de sang, elle la cacha et se promit de la laver le soir même, une fois revenue dans la quiétude de sa chambre. En attendant, elle devait confirmer son alibi et prétendre avoir saigné du nez. Aussi prit-elle la serviette de bain tachée de sang de la veille et descendit aux cuisines.

— Bonjour à toi, Colomban, dit Marthe accueillante.

— Bonjour, Marthe, je crains d'avoir sali la serviette que vous aviez mise à ma disposition. Je saigne du nez parfois et je n'avais pas de mouchoir.

— Il y a une lessive à bouillir dans l'office, mets ce linge dans la cuve, et on n'en parlera plus ce soir, dit la bonne, compréhensive.

Pierre de Montreuil apparut à cet instant, vêtu d'une tunique de laine noire sans manches bordée de fourrure brune, la chemise blanche tranchait en dessous. Ses cheveux étaient mouillés, il s'était lavé en se levant, pensa Colombe en rosissant. L'image de cet homme en tenue d'Adam faisant ses ablutions lui vint à l'esprit. Elle l'imagina un instant plongé dans une cuve fumante ; elle le lavait avec des gestes doux et sentait sa peau frémir sous ses doigts. Il l'attirait vers lui pour l'embrasser, et… Elle se mordit les lèvres. Seigneur, mais que lui arrivait-il ? Marthe fit tomber un couvercle, et le bruit métallique sur les dalles de pierre la fit sursauter, l'arrachant à ses rêveries.

— Je vois que tu es matinal, Colomban, c'est bien.

Messire Pierre la fixait de son regard pénétrant.

— Je vous souhaite le bonjour, messire Pierre, je vais

me mettre au travail, dit Colombe précipitamment, en sentant son visage viré au cramoisi.

— Pas avant d'avoir mangé quelque chose, mon garçon, intima Marthe en levant sa cuillère en bois. Messire, vos cheveux sont mouillés. Vous allez attraper la mort, allons, venez vous asseoir, que je les sèche.

Pierre, se laissant materner, prit place sur un tabouret.

— Colomban, va prendre une serviette à l'office, tandis que je fais cuire des œufs.

La jeune fille s'exécuta et trouva tout de suite de quoi satisfaire la bonne. Elle lui tendit le linge, mais Marthe était déjà en train de casser les œufs dans la poêle.

— Aide-moi, mon garçon, tu veux ? dit la bonne en montrant son maître du menton.

Colombe n'en revenait pas.

— Vous voulez que… je lui sèche les cheveux ?

— Oui, tu as sûrement aidé ton père ou ton frère, si tu en as un.

— Mon père, oui, dit Colombe dans un filet de voix, s'approchant nerveusement de Pierre de Montreuil.

Elle passa derrière lui et posa la serviette sur ses cheveux, qu'elle commença à frictionner légèrement, mais son corps se couvrit de frissons. C'était la première fois qu'elle touchait un homme. Elle poursuivit sa tâche, mais bientôt messire Pierre prit la serviette et se débrouilla seul après lui avoir jeté un regard dur. Apparemment, elle ne s'y prenait pas convenablement.

— Pardonnez-moi, dit-elle en prenant place devant l'écuelle de soupe que Marthe venait de poser sur la table.

— Je vais vous monter votre plateau, messire.

— Laissons cela, Marthe, j'ai à faire avec Colomban à l'atelier, autant simplifier les choses pour ce matin.

— Comme il vous plaira, messire, dit la bonne en lui servant sa soupe, du fromage et des œufs.

— Le pain est frais, Colomban, prends-en, lui proposa Marthe.

La jeune fille la remercia avec un sourire.

— Seigneur, bénit le repas que nous allons prendre. Amen, dit le maître de maison à son tour.

— Amen, répondirent les deux femmes à l'unisson avant de se signer.

Colombe mangea en silence. Ainsi messire Pierre voulait se rendre à l'atelier ce matin ? Elle espérait que cela ne dure pas trop longtemps, sa présence la troublait, et elle souhaitait travailler en paix. Mais force était de croire que les plans de la journée de son hôte ne ressemblaient en rien aux siens. En effet, une fois le petit déjeuner avalé, Colombe se leva de la table et desservit son couvert et celui du maître de maison.

— Marthe, pourrais-tu envoyer un courrier ? C'est pour le palais royal, dit l'architecte.

— Je vais envoyer un des palefreniers, messire. Je vous ferai porter la réponse dès qu'elle sera arrivée, je me doute que c'est important.

— Je te remercie. Colomban, va prendre tes marques à l'atelier, j'arrive tout de suite.

Il quitta les lieux, et Colombe se demanda si le maître de maison n'avait pas l'intention de la surveiller. Après tout, il ne la connaissait pas et voulait peut-être savoir si elle était vraiment digne de confiance. *Ironique*, pensa-t-elle en se disant qu'elle lui cachait un mensonge de taille.

— Travaille-t-il à l'atelier, d'ordinaire ? demanda Colombe à Marthe une fois Pierre de Montreuil parti.

— Pas du tout, il travaille à l'étage la plupart du temps. Je crois qu'il veut te mettre à l'essai, Colomban.

— Mais il m'a vue à l'œuvre hier.

— Qui sait ? Il doit avoir ses raisons. Il est exigeant, mais c'est un bon maître, sourit Marthe comme pour la rassurer. Allons, ne le fais pas attendre.

— Merci pour le repas Marthe, et encore désolée pour le linge.

— Ne te tracasse de rien, mon garçon. Tu es un bon petit.

Heureuse d'avoir trouvé une alliée, Colombe sortit dans la cour. Elle vit un jeune d'environ vingt ans arriver avec un homme qu'elle connaissait hélas trop bien : messire Vilhéry.

Ce bourgeois était le riche marchand peu scrupuleux à qui son père avait eu affaire. Tous les problèmes financiers du verrier venaient d'une commande exorbitante que Vilhéry avait passée en assurant prendre à ses frais les pigments et le matériel. Finalement, une fois les travaux achevés, il avait adressé une facture qui avait engagé les ressources personnelles du verrier, dont la dot de Colombe. Elle se souvenait encore du procès, du juge qui avait été acheté par la partie adverse et de l'humiliation qu'avait connue son père. Sa santé était devenue chancelante, après cela, la mésaventure lui avait porté un coup au cœur et à l'esprit dont il ne s'était jamais remis.

Un sentiment de colère lui enflamma le visage et le cœur.

— Hé, toi ! la héla le garçon. Je suis Alfred de

Vilhéry, et père voudrait s'entretenir avec messire Pierre de Montreuil. Va nous annoncer.

Colombe fut tentée de les envoyer au diable, mais elle se rappela sa situation et son rang au sein de la maison. Elle remonta à l'étage et frappa à la porte de messire Pierre.

— Entrez, fit la voix de l'architecte derrière la porte.

— Pardonnez-moi, messire, mais maître Vilhéry souhaiterait vous voir, il est dans la cour.

— Parfait ! Je l'attendais.

Messire Pierre comptait-il vraiment recevoir ce piètre personnage dans sa demeure ? Savait-il qu'il était un voleur ?

— Vous allez faire affaire avec cet homme ? questionna-t-elle pour en avoir le cœur net.

Surpris, l'architecte leva les yeux vers elle.

— En quoi cela te regarde-t-il ?

Le regard était catégorique, intransigeant, et Colombe déglutit péniblement.

— En rien, messire, pardonnez ma hardiesse, répondit-elle humblement.

— Je sais qu'il a mis à mal ton maître, Colomban, si c'est ce que tu voulais vérifier.

Colombe ressortit dans la cour et annonça aux visiteurs qu'ils pouvaient entrer.

— Ton visage m'est familier, dit le marchand.

— Je suis l'apprenti de Jacques Deverre, l'informa-t-elle avec un air de défi.

— Il n'a pas d'apprenti, objecta le fils de Vilhéry.

— En effet, mon fils, ce garçon se jouerait-il de nous ? fit le marchand le dévisageant avec attention.

— Je suis son apprenti, et son neveu, je viens de Bourgogne.

— Alors voilà pourquoi ton visage m'est familier, tu ressembles à sa fille d'une façon assez appuyée… pour un garçon, railla le marchand.

Colombe vit messire Pierre sur le perron. Il semblait suivre la conversation de loin, et elle décida de couper court.

— Messire Pierre vous attend. Bonne journée, messeigneurs.

La jeune fille releva le menton et passa devant eux sans leur jeter un seul regard. Très vite, Vilhéry se tourna vers l'architecte royal dans une attitude aussi mielleuse que servile.

— Je tenais à vous féliciter, messire de Montreuil. J'étais à la cour l'autre jour, pour mes affaires, ajouta-t-il en tournant une bague en or autour d'un doigt, et j'ai appris votre nomination à l'achèvement de Notre-Dame. La cathédrale ne pouvait rêver meilleur entrepreneur que vous. Votre prédécesseur commençait à s'épuiser.

— Jehan de Chelles y a dédié sa vie, lui succéder est un honneur, en effet, répondit l'architecte en les faisant monter.

Maître Vilhéry prit un air conspirateur et ajouta :

— On dit que ces derniers temps il avait des soucis d'approvisionnement. Mais tout cela est sûrement du passé, maintenant que vous avez repris le chantier.

— J'ai placé des compagnons aux postes stratégiques, je serai donc assuré de la suite des événements.

— Judicieux, dit le visiteur soudain tendu. Je venais vous proposer mes services, j'étais en affaire avec Jehan de Chelles. Je lui fournissais les échafaudages, les poutres, certaines pierres. À vous, je pourrai également fournir la couverture de la toiture.

— Entrez, nous allons discuter de tout cela à l'intérieur.

Le marchand et son fils entrèrent et prirent place dans les fauteuils que messire Pierre leur attribua.

— Vous travaillez avec maître Jacques, le verrier ? questionna le marchand avec une once de mépris dans la voix.

— En effet.

— Méfiez-vous, j'ai eu affaire à lui. J'ai gagné le procès, bien entendu. Mais tout de même, il pourrait réitérer. Surveillez cet apprenti !

— Plaît-il ? demanda l'architecte pour entendre sa version des faits.

— Il a tenté de me voler malgré tout ce que j'avais fait pour lui. Quand je pense que je l'avais choisi pour le châtelet de mon épouse. Elle est de noble extraction et possède un domaine en Normandie que j'ai fait entièrement moderniser, dit pompeusement le marchand. Toutes les fenêtres sont en verre épais, et les plus belles pièces ont même des vitraux, fanfaronna-t-il encore. Chez vous, également, si je ne m'abuse, dit Vilhéry en regardant les fenêtres décorées.

— Tout à fait, vous avez l'œil.

Vilhéry se leva et inspecta le travail avec attention.

— C'est bien le travail de maître Deverre, en effet. Son apprenti travaille pour vous ?

— Oui.

— Il semble insolent et mal dressé. Mon fils poursuivra son apprentissage avec votre frère, nous en sommes très heureux. Même si j'avoue avoir eu espoir qu'il poursuive avec vous, ajouta-t-il flatteur.

— Je ne prends pas d'apprenti pour l'heure. Quant à celui de maître Jacques, je n'ai pas à me plaindre de lui pour le moment. Allons, parlons affaires. Je souhaitais vous entretenir au sujet du plomb pour les vitraux. Le roi m'a commandé une rosace spectaculaire. Le pendant de la façade nord.

Une lueur de cupidité traversa l'œil du marchand.

— Mais bien entendu.

Alors que les deux hommes commençaient les négociations, Alfred, le fils de maître Vilhéry redescendit dans la cour et se dirigea vers l'atelier. L'apprenti de maître Deverre semblait avoir un comportement étrange, la plupart des gens se montraient déférents avec son père à cause de sa richesse et sa renommée. Mais pas ce gamin maigrichon. Curieux, il regarda au travers de la vitre de l'atelier.

Colombe fouilla dans les bacs de bois et trouva sans mal des verres de qualité, même si les couleurs n'étaient pas aussi lumineuses que celles que pouvait obtenir son père avec ses mélanges de pigments savants. Les plaçant sur la table de travail, elle déroula quelques cartons et tenta d'estimer quelle pièce serait la plus représentative pour le roi. Il fallait qu'elle fasse illusion, qu'elle soit parfaite, et déjà prête à intégrer au vitrail final.

Elle pensa aux cartons du jugement de Salomon, cela s'accordait bien au jugement du roi et serait une belle entrée en matière. Le manteau doré du roi, la blancheur de la chemise et des langes de la mère et l'enfant, la tunique rouge du soldat, l'épée grise et la robe vert et rose de la menteuse, sur un fond azur dans un cercle parfait. Entouré d'arabesques et de formes géométriques pour s'encastrer parfaitement dans la baie ajourée et sa dentelle de pierre.

Colombe attisa le foyer à l'aide d'un soufflet et y déposa le tisonnier qui lui servirait à la découpe. Elle dessina les bords avec le stylet, lentement, afin de ne pas faire d'erreur. Penchée au-dessus de la table de travail, elle peinait un peu. Cette table était parfaite pour travailler, mais beaucoup trop haute pour elle. Une ombre lui cacha la lumière un court instant, et relevant la tête, elle vit le fils de Vilhéry le nez collé à la vitre.

La peste soit des curieux ! pensa-t-elle agacée d'être sans cesse dérangée. Que cherchait-il ? Elle lui tourna volontairement le dos espérant qu'il se lasserait et partirait. Mais un quart d'heure plus tard, il regardait toujours à travers les carreaux. Une fois toutes les pièces découpées et fignolées à la pince à trucher, elle les posa en mosaïque sur la table, ce qui donnait déjà une vue d'ensemble. Colombe clouta toutes ces pièces afin de les immobiliser en vue de les peindre.

Elle avait soif, car la pièce était chauffée à outrance à cause du four, et décida de laisser son travail en cours pour aller chercher de l'eau à la cuisine.

En sortant, elle jeta un regard circulaire à la cour qui, à présent, semblait déserte. La cloche de l'église la plus proche sonnait déjà 10 heures. Elle avait encore beaucoup à faire avant de pouvoir faire une pause et hâta le pas.

Arrivée dans la cuisine, elle prit un pichet de terre cuite et un gobelet. Marthe avait puisé de l'eau claire qu'elle entreposait dans une barrique fermée par un couvercle de bois. À l'aide d'une louche accrochée sur le côté de la barrique, elle remplit sa cruche et la posa sur la table le temps de refermer le couvercle. Elle but un premier verre qui lui fit du bien. Rassérénée, elle prit la cruche et le gobelet et traversa la cour de nouveau. En regardant vers la porte cochère, elle vit Vilhéry qui quittait les lieux, suivi de son fils.

Bon débarras ! pensa-t-elle en se dirigeant vers l'atelier. Elle fronça les sourcils en voyant la porte ouverte. Pourtant, elle était sûre de l'avoir fermée en partant. Entrant d'un pas décidé, elle posa la cruche et le gobelet sur une étagère et regarda autour d'elle. Rien ne semblait avoir été déplacé ni volé. Mais un drôle de pressentiment lui serrait les entrailles.

Quelqu'un était entré.

Plongée dans ses pensées, elle sursauta en entendant des pas derrière elle. Pierre de Montreuil entra, les bras chargés de carnets et de planches de croquis. Il les posa sur une table et prit place en silence, étalant devant lui ces documents. Il commença à tracer des lignes à l'aide d'une règle et, voyant Colomban perdu dans ses pensées, il releva le nez et arqua un sourcil impatient.

— Tu as du travail, il me semble.

— Oui, messire, c'est juste que…

— J'apprécie de travailler en silence, coupa l'architecte, déjà plongé dans son plan de construction.

Colombe dut se mordre la langue pour ne pas répondre. Quelque chose clochait, et la chaleur l'empêchait de se concentrer. Soudain, elle s'aperçut que la porte du four était entrouverte. Elle sentit son cœur manquer un battement et blêmit. Des fibres de tissu brûlaient au coin de la porte : le carton ! Quelqu'un avait brûlé les cartons du vitrail !

— Non, non ! s'écria-t-elle.

Colombe ouvrit complètement la porte au risque de se brûler gravement. Ce geste inutile autant que dangereux ne lui dévoila que davantage l'étendue des dégâts. Tout le pan gauche du vitrail venait de partir en fumée.

— Tu es fou, tu veux te blesser ? fit la voix courroucée de messire Pierre qui la tira violemment par le bras pour l'écarter du brasier.

— Quelqu'un a brûlé le carton !

— Comment ? Personne n'est entré ici à part toi. C'est ridicule.

Colombe tenta de s'extirper de son étreinte, mais il la tenait fermement.

— Je vous dis que quelqu'un a brûlé le carton ! Comment vais-je faire pour le vitrail ?

— Qui me dit que ce n'est pas toi ?

Colombe accusa le coup et le regarda les yeux grands ouverts, effarés.

— Comment ?

— Ton maître a dû te dire que ce carton était sous ma responsabilité et que je m'engageais personnellement à le lui rendre comme propriété qui revient à tout artisan. Il va me falloir le dédouaner à présent. Mais peut-être qu'il t'a demandé de me soutirer de l'argent.

L'accusation la cloua sur place.

— Non ! protesta-t-elle pâle comme un linge.

— Ou peut-être as-tu voulu te faire ta propre pelote ?

— Non, messire, je le jure ! Ce serait du vol, et je ne suis pas une… une personne malhonnête, assura-t-elle en se rattrapant de justesse alors qu'elle allait dire « voleuse ».

— Il n'en reste pas moins qu'il nous manque un morceau du carton, conclut sombrement messire Pierre en la relâchant.

— Je peux le refaire, tenta Colombe la gorge sèche.

L'architecte alla fermer le foyer, puis ouvrit une fenêtre pour laisser l'air frais entrer.

— Quel morceau as-tu choisi pour la présentation au roi ? poursuivit-il en regardant s'il manquait autre chose.

— Le jugement de Salomon.

— Ironique, non ?

Elle détourna le regard, gênée par ses accusations.

— Je n'aurais jamais détruit son travail. Maître Jacques et son travail ont trop de valeur à mes yeux, et j'ai été élevée dans une famille qui respecte le décalogue. « Tu ne voleras point. » Donc je ne vole pas ! s'insurgea-t-elle en serrant les poings.

— Je ne te connais pas assez, Colomban, pour savoir ce que tu as dans le cœur et dans le ventre. Tout ce que je vois, c'est que le carton a été brûlé et que nous allons perdre un temps considérable !

Colombe ferma les yeux et essaya de se calmer. Il fallait être pratique et prendre les bonnes décisions.

— Quand devez-vous présenter le vitrail au roi ?

— Dans quatre jours.

— Alors je vais finir ce vitrail et je ferai les cartons manquants ensuite. Le plus important, c'est d'être prêt pour la présentation.

— Le roi voudra voir les cartons, ironisa l'architecte.

— Alors je travaillerai nuit et jour s'il le faut !

Pierre de Montreuil soupira. Ce gamin était fait de feu derrière ce visage d'ange poupin. Quatre jours pour un tel défi, c'était perdu d'avance.

— Je vais repousser l'audience.

— Le roi ne va pas apprécier. Je vais assurer, faites-moi confiance.

Elle se remit au travail, prépara la limaille de fer et l'huile pour la peinture, passa ses nerfs sur le pilon qui écrasait l'ensemble. Il fallait qu'elle se détende, sinon elle serait incapable de peindre sans trembler.

— Que puis-je faire pour t'aider ?

Cette question la laissa sans voix. L'architecte avait délaissé ses occupations et se proposait de lui servir d'aide.

— Vous ne me serez d'aucune utilité pour la peinture, mais lorsque j'aurai fini les pièces il faudra les mettre dans le four sur des plaques pour fixer la peinture. Si cela vous convient, évidemment, ajouta-t-elle craignant d'avoir été trop directive.

— Tu parlais de partage de connaissances, non ?

Leurs regards s'accrochèrent quelques secondes.

— Je n'ai pas brûlé le carton, je le jure. Je ne peux pas travailler ici si vous n'avez pas confiance en moi, messire.

— Je te donne une chance, Colomban, dit l'architecte en lui tendant la main. Mais une seule, tâche de ne pas me décevoir. Tu n'auras pas d'autre possibilité.

Colombe accepta la poignée de main, mais comme à chaque fois qu'ils s'effleuraient, un frisson lui parcourut le corps. Elle retira sa main et acquiesça.

— Je sais travailler dur, messire.

— On va voir ça, sourit l'architecte en la regardant s'affairer déjà à étaler ses divers pinceaux sur une tablette.

Colombe ferma les yeux et visualisa la scène du jugement de Salomon. Elle se souvenait de la cape dorée et de la robe rouge du roi, de la chemise blanche de la mère assortie aux langes de l'enfant, de la robe vert et rose de la menteuse. Quant au soldat, il avait une tunique rouge sur laquelle tranchait le gris de la lame de son épée. Le blanc et le jaune devaient ressortir plus que les autres couleurs pour mettre en avant le roi et la mère, pensa-t-elle en imaginant les lignes à tracer pour créer un beau relief.

Comme lors de l'essai avec le vitrail à la rose, Pierre regarda le garçon absorbé dans ses réflexions. Il semblait absent, comme suspendu entre ce monde et un autre. Et aussi soudainement qu'il avait fermé les yeux, il les ouvrit, sourit et commença à peindre. Ne voulant pas couper son élan, Pierre se remit au travail de son côté, attendant d'être sollicité par Colomban pour la chauffe des peintures. Pour résoudre le problème du mur sud, il travaillait sur plusieurs propositions de constructions selon des modèles de cathédrales déjà bâties. Le terrain étant délicat, le moindre défaut engendrerait l'affaissement, voire l'écroulement, de l'édifice. Le mur nord avait déjà connu des fissures, et il préférait consolider le tout, mais l'aspect artistique était aussi important que la solidité, il fallait que le résultat soit en même temps beau et robuste.

Chacun à sa tâche, les heures défilèrent rapidement. Marthe vint les interrompre vers 18 heures pour leur servir le repas. Pierre de Montreuil dut insister pour que Colomban lâche son pinceau. Il avait tracé les traits les plus larges et clairs, et d'autres, fins et plus sombres. Le garçon s'attellerait ensuite au détail après la cuisson.

— Assieds-toi, Colomban, et mange ta soupe, dit messire Pierre en lui montrant un tabouret et un bol.

— Avez-vous trouvé une solution pour les plombs ?

— Oui, maître Vilhéry va me montrer un échantillon demain.

Au nom du marchand, il vit l'apprenti se raidir.

— Je te demanderai ton approbation, tu t'y connais mieux que moi. Vilhéry sait que tu valideras la commande, c'était une de mes exigences. Il n'a pas eu l'air très content.

— Alfred, le fils de Vilhéry, ne m'apprécie pas non plus. Je crois que c'est lui qui a brûlé le carton.

— N'accuse pas sans preuve, c'est grave. Allons, laisse cette histoire de carton et prends ton souper. La journée est loin d'être finie.

L'architecte posa son bol de soupe et retourna un plan pour y griffonner quelque chose.

— Sur quoi travaillez-vous ? Vous semblez buter sur quelque chose, dit-elle curieuse en regardant les plans dessinés par le maître de maison.

— À quoi vois-tu cela ?

— Vos sourcils froncés.

L'architecte ne releva pas l'insolence et sourit de bonne grâce. Eudes aussi lui disait qu'il fronçait trop souvent les sourcils.

— Le terrain sur lequel est construite la cathédrale n'est pas idéal. Les murs sont épais mais très hauts. Si je ne trouve pas comment les renforcer, la cathédrale entière pourrait s'effondrer d'ici quelques années.

— Oh. En effet, commenta-t-elle en fronçant les sourcils à son tour. Il faudrait une solution pour soutenir l'ensemble.

— Je connais une cathédrale dans le sud du royaume qui possède un double mur extérieur. J'essaye d'évaluer si cela est possible pour la cathédrale.

— C'est intéressant. Un jeu d'équilibre permanent.

— Bien, tu as compris le principe.

L'architecte aimait la vivacité d'esprit de son apprenti, qui le regarda et lui sourit. Ses sourires étaient sincères, mais le mettaient mal à l'aise. Pierre secoua la tête pour chasser ses drôles d'impressions de la tête. Il avait du pain sur la planche, et le couvre-feu allait bientôt être sonné.

Colombe expliqua comment poser les plaques de verre correctement dans le four. Et surveilla le temps de cuisson, puis armée de gants épais, elle sortit les plaques et les étala sur des briques pour les laisser refroidir.

— Pourrions-nous mettre une serrure à l'atelier, messire ?

— J'y pensais, je ferai appeler un serrurier. Nous verrons cela demain. En attendant, je veillerai à ce que la porte cochère soit fermée à double tour. Que fait-on d'autre ?

— Pour le vitrail, rien de plus, mais on peut commencer à travailler sur le carton si vous voulez.

— Je vais couvrir le feu, dit l'architecte en fermant la porte en fonte du four et en vérifiant si tout était en ordre. Montons à l'étage, nous serons plus à l'aise dans mon particulier, j'y ai une table de travail et de quoi dessiner.

Colombe marqua un arrêt. Elle allait devoir aller seule, sans chaperon, dans la chambre du maître. Puis, elle se rappela qu'un garçon pouvait tout à fait se rendre dans l'appartement privé d'un homme sans que la morale y trouve à redire.

Mais elle n'était pas un garçon, et cette transgression aux bonnes mœurs ne fut pas pour lui déplaire.

Prenant ses affaires, elle feignit une attitude détendue et emboîta le pas de son patron. Mais, intérieurement, elle vibrait d'excitation. Travailler ainsi avec l'architecte la motivait autant que cela la troublait. Il serait tout à elle lors de ses travaux, et elle pourrait apprendre à le connaître davantage. Qui était Pierre de Montreuil dans l'intimité ?

Chapitre 5

Colombe disposa les cartons restants sur la table de travail. La journée avait été longue, et elle était fatiguée, mais rien ne l'empêcherait de rattraper cet immense gâchis. Elle connaissait les dessins et les proportions pour les avoir longuement travaillés avec son père à la verrerie.

Dans un coffre près de la fenêtre, messire Pierre sortit des crayons, des règles de plusieurs dimensions et des compas.

— Que te faut-il d'autre ?

— J'ai besoin de papier huilé pour recopier les formes, dit-elle timide de se retrouver seule avec lui.

Pierre de Montreuil acquiesça et sortit de la pièce. Colombe respira fortement et tâcha de se concentrer sur ce qu'elle devait faire. Elle déroula un carton vierge de la bonne dimension puis commença à tracer les arcs de cercle à l'aide du compas. D'ordinaire, elle cloutait le tissu sur la table de travail, mais elle ne pouvait abîmer le beau bureau de l'architecte. À chaque tracé, cependant, le tissu bougeait, elle avait beau caler son coude et son bras pour aplanir l'étoffe, rien n'y faisait.

— J'ai trouvé du papier huilé.

— Merci, ce sera parfait, approuva-t-elle en inspectant le papier. Vous aviez proposé votre aide et je vais en avoir besoin. Le tissu bouge.

— Il faut le tendre, comprit l'architecte en venant près d'elle.

Ils étaient proches à se toucher. Colombe sentait la chaleur de son corps et le parfum de sa peau. Son cœur se mit à battre à tout rompre, et son corps se couvrit de frissons.

— Tu as froid ?

— Non, pas du tout, au contraire, articula-t-elle péniblement d'une voix rauque.

Elle se racla la gorge et reprit son ouvrage.

C'était une sensation étrange, un trouble teinté d'une nuance agréable, délicieuse, même. Elle gardait les yeux rivés sur les dessins qui prenaient forme sous ses doigts agiles. Un silence confortable s'était instauré entre eux, l'architecte essayant de se rendre utile et observant son travail.

— Te souviens-tu de chaque scène à reproduire ? demanda messire Pierre.

Elle battit des cils et ouvrit la bouche pour répondre, mais aucun son n'en sortit. Elle hocha la tête et reprit son travail de nouveau en silence.

Avec surprise, l'architecte se rendit compte qu'il aimait ce temps partagé avec son apprenti. Colomban était précis dans ses gestes et minutieux, le regarder travailler était source d'inspiration et d'émerveillement. Les uns après les autres, les cercles et les volutes apparaissaient sur le tissu, le garçon s'attaquait à présent au remplissage de scènes bibliques. Chaque personnage fut annoté de chiffres et de lettres, couleurs, aspect, épaisseur du verre, rien ne manquait. Silencieux et admiratif, Pierre ne détachait pas son regard de cet étrange personnage qui savait faire revivre de mémoire un dessin aussi complexe. Colomban retint péniblement un bâillement. L'heure était avancée, et il était temps de chercher le repos.

— Va te coucher, Colomban, nous reprendrons demain matin.

— Je finis juste celui-là, nous ne pouvons pas nous permettre d'être en retard.

Messire Pierre sourit devant la ténacité du garçon qui peinait à garder les yeux ouverts.

Moins d'une demi-heure plus tard, Colomban quitta la pièce après avoir salué son hôte. Après le départ du garçon, il flottait dans l'air quelque chose de doux et de suave, et Pierre se sentit déstabilisé. De ce garçon habile émanait quelque chose de mystérieux. Eudes avait raison, il était beau. Sur ces pensées étranges, Pierre alla se coucher, mais peina de nouveau à fermer les yeux.

Les jours suivants furent dédiés exclusivement aux cartons, Colombe travaillait avec l'architecte et une certaine routine commença à s'installer. Les journées s'étiraient le plus possible, et aucun d'eux ne comptait ses heures ni sa peine. Le résultat devait être parfait, cela demandait du temps et de la précision. Ils ouvraient en bonne harmonie, Pierre anticipant même les besoins de l'apprenti, que ce soit au niveau du tissu ou des outils dont il pouvait avoir besoin. On aurait dit que les rôles s'étaient inversés, Colomban était devenu le maître et Pierre l'apprenti.

— Parle-moi de la verrerie, comment travaille maître Jacques sur les verres ?

— Ma foi, que voulez-vous savoir ?

— Rien de confidentiel, disons plutôt des choses générales sur le travail du verre. Les couleurs, par exemple.

— Mais justement, sourit Colombe amusée, les couleurs sont secrètes, enfin les proportions des pigments en tout cas.

— Je vais donc rester sur ma faim.

— Non, je peux vous donner les ingrédients pour teinter les verres, cela n'a rien de secret, tous les maîtres verriers les connaissent. Le bleu par exemple s'obtient avec du cobalt, qui vient d'Allemagne ou de Chine. Il est très précieux et réservé aux belles figures des vitraux.

— Ça, je le sais, fournir maître Jacques en cobalt m'a coûté une certaine somme, dit l'architecte qui se souvenait encore de la longue négociation avec le colporteur qui revenait d'Orient.

Colombe sourit en devinant que Pierre de Montreuil ne s'attendait pas à une facture aussi élevée.

— Rien n'est trop beau pour Dieu.

— Ce n'est pas Dieu qui paye les factures.

Colombe se mit à rire et Pierre secoua la tête, amusé. Son visage changeait lorsqu'il souriait, elle aimait le voir ainsi plus détendu, plus familier. Leurs regards se croisaient sans cesse et la jeune fille apprenait à le connaître davantage et à l'apprécier sincèrement. Derrière une apparence sévère se cachaient un passionné d'architecture et un homme plein d'humour. Des picotements délectables lui parcouraient l'échine, c'était une torture de ne pouvoir être considérée comme une femme à ses yeux. Elle ne pouvait espérer que sa sympathie, rien de plus. Et pourtant, quand son visage s'éclairait ainsi, elle souhaitait lui donner bien davantage. Mais quoi, exactement ? Colombe ne comprenait pas pourquoi son corps s'enflammait chaque fois qu'ils étaient près l'un de l'autre. Elle aspirait à ces moments mais les craignait tout autant. Ses pensées n'étaient pas honorables et elle était choquée par sa propre hardiesse. Finirait-elle comme les pécheresses qui hantaient les rues sombres de Paris ?

— Ensuite ? dit-il alors qu'elle le dévisageait avec admiration.

— Le rouge est délicat, l'oxyde de cuivre calciné qu'on utilise est dense et rend le verre opaque, il ne laisse plus passer la lumière. Alors nous fabriquons des verres les plus fins possible et les superposons à un verre classique incolore.

— Ingénieux, reconnut Pierre en l'écoutant attentivement.

— Pour le vert, l'oxyde de fer, et le manganèse pour le jaune. Cette couleur est au cœur des recherches de mon maître, ces derniers temps, l'informa-t-elle, heureuse de partager leurs espoirs avec messire Pierre.

— Je sens que nous frisons le secret, s'amusa l'architecte avec un clin d'œil.

— Je ne dirai plus rien, rit la jeune fille qui goûtait cette complicité avec plaisir. Ce sera un succès, j'en suis sûre.

Maître Jacques avait beaucoup misé sur cette nouvelle technique. Sans utiliser de fondants pour le verre comme pour la plupart des couleurs, ce dégradé de l'orange au jaune le plus pâle et lumineux s'obtenait grâce à une base d'argent que son père ne tenait pas à divulguer, la teinte se fixait par sédimentation, ce qui était très novateur. Il espérait pouvoir l'exploiter très bientôt.

— Te voilà perdu dans tes pensées, Colomban, fit l'architecte en s'approchant.

Elle se tourna vers lui et leurs regards s'accrochèrent. Quelque chose de violent emplit le cœur de la jeune fille, tout son être était suspendu à ses lèvres. Ah Dieu, si seulement elle ne s'était pas fait passer pour un garçon, elle aurait peut-être pu espérer un baiser, se dit-elle les yeux rivés sur la bouche charnue et sensuelle de messire Pierre. Ce regard de velours, l'intensité de sa voix, tout la charmait.

Mais le retour à la réalité fut tout aussi violent : ce fut Pierre qui coupa ce lien qui se tissait irrémédiablement entre eux en détournant subitement le regard avec sévérité.

— Il va falloir que tu te débrouilles à l'atelier, à présent, j'ai déjà pris beaucoup de retard avec cette histoire de cartons. Mes plans aussi méritent mon attention, j'ai une cathédrale à finir. Reprends ta place à l'atelier et dis-moi lorsque tu auras fini, le roi ne saurait attendre.

Blessée par son agressivité soudaine qu'elle ne comprenait pas, Colombe ramassa ses cartons sans mot dire et quitta la pièce la tête basse.

Une fois la porte close, Pierre s'affala dans un fauteuil, les nerfs à vif. Ce garçon lui enflammait le sang et cette idée le révulsait. L'espace d'un instant, il avait été tenté de l'embrasser ! Embrasser un garçon ? Mais qu'est-ce qui ne tournait pas rond chez lui, en ce moment ? Il était temps pour lui de l'éloigner de Colomban, s'il voulait travailler sereinement et reprendre des pensées dignes d'un chrétien.

Il fallait qu'il parle à Eudes afin qu'il emmène ce garçon chez les prostituées. Cela devenait urgent, pour sa santé mentale, en tout cas.

Colombe passa le reste de l'après-midi dans l'atelier et lorsque Marthe arriva avec des biscuits et du lait, elle était au comble de sa tristesse.

— Tu n'as pas l'air en forme, Colomban. Est-ce que quelque chose t'aurait chagriné ?

— Je ne sais pas, j'ai dû déplaire à messire Pierre, nous étions en train de travailler et tout allait bien, et puis soudain, il m'a presque jeté dehors.

Il se fait du souci pour son mur sud, il ne parle que de cela depuis quelques jours. Le roi lui a confié une tâche difficile, et il est tendu, c'est tout. Il n'a sûrement rien contre toi. Tiens, prends un biscuit, ça te fera du bien. J'ai rangé des linges pour tes saignements de nez dans ta chambre.

— Mais Marthe, ce n'est pas à toi de laver cela, je t'ai dit que mes saignements de nez arrivent souvent, j'ai l'habitude de nettoyer et de ranger mes affaires.

— Ne t'en fais pas, mon garçon, cela ne m'a pas rajouté beaucoup de travail. Je te donnerai des mouchoirs, ce sera mieux que ces tissus que tu utilises.

— Non, merci, c'est assez absorbant et parfois je saigne beaucoup.

— Très bien, comme tu voudras, il ne devra plus rester une seule miette lorsque je reviendrai ce soir, le taquina-t-elle en pointant du doigt l'assiette bondée de biscuits au miel et aux noisettes.

— Je ne dînerai pas, alors.

— Oh que si, mon garçon, j'ai pour ordre de te remplumer !

Colombe appréciait la gentillesse de la bonne, mais espérait que son histoire de saignements de nez couvrirait ses lunes à chaque fois. Pour l'heure, cette supercherie semblait très bien fonctionner. Et si elle arrivait à convaincre une femme, alors les hommes seraient encore plus faciles à duper.

Une fois l'estomac plein, elle se remit au travail. À la nuit tombée, Marthe la prévint que son repas l'attendait à l'office. Ainsi l'architecte ne voulait plus d'elle à sa table le soir, ils avaient pourtant dîné ensemble depuis son arrivée. Colombe mangea sa soupe l'âme en peine et monta dans sa chambre pour le reste de la soirée. Elle s'en voulait d'être aussi sensible aux humeurs de messire Pierre. Pourquoi son opinion et son approbation comptaient-elles autant à ses yeux ? C'était ridicule, cela n'avait aucun sens, se fustigea-t-elle intérieurement. Après tout, elle était là pour remplir une commande et tenir un rôle afin d'arriver à ses fins, peu lui importait de travailler avec cet homme, ou un autre. Un client est un client, le tout était de faire en sorte que la réputation de son père soit lavée grâce à ce chef-d'œuvre.

Libérée de sa prison de tissu, elle se lava le buste et le corps puis enfila une chemise propre. Sa peau avait l'air de s'habituer à cette constriction, maintenant qu'elle avait trouvé comment bien poser le bandage sans des plis qui pourraient irriter sa peau. Elle se coucha espérant trouver la paix dans le sommeil. Mais tant l'une que l'autre semblaient décidés à la fuir.

Ce soir-là, Pierre, curieux de voir si Colomban avait avancé sur les cartons, quitta sa chambre et descendit à l'atelier sachant que le garçon n'y était pas. Il se sentait ridicule de fuir son apprenti comme la peste, mais ne trouvait pas d'autre échappatoire pour le moment. Il ouvrit la serrure de la porte qui avait été posée le matin même par un artisan et que Colomban avait refermée soigneusement avant de monter se coucher. Selon les dires de Marthe, le gamin avait travaillé sans arrêt jusqu'au couvre-feu. La bonne lui avait demandé pourquoi il s'était fâché après son apprenti.

— Je ne me suis pas fâché après Colomban. Qui t'a dit ça ?

— Lui-même, vous avez dû le secouer, il était triste, pauvre petit.

— Devenir adulte c'est apprendre à gérer ses émotions et à connaître ses devoirs. Il s'en remettra, dit sévèrement Pierre en jetant un regard dur à Marthe qui ne se laissa pas impressionner.

— C'est un bon petit, il a du cœur. Ne le rendez pas sec.

Sec ? Cet adjectif ne convenait pas du tout à Colomban, c'était certain, pensa Pierre en entrant dans l'atelier. Il alluma une bougie aux braises mourantes du four que l'apprenti avait sagement couvert d'un couvercle de fonte avant de quitter les lieux. L'architecte regarda le carton quasiment achevé. Il allait pouvoir le présenter au roi. Une vive satisfaction enflamma son cœur. Mais pour montrer le vitrail, il devait tout d'abord montrer son mur. Un air sombre passa sur le visage du maître de maison qui observa les affaires que Colomban avait triées et rangées. Tout était à sa place et soigneusement organisé. Il avait hâte de voir les premiers pétales du vitrail éclore des mains de Colomban. Il le voyait découper, lustrer, assembler mille pièces de verre, les unir avec une précision et une technique sans pareilles. Ce serait un chef-d'œuvre à n'en pas douter.

L'atelier tout entier était imprégné de la présence de Colomban et Pierre sentit encore d'étranges sensations envahir son corps. Il se demanda s'il ne devenait pas fou. Était-ce Colomban qui était responsable de cette attirance contre nature, ou était-ce lui qui vivait en ermite depuis trop longtemps ?

— Bonsoir, mon frère. Je pensais bien te trouver là, fit la voix ironique d'Eudes qui arrivait une bougie à la main. Alors, où en es-tu avec Colomban ?

Pierre lui raconta les derniers événements.

— Il dit que le fils de Vilhéry a brûlé le carton par jalousie. Maître Jacques a eu affaire à lui et a perdu son procès, expliqua-t-il pour que son frère comprenne l'inimitié qui pouvait opposer les deux garçons.

— Alfred contre Colomban ? Je ne donne pas cher de la peau de notre petit oiseau. Alfred est dur, élevé par un père pour qui la réussite n'est pas une option. Je le vois assez bien faire ce genre de choses.

— C'est ton apprenti. Qu'il ne vienne pas semer la zizanie chez moi.

— Alfred est reparti chez son père pour deux semaines, mais il reviendra bientôt, je lui en toucherai deux mots.

— Bien.

Alfred n'intéressait pas du tout Eudes, ce qu'il voulait savoir, c'était si l'apprenti en jupon avait commencé à semer le doute chez son frère.

— Comment se passe la cohabitation entre vous ?

— Pourquoi ? demanda Pierre sur la défensive.

— Pour rien, c'est toujours plus agréable de travailler avec des gens agréables. Est-il agréable ?

— Il travaille bien, si c'est ce que tu veux savoir. C'est d'ailleurs la seule chose qui m'intéresse chez lui, coupa Pierre durement.

— Aurais-tu eu des mots avec lui ? Tu sembles remonté, insista Eudes de nouveau.

— Pas du tout. Je ne lui reproche rien d'un point de vue professionnel. C'est son attitude qui me dérange. Et à ce propos je souhaiterais te le confier…

— Me le confier ? Que veux-tu dire ?

— Je veux que tu t'assures qu'il apprécie les femmes.

— Pardon ? Tu me demandes de l'emmener au bordel, c'est cela ?

Pierre fit une grimace, un peu gêné.

— Dit comme cela, ça sonne un peu cru, admit l'architecte.

— Dis-le comme tu veux, c'est toujours cru de toute façon. Donc tu souhaites que Colomban goûte aux plaisirs de la chair. Et pourquoi ? Qu'est-ce que ça peut te faire, après tout ?

— Je veux savoir si… Je veux savoir s'il est sodomite, voilà !

Eudes éclata de rire, ce qui agaça son frère aîné.

— Pourquoi, il te fait du gringue ?

— Mais non ! C'est juste… sa façon de me regarder, parfois, et son allure générale…, reprit-il à voix plus basse. Je me pose des questions.

— Il te perturbe ? osa carrément Eudes.

— Tu es fou ! Tu sais à qui tu parles ? coupa Pierre furieux que son frère puisse penser qu'il avait ce genre de penchant.

— C'est juste un joli garçon, laisse-le tranquille.

— Emmène-le avec toi dans tes lieux de débauche, fit Pierre avec un geste vague de la main, et dis-moi ce que je veux savoir. Qu'est-ce que tu fais là, d'ailleurs ?

— Je suis toujours là quand on a besoin de moi, mon frère, sourit Eudes amusé par les troubles de son aîné.

— Sérieusement.

— Tu vas aller voir le roi bientôt pour lui présenter les projets du vitrail. Je t'accompagnerai.

— Pourquoi ?

— Le roi veut me confier un projet, tu n'es pas le seul dont le talent soit reconnu par Sa Majesté, dit Eudes en bombant le torse.

— De quoi s'agit-il ?

— Apparemment, cela aurait un rapport avec le retour des croisés.

— Sûrement une commanderie ou quelque chose comme cela, en déduisit messire Pierre.

— Peut-être, nous verrons. Pour en revenir à Colomban, imagine qu'il n'accepte pas de me suivre en taverne. Peut-être a-t-il fait vœu de chasteté ?

— Je n'y avais pas pensé. Voici ce que nous allons faire : si le roi accepte le projet et que tu as toi aussi une nouvelle commande, nous irons fêter cela… en taverne, si nous le faisons suffisamment boire, chaste ou pas, il répondra aux avances de catins.

— Tu veux soûler ce gamin ? Mais ma parole, tu es vraiment prêt à tout ! C'est presque sordide, venant de ta part…

— Je l'admets. Mais nécessaire tout de même, dit sèchement l'architecte.

— Pour qui ? ironisa Eudes en regardant son aîné droit dans les yeux.

— Pour moi et ma tranquillité d'esprit, maugréa Pierre en repartant chez lui après avoir poussé Eudes vers la sortie et avoir fermé la porte à double tour.

— C'est ce que j'ai dit, tu es perturbé, conclut Eudes à voix basse, ravi de voir son frère empêtré dans un désir charnel qu'il ne comprenait pas. Bravo, Colombe, tu as fait trembler les géants. Je suis impatient de voir comment cela va se terminer.

Le lendemain matin, Eudes descendit à la cuisine et alla saluer Marthe. Il posa beaucoup de questions tout en papotant d'un air enjoué avec la bonne et obtint certaines réponses. Ainsi, la tension commençait à monter. Il avait hâte de voir son frère et Colombe ensemble. Il devait trouver un moyen de provoquer ces rencontres, puisque Pierre avait confiné son apprenti dans l'office ou à l'atelier pour éviter de croiser son chemin.

La visite au palais royal arrivait à point nommé !

Deux jours plus tard, les frères Montreuil montaient à cheval pour le palais. Messire Pierre avait été contraint de céder à la demande de son cadet d'emmener Colomban avec eux. Il ne l'avait pas revu depuis le jour où il l'avait envoyé travailler à l'atelier préférant garder ses distances.

— Comment peux-tu présenter un travail qui n'est pas le tien ? lui avait opposé Eudes. Tu ne saurais répondre à toutes les questions du roi et de la reine.

— J'ai travaillé le dessin des cartons avec Colomban et j'ai noté les différentes couleurs et aspects du vitrail.

— Tout de même, je trouve que tu as un comportement étrange avec ce garçon. Laisse-lui l'honneur de présenter le fruit de ses efforts. C'est une question d'honnêteté intellectuelle, tu n'es pas d'accord ?

— Je comprends ton point de vue, mais je préfère y aller sans lui.

Eudes ne se laissa pas démonter par l'opiniâtreté de son frère.

— C'est à lui de représenter son maître. Le roi aurait sûrement préféré converser avec maître Jacques, mais comme celui-ci semble dans l'incapacité de venir…

— Justement, c'est tout le problème ! Depuis le début, c'est le problème !

— Quel problème ? Tu admets que Colomban est un excellent artisan, alors pourquoi lui refuser la présentation ? Cela ne tient pas debout. Je continue à soutenir que tu as des griefs injustifiés contre ce gamin. Tu n'es pas juste avec lui.

Messire Pierre savait pertinemment que son frère avait raison, et cela l'agaçait fortement. Il fut obligé de reconnaître sa défaite.

— Très bien, tu as gagné, nous emmenons Colomban, finit-il par céder à contrecœur. Va le prévenir, je sais que tu en meurs d'envie.

— Non, je n'en ferai rien, c'est à toi qu'il revient de lui annoncer, il travaille sur ton projet de cathédrale et sera sûrement mal à l'aise s'il comprend que l'idée vient de moi. Mets-toi à sa place.

Pierre regardait son frère avec un sentiment d'irritation profond. Cependant, il devait avouer de nouveau qu'Eudes disait vrai. Peu habitué à se faire sermonner par son cadet, il obtempéra pourtant et alla frapper à la porte de l'atelier. Colombe, après avoir nettoyé la table de travail, rangeait les cartons dans une sacoche de cuir qu'elle comptait remettre à l'architecte pour son départ au palais.

Messire Pierre entra et se racla la gorge.

— Nous partons vers 9 heures, tâche d'être prêt, dit-il seulement en commençant déjà à faire demi-tour.

— Je le suis déjà, messire, voici la sacoche que vous pourrez montrer au roi.

— Tu viens avec moi. Tu présenteras le vitrail au roi. Je ne suis pas verrier, que je sache !

— Mais… Bien, messire, comme il vous plaira.

— Sois ponctuel, et fais en sorte de t'habiller convenablement pour le palais.

À la suite de cette injonction peu amène, Colombe était partie voir Marthe et lui avait expliqué la situation.

— Je n'ai que mes tenues de travail et cela ne semble pas convenir à messire Pierre.

— Ne te tracasse pas, je dois avoir des vêtements des garçons lorsqu'ils étaient enfants. Viens avec moi.

La bonne Marthe emmena Colombe dans une chambre à l'étage qui servait de réserve en complément de l'office au rez-de-chaussée. Il y avait des coffres et des grands placards pleins de couvertures, lainages ou toiles qui attendaient d'être taillés. Marthe ouvrit un bahut et en sortit des tuniques et des hauts-de-chausses, des chemises blanches impeccablement conservées.

— Tu es menu, les tenues de messire Eudes te conviendront mieux que celles de messire Pierre, il a toujours été grand et robuste. Tiens, enfile cette chemise, la tunique verte et ce haut-de-chausses noir.

— Merci, Marthe, ce sera très bien.

— Essaye les vêtements ici, comme ça, je pourrai les ajuster.

— Inutile, Marthe, je pense qu'ils sont parfaits, dit Colombe les joues en feu, ne voulant pas se dévêtir devant elle.

— Je me suis occupée de mes seigneurs depuis leur naissance, je sais très bien à quoi ressemble un garçon nu.

— Je ne voulais pas te blesser, Marthe, s'excusa timidement Colombe qui se sentait coincée.

— Allons, je comprends ta pudeur. Moi non plus je ne voulais pas te blesser, je sors et je te laisse tranquille. Appelle-moi quand tu es prêt, je serai derrière la porte.

— Merci, Marthe, soupira la jeune fille soulagée.

Elle se cacha malgré tout derrière un placard et se dévêtit très vite, enfila la chemise, la tunique et le haut-de-chausses. Elle trouva sans mal les chausses et les bottines de cuir souple qui allaient avec la tenue, et une fois prête, elle appela la bonne qui entra.

— Oh ! que tu es beau, on dirait un petit seigneur, se réjouit la bonne en tapant dans ses mains. C'est très joli sur toi. Peut-être un peu près du corps, mais cela fera l'affaire. Tiens, mets cette jolie ceinture de cuir et d'argent, ce sera la petite note élégante. Ah, vraiment, cela m'amuse de te voir habillé ainsi, tu me fais penser à messire Eudes, il ne devait pas avoir plus de douze ans.

— Et j'en ai quinze…, grimaça Colombe pour jouer à l'adolescent vexé.

— Pardonne-moi, fit Marthe en lui pinçant la joue, cela me rappelle le bon vieux temps !

Les deux femmes redescendirent à l'office.

— Oh que je suis étourdie, je devais passer dans la chambre de messire Pierre prendre ses chemises pour faire la lessive. Peux-tu y aller pour moi, le temps que j'allume le feu sous le bac ?

Aller dans la chambre de messire Pierre ? Colombe déglutit et se força à sourire en priant Dieu qu'il ne soit pas dans ses appartements.

Et Dieu sembla écouter sa prière, la pièce était vide. Colombe avait frappé à la porte et n'obtenant pas de réponse était entrée avec précaution. La table de travail croulait sous les esquisses et les dessins. Elle ne put s'empêcher de les regarder. Elle vit le mur doublé dont ils avaient parlé ensemble, un autre croquis avec un mur étoffé à certains endroits. Puis encore d'autres essais. Le défi était de soutenir l'édifice, se dit-elle en mettant ses mains devant comme pour soutenir un mur invisible. Et soudain elle eut une idée. Elle prit un fusain et dessina des arcs qui portaient le mur à intervalles réguliers. C'était aérien et massif à la fois, esthétique et solide comme le voulait l'architecte.

Ne voulant pas être surprise à fouiller, elle se hâta de prendre le linge posé sur le lit. Aussitôt, l'odeur masculine de Pierre se dégagea de ses chemises et elle sentit une douce chaleur envahir son corps comme lorsqu'elle était près de lui. Elle était attirée par cet homme, il était inutile de le nier. En cet instant, elle regretta amèrement la belle complicité des jours passés.

— Je peux savoir ce que tu fais ici ? fit la voix dure de messire Pierre en claquant comme un fouet.

Elle se retourna brusquement.

— Je… Marthe fait la lessive.

— Et alors ?

— Il manquait vos chemises, elle m'a demandé de l'aider.

— Pose ça.

Colombe posa les chemises sur la table et se tourna de nouveau vers le maître de maison.

Il la détaillait avec une étrange lueur dans les yeux.

— Tu t'es changé.

— Ces habits étaient à votre frère, Marthe me les a gentiment prêtés. Vous êtes d'accord ?

— Marthe a eu raison, tes tenues de travail n'auraient pas été adaptées à une visite à la cour. Descendons, à présent, c'est l'heure de partir.

— Oui, messire, je descends seller mon cheval.

— Il est sellé depuis dix bonnes minutes, Colomban, nous t'attendons.

— Pardonnez-moi, messire, murmura Colombe en détalant comme un lapin.

Lorsqu'elle arriva dans la cour, Eudes la regarda et émit un petit sifflement admiratif.

— Heureusement que je suis le seul à voir à travers cette tunique. Tu es très jolie, en page.

— Pitié, messire Eudes, taisez-vous, l'implora Colombe mortifiée et terrorisée à l'idée d'être démasquée.

— Sache que tu perturbes mon frère, dit-il en aggravant l'émoi de la fille.

— Je le perturbe ? demanda Colombe innocemment, ne comprenant rien au sous-entendu de son interlocuteur.

— Oui, tu es une femme, alors tu sais que les hommes réagissent en présence des femmes qui leur plaisent.

— Je lui plais ? Vous êtes fou ! Vous délirez ! se défendit-elle en chuchotant et en épiant l'arrivée de messire Pierre.

— Pas du tout, je parie que mon frère pense à toi de façon peu chaste, insista Eudes amusé de voir de nouveau les joues de Colombe se colorer de rose.

— Vous rendez-vous compte de ce que vous dites ? Il me prend pour un garçon ! Et même si j'étais vêtue comme une fille, je serais… choquée de telles pensées !

— Tu rougis. Serait-il possible que mon ascétique frère te plaise également ?

Colombe ouvrit la bouche, ses yeux parlaient pour elle et Eudes savait qu'il avait marqué un point. Ainsi la fille du verrier s'était éprise de l'architecte ombrageux.

— Arrêtez, ce n'est pas drôle ! Attention, il arrive ! indiqua Colombe en essayant de monter à cheval.

Eudes n'esquissa pas un geste pour l'aider à se mettre en selle et ce fut Pierre qui la saisit par la taille et la posa sur le cheval. Sentant les mains de son hôte sur ses hanches, Colombe avait arrêté de respirer.

— Merci, messire, dit-elle en prenant les rênes de sa monture et en talonnant aussitôt son cheval afin de s'éloigner de lui.

— Je maintiens ce que j'ai dit, Colomban, rit Eudes en recevant un regard furieux de l'intéressée.

— À quel sujet ?

— Une petite plaisanterie sans importance, mon frère. Allons-y, je suis curieux de savoir ce que le roi pense de ton travail, mon garçon, ajouta-t-il pour la demoiselle qui ne décolérait pas.

— J'espère que le chantier que vous confiera le roi sera loin, très loin, dit Colombe avec acrimonie.

Le cadet des Montreuil rit sous cape et passa la porte le premier. Dans la rue, un voisin les salua et Colombe fit profil bas en laissant passer Pierre de Montreuil devant elle, comme le voulait l'usage.

Des pensées peu chastes à mon égard ? Messire Eudes pense que je lui plais ? Quelle folie !

Elle ressassait ses idées loufoques avec une certaine fébrilité. Toutes ces suppositions la mettaient à cran. Ses hanches portaient encore la marque brûlante de ses mains et elle se tortilla sur sa selle. Aussitôt, le cheval fit un écart et Colombe se cramponna à sa crinière.

Idiote ! se dit-elle en fronçant les sourcils, agacée d'être si sensible aux réflexions de messire Eudes. *Il ne manquerait plus que tu tombes dans le ruisseau, et que tu arrives crottée au palais !*

Elle trotta pour rattraper les deux frères. Plus ils approchaient du palais, plus les rues étaient bondées. Un groupe de cavaliers attira son attention. Ils ne passaient pas inaperçus, vêtus d'une tunique blanche marquée d'une croix rouge sang : des croisés.

Celui qui les menait, un bandeau sur l'œil, avait un air sombre qui impressionna Colombe. Les cavaliers lui barrèrent le chemin pour passer les portes du palais et elle ne tenta pas de s'opposer à eux. Ces hommes revenaient sûrement d'Orient où ils avaient combattu pour libérer Jérusalem et le tombeau du Christ, de nouveau sous la coupe des Sarrasins.

Soudain, Pierre de Montreuil traversa la ligne de cavaliers pour venir la chercher.

— Je peux savoir ce que tu attends ?

— Les croisés m'ont barré la route pour rentrer, je ne pouvais pas passer, expliqua-t-elle en essayant vainement de cacher son agacement.

— Allons-y, ils sont entrés à présent. Tu es prêt ?

— Oui, dit-elle nerveuse à la perspective de converser avec le roi.

— Évite de bégayer et de te tortiller. Le roi Louis ne mange pas les gamins squelettiques.

— Je ne suis pas squelettique, je suis… de constitution menue, corrigea-t-elle acide.

— C'est bien la première fois que je vois un garçon ravi d'un pareil qualificatif.

— Petit et mince, ça vous convient mieux ? Ma taille semble vous déplaire et j'en suis navré. Je ne vous reproche pas d'être trop grand ou trop fort. Trop… imposant.

— Ce genre de qualificatifs est très apprécié des hommes… et de certaines femmes, s'interposa messire Eudes.

— Eudes, cela suffit, peux-tu arrêter tes sous-entendus lubriques ne serait-ce qu'un instant ?

— Lubriques ? rougit Colombe. Qu'y a-t-il de lubrique dans imposant ?

Eudes éclata de rire et Pierre secoua la tête avec désolation.

— Vous me fatiguez tous les deux. Entre le puceau et le dépravé, me voilà bien loti en termes de compagnie. Pour ta gouverne, Colomban, dire à un homme qu'il est imposant peut s'interpréter comme une sorte de compliment sur la taille et la dimension de sa virilité. Et maintenant, cessez vos idioties, nous sommes attendus par le roi !

— Je n'ai jamais voulu parler de votre virilité, messire Pierre, je le jure, murmura Colombe cramoisie. C'est un sujet inintéressant et complètement déplacé.

Hilare, Eudes allait finir par mourir de rire tant il s'esclaffait au vu de la tournure que prenait la discussion.

— Dire à un homme que sa virilité est inintéressante revient à la désigner comme inexistante ou minuscule, en somme, tu viens de qualifier mon frère d'eunuque.

— Non ! s'alarma de nouveau Colombe. Oh ! messire, pitié, peut-on oublier tout cela ?

— Tu ne sembles pas très dégourdi, Colomban, jeta Pierre en soulevant un sourcil. Il serait bon que tu… découvres la vie.

— Je ne vois pas ce que vous voulez dire, bougonna Colombe vexée d'être prise pour une idiote.

— Justement, là est le problème, Eudes pourra te servir de professeur, il saura bien te dégoter une fille pour te déniaiser.

Furieuse, Colombe redressa le menton et jeta un regard courroucé et plein de reproches aux deux hommes, puis talonna son cheval et avança de nouveau pour passer les portes. Elle s'adressa aux gardes du palais annonçant elle-même les frères Montreuil et l'audience à laquelle ils avaient été convoqués.

— Vous pouvez laisser les chevaux au pré le temps de l'audience, un palefrenier va les conduire.

— Je vous souhaite une belle journée.

Arrivée dans la première cour, Colombe descendit de cheval et confia sa monture à un jeune garçon. Elle prit sa sacoche et la mit en bandoulière pour ne rien perdre en route.

Pierre de Montreuil s'approcha et elle resta sur ses gardes.

— Je ne voulais pas te vexer.

— Je ne souhaite plus aborder le sujet, messire, coupa la jeune fille en baissant les yeux, gênée.

— Bien. Moi non plus, dit l'architecte en se raclant la gorge. Allons-y.

Colombe releva le nez, surprise. Avait-elle rêvé ou il avait rougi ? Pierre de Montreuil ressentait-il vraiment des émotions capables de fléchir sa superbe ?

Chapitre 6

Palais royal

Arrivés au palais, un page les accompagna jusqu'au chambellan, qui, après avoir salué Pierre et Eudes Montreuil, les emmena dans la salle du trône où le roi et la reine recevaient la délégation de croisés arrivés juste avant eux.

Colombe, impressionnée, regardait partout autour d'elle tout en restant en retrait. Le croisé qui portait un bandeau sur l'œil, agenouillé devant le roi comme les autres, se releva après avoir salué Leurs Majestés.

— Je suis bien aise de vous savoir de retour, messire Tristan. Votre retour dans vos terres ne tardera pas, cependant nous avons tout d'abord une mission à confier à votre sœur.

— Les terres dont vous parlez appartiennent à Votre Majesté, je ne reviendrai pas sur mon engagement. Je suis sans terre ni titre, à présent, le seul que je veux garder est celui de croisé. Quant à ma sœur, elle répondra à l'appel de Votre Majesté, assura le chevalier.

— N'est-elle pas à Paris ? demanda la reine visiblement déçue de ne pas voir la dame en question.

— Flavie est restée près de nos hommes afin de pouvoir soigner les blessés. Ils campent non loin de la ville, Votre Majesté.

— C'est tout à son honneur et sa réputation d'ange gardien est arrivée jusqu'à nous, dit la reine aimable.

— Je lui transmettrai, Votre Majesté.

— Messire Tristan, nous allons rentrer dans le vif du sujet. Approchez, messires, somma le roi en s'adressant aux frères Montreuil avec un geste de la main.

Respectant la bienséance, Eudes laissa passer son aîné et le suivit jusqu'au trône.

Les deux frères saluèrent Leurs Majestés et Colombe fit de même, restant quelques pas derrière eux.

— Pierre et Eudes de Montreuil, annonça le roi pour faire les présentations, et voici messire Tristan de Mortain. Un fidèle, parmi les fidèles, qui revient de Terre sainte.

— En quoi puis-je être utile à Votre Majesté ? demanda Pierre surpris.

— Vous, messire Pierre, je vous garde pour Notre-Dame de Paris comme il est mon bon plaisir, sourit le roi amicalement. En revanche, messire Eudes, j'ai des projets pour vous en lien avec messire Tristan.

— Je suis votre serviteur, s'inclina Eudes respectueusement en se demandant quel pouvait être le projet du roi.

— Je me suis laissé entendre dire que vos constructions sont novatrices, et ces croisés vont avoir besoin de trouver refuge rapidement.

— Une commanderie, Sire ?

— Nenni, messire Eudes, un hospice. Il me faut trois cents lits pour des aveugles.

Eudes regarda le roi avec surprise. Il ne s'était pas du tout attendu à cela.

— Je laisse messire Tristan vous narrer l'histoire de ses hommes, encouragea le roi en regardant le croisé pour lui laisser la parole.

— J'ai environ trois cents soldats, dont la moitié a été mutilée et rendue aveugle par l'ennemi. Sa Majesté, dans sa grande bonté, financera la construction d'un hospice pour nos blessés.

— Les Sarrasins ont mutilé des prisonniers de guerre ?

— Oui, la plupart de mes hommes ont eu les yeux crevés et se sont retrouvés à errer dans le désert. Ma sœur et moi-même, accompagnés de chevaliers, avons pu en sauver la majeure partie. Le désert ne vous laisse aucune chance.

Colombe était horrifiée de ce qu'elle venait d'entendre et dévisageait le chevalier en se demandant qui lui avait pris son œil.

— Votre écuyer ne semble pas être habitué à ce genre de discours, commenta le croisé en fixant son regard sur Colombe qui était blême.

— Ce n'est pas mon écuyer, mais Colomban Deverre, apprenti de maître Jacques, maître verrier de sa profession.

— Eh bien, pose ta question, gamin ! intima le croisé amusé par la réaction apeurée de Colombe. Tu me dévisages depuis tout à l'heure.

— Je n'ai aucune question à poser, messire Tristan, je ne peux que m'apitoyer sur le sort de vos hommes, être admiratif de leur bravoure et prier pour nos morts comme pour l'ennemi, tel que le demande la sainte Église, dit humblement Colombe en soutenant le regard du chevalier malgré ses émotions.

— De la pitié… Voilà précisément ce que nous ne souhaitons pas, Colomban. Nous sommes des guerriers et des hommes, nous étions prêts à engager nos vies pour délivrer le Saint-Sépulcre. Si une vie de pénitent et de moribond nous attend à présent, c'est que telle est la volonté de Dieu. Nos souffrances serviront à la réparation de nos péchés et à la gloire de Dieu.

Colombe baissa les yeux devant le chevalier puis porta son regard sur Pierre de Montreuil qui la fixait sévèrement.

— Je suis désolée, messire, dit-elle en rougissant.

— Ne t'excuse pas, tu n'as rien dit de mal, assura le croisé. Pour votre gouverne, messire Eudes, ma sœur souhaite valider les travaux, elle a une grande habitude des hospices chrétiens et arabes du Moyen-Orient, elle soigne les blessés depuis des années déjà. Son époux est tombé sur les murailles de Jérusalem, et depuis son veuvage, elle poursuit sa mission auprès des démunis.

— Je prendrai note de ses demandes, assura Eudes.

Tristan de Mortain sourit et croisa les bras sur sa large poitrine en faisant face à Eudes.

— Je crains de m'être mal exprimé, Flavie montera le projet avec vous.

Eudes soutint le regard direct du croisé et releva le menton par défi.

— Je travaille mes plans depuis notre maison familiale, je ne puis décemment emmener votre sœur vivre chez nous, répliqua Eudes en pensant avoir trouvé l'argument infaillible pour empêcher cette collaboration qu'il refusait catégoriquement.

S'il croit m'imposer sa sœur, il se fourre le doigt dans l'œil, ce borgne ! pensa Eudes avec un sourire courtois auquel le croisé ne fut pas dupe.

— Voilà pourquoi vous logerez avec messire Tristan et dame Flavie dans une habitation de la ville que je mettrai à votre disposition, dit le roi.

— C'est très aimable à vous, Votre Majesté, mais j'ai des occupations d'ordre personnel qui réclament mon attention et…

— Réglez vos affaires courantes, messire Eudes, et prenez place en compagnie de messire Tristan et de sa sœur, je souhaiterais que ce chantier soit bouclé dans les trois mois.

— Trois mois ? Sire, je suis rapide, c'est vrai, mais je ne suis pas saint Michel. Il faut d'abord que nous trouvions l'emplacement.

— Rue du Faubourg-Saint-Honoré, coupa le roi, vous avez un arpent complet qui n'attend plus que vous.

Ainsi le roi ne lui donnait pas le choix. Il n'avait plus qu'à construire cet hospice, supporter la bigote qu'ils voulaient lui jeter dans les jambes et obéir…

— Un Quinze-Vingts donc, répondit Eudes qui avait compris que le roi serait intransigeant. Sous la houlette de dame Flavie.

Il n'avait pas encore rencontré cette femme qu'il la maudissait déjà. Sûrement vieille et rabougrie, aigrie par son veuvage et madame « je sais tout ».

— Êtes-vous prêt à relever le défi ? insista le roi.

— À cœur vaillant rien d'impossible, assura Eudes

en sachant pertinemment que tenir ces délais relevait justement de l'impossible. Des souhaits en particulier ?

— Dame Flavie vous exposera les contraintes de l'architecture et ses souhaits pour les blessés. Selon messire Tristan et ses compagnons, elle gérait déjà plusieurs hospices en Orient et a une grande expérience. La médecine là-bas y est novatrice. Cela fait déjà dix ans qu'elle sert les malades. Merci à vous, messire Tristan, vous pouvez investir l'abbaye de Saint-Vivien, après la porte Saint-Honoré. Prenez la route du Roule, c'est à une demi-lieue. Le père abbé est au courant de votre venue et vous accueillera tous.

— Merci, Sire, dit le croisé en saluant le roi avec ses compagnons.

Tristan de Mortain regarda Colombe une dernière fois, puis quitta les lieux. Un silence suivit leur départ. Le roi descendit de son trône puis vint vers eux.

— Les Sarrasins les ont menacés de leur arracher les yeux s'ils ne reniaient pas le Christ pour se convertir à l'islam. Tristan de Mortain s'est avancé devant leurs chefs et a demandé à être mutilé le premier pour donner du courage à ses hommes. Devant sa bravoure, la moitié des prisonniers fut épargnée et cet acte héroïque récompensé. Les Sarrasins les ont laissés partir avec leurs blessés sans demander la rançon prévue, expliqua le roi. Ces hommes ont besoin d'un toit, messire Eudes, je ne les laisserai pas dans la rue.

— Je comprends, Sire, et je ferai de mon mieux, dit honnêtement Eudes.

— Vous avez ma confiance, messire Eudes.

— Je saurai m'en montrer digne, Votre Majesté.

— Avant que vous partiez, messire, dit la reine, l'abbesse de Merivaut voulait vous remercier pour le secours que vous avez apporté gratuitement aux maisons insalubres de la ville. Elle m'a raconté que vous aviez refusé d'être payé et que l'argent ainsi économisé avait servi à loger des pauvres malheureuses.

Eudes regarda la reine et se tint silencieux, ce qui n'était guère dans ses habitudes.

— Je crains d'avoir trop parlé, messire Eudes, ajouta la reine en regardant son interlocuteur.

— La façade du bordel ? demanda Pierre incrédule. Cachottier…

— Personne ne mérite de finir ses jours écrasé sous les pierres d'une maison qui tombe en ruine. Même les pécheurs, ou les pécheresses en l'occurrence.

— Vous êtes généreux, messire Eudes.

— Il y avait urgence pour ces femmes, je n'ai fait que suivre le bon sens, Votre Majesté, dit Eudes modestement.

— Vous allez avoir de quoi vous occuper l'esprit et les bras, messire Eudes, je vous confie dame Flavie et ses blessés.

Je me serais contenté des blessés, pensa Eudes qui n'avait pas du tout envie d'obéir aux ordres d'une femme dans la construction de son chantier.

— Votre Majesté, salua Eudes avant de se retirer.

Pierre de Montreuil regardait son frère avec attention. Il s'en voulait. Il l'avait jugé sur des impressions et sur les médisances de l'évêque de Paris.

— Vous semblez troublé, messire Pierre, dit la reine

en descendant de son trône à son tour tout en tenant ses jupes.

— J'ai cru des racontars au lieu de chercher la vérité par moi-même, Votre Majesté, et ainsi j'ai calomnié mon frère. L'évêque de Paris était venu se plaindre qu'Eudes avait fait reconstruire la devanture d'un bordel et qu'il avait bu un verre avec ces filles de basse vertu. Et je ne l'ai pas épargné de reproches.

— Et pourtant, loin de salir votre nom, il a répondu à un acte de charité.

— En effet, Votre Majesté, les apparences étaient trompeuses et je me suis laissé berner par mon orgueil, admit Pierre humblement. Je lui présenterai mes excuses.

Colombe regardait l'architecte du roi battre publiquement sa coulpe. Elle n'était pas surprise, Pierre de Montreuil était intègre et droit. La jeune fille l'observa avec admiration et sourit. Pierre de Montreuil croisa le regard de Colombe avec une expression étrange puis revint vers le roi.

— Colomban Deverre loge chez moi et a commencé à travailler sur le vitrail du mur sud. Je puis dès à présent vous présenter un échantillon et le carton du vitrail, si Votre Majesté le permet.

Le roi, enjoué, proposa son bras à la reine.

— J'avais grande hâte de découvrir tout cela. Faites-nous monter une table, ordonna-t-il.

Quelques instants plus tard, des tréteaux furent installés et une table en bois montée. Une grande nappe blanche fut posée dessus.

— Si vous le permettez, Votre Majesté, je souhaiterais

laisser Colomban Deverre vous présenter le travail de son maître, dit Pierre de Montreuil en se retournant et en invitant Colombe à s'approcher.

La jeune fille fit quelques pas et retira la sacoche qu'elle portait en bandoulière. Elle étala les cartons de tissus sur la table afin de redonner forme au vitrail dans son ensemble. Très intéressés, le roi et la reine se penchèrent pour découvrir le dessin.

— Nous avons pensé ce vitrail pour répondre à celui du mur nord. L'harmonie de la cathédrale n'en sera que plus belle, expliqua-t-elle avec un trémolo dans la voix.

Colombe était nerveuse, être en présence de Leurs Majestés n'était pas donné à tous les sujets de France, et son cœur battait vite.

— Poursuivez, incita la reine Marguerite avec un sourire.

Colombe croisa son regard et répondit timidement à ce sourire qui avait pour but de la mettre à l'aise.

— Tu peux présenter le vitrail, Colomban, Leurs Majestés attendent, l'encouragea Pierre de Montreuil en posant une main paternelle sur son épaule.

Ce geste la toucha et la rassura, elle croisa le regard de l'architecte et hocha la tête.

— Oui, pardonnez-moi, dit la jeune fille en reprenant sa présentation.

Ses yeux se posèrent sur les cartons et elle reprit confiance en elle, elle connaissait ce travail, maîtrisait tous les détails.

— Quatre-vingt-quatre panneaux répartis sur quatre cercles. Un pour les saints vénérés en royaume de France : Laurent, Denis, Pothin, Marguerite, Blandine, Georges,

Eustache. Un pour l'Ancien Testament : fuite en Égypte, jugement de Salomon. Un autre pour le Nouveau : vous avez l'annonciation ici, affirma-t-elle en posant son doigt sur la toile. Un également pour les grands prophètes et les évangélistes. Sur les côtés, la genèse et la Résurrection. Et au centre, comme vous l'avez demandé, Votre Majesté, le Christ triomphant.

— Vous avez bien choisi votre verrier, messire Pierre, cela paraît très prometteur, s'enthousiasma le roi.

— Nous avons apporté un détail travaillé par Colomban, si vous voulez voir les couleurs choisies, proposa Pierre en prenant la sacoche dont il sortit le morceau de vitrail coloré.

Le roi le prit dans les mains et le tourna vers la lumière.

— Le jugement de Salomon, reconnut le roi.

— Oui, Votre Majesté.

— Cette scène semble vous toucher personnellement, Colomban, questionna la reine en voyant les joues de l'apprenti se colorer.

— Renoncer par amour, être prêt à quitter ce que l'on aime le plus au monde pour sauver une vie. Je trouve que cela illustre parfaitement l'amour pur et désintéressé.

— Vous en parlez si bien, Colomban, approuva la reine touchée.

Colombe sentit sur elle le regard appuyé de son hôte, avait-elle trop accaparé la conversation ?

— Je suis heureux de vous avoir reçu, messire Pierre, j'ai hâte de voir le résultat final. Nous célébrerons une grand-messe en notre présence lorsqu'il sera terminé, conclut le roi.

— Nous ferons de notre mieux, Votre Majesté.

— Avez-vous des délais ? questionna la reine.

Une ombre passa sur le visage de l'architecte.

— Je rencontre des difficultés au niveau de la construction du mur sud. Jehan de Chelles avant moi était resté dans l'impasse. Mais je ne désespère pas de trouver le moyen d'achever la cathédrale.

— Je sais que j'ai fait le bon choix en vous nommant architecte royal, messire Pierre, je ne peux que louer votre travail à la Sainte-Chapelle. Les monarques voisins me l'envient et seraient peut-être tentés de vous demander de travailler pour eux. Notamment outre-Manche, à ce que j'ai entendu dire.

— Je reste fidèle au royaume de France et à Vos Majestés, sourit Pierre qui avait été sollicité par le royaume d'Angleterre, mais qui avait décliné l'offre pourtant alléchante.

Le roi hocha la tête, satisfait, et proposa son bras à la reine afin de reprendre place avec elle sur leurs trônes en vue de mettre fin à l'entrevue. Pierre de Montreuil et Colombe saluèrent Leurs Majestés et sortirent de la salle du trône. Une fois la porte fermée derrière eux par le chambellan, la jeune fille soupira, heureuse.

— Le roi est heureux, dit-elle en remettant la sacoche en bandoulière sur son épaule.

— Tu t'en es très bien sorti, Colomban.

Touchée d'avoir l'approbation de maître Pierre, Colombe rougit de plaisir.

— Merci. J'ai fait de mon mieux. Le roi et la reine sont très bons, et très beaux aussi je dirais.

— C'est juste. Notre reine est une très jolie femme, en effet, tenta Pierre de Montreuil pour voir si les atouts féminins de Marguerite de Provence émouvaient l'homme en Colomban.

— Elle semble forte et douce à la fois.

— Je partage ton avis, être reine n'est pas de tout repos, surtout lorsque le roi est en Orient.

Colombe demeura silencieuse et se dirigea vers la sortie, là où elle avait laissé le palefrenier prendre son cheval et celui de l'architecte.

— Je voudrais fêter cette victoire, Colomban. Avec Eudes nous irons à la taverne, ce soir, accompagne-nous si le cœur t'en dit. Cette réussite t'appartient aussi.

— En taverne ? Je ne sais pas, je doute que mon maître approuve.

— L'avis de maître Jacques semble compter pour toi. Ce n'est pourtant pas ton père.

— Non, mais je le respecte et je suis une… une personne qui ne court pas après le vice. Les tavernes sont des lieux de débauche. Enfin, je crois…

— Certaines tavernes sont simplement des endroits chaleureux où les hommes discutent et partagent un repas.

— Pardonnez-moi, je ne voulais pas sous-entendre que vous aviez une vie de dépravé. Je n'aurais pas osé.

Pierre de Montreuil se mit à rire.

— Décidément, je crois que nous n'arrivons pas à parler de sujets autres que notre travail sans nous sentir gênés.

— Peut-être parce qu'il faut rester sur des relations professionnelles. Nos vies privées ne regardent que nous, au fond.

— Bien, si c'est ce que tu souhaites, répondit Pierre de Montreuil.

Colomban ne se laissait pas convaincre ou approcher

facilement. Il gardait une réserve, comme s'il était toujours sur la défensive. Mais Pierre de Montreuil refusait de se décourager face à l'attitude du garçon, malgré les nombreuses tentatives échouées de percer à jour sa vraie nature. Il y avait un mystère derrière le visage d'ange de Colomban et il était bien décidé à le découvrir.

Ils revinrent à la maison et Colomban, à peine arrivé dans la cour, se dirigea vers l'atelier pour travailler. Pierre le regarda entrer et fermer la porte derrière lui. Loin de renoncer à son projet, il pénétra chez lui et alla récupérer ses plans pour ensuite rejoindre le garçon et essayer de le convaincre de les accompagner. Mais une fois dans son particulier, son regard fut attiré vers un dessin dont il n'était pas l'auteur. Il l'observa attentivement : les renforts proposés étaient ingénieux.

— Des arcs-boutants…, dit-il à haute voix.

Mais le projet manquait d'un dispositif de soutien supplémentaire. Le terrain était glissant, il fallait prendre cela en compte. Aussitôt, il prit place à sa table de travail et, se munissant d'un fusain, il retoucha le dessin, en y ajoutant un renfort à mi-hauteur. Reprenant complètement son plan, il calcula les dimensions idéales, et travailla jusqu'à ce que les cloches sonnent l'angélus du soir.

Qui pouvait être à l'origine de cette idée ? se demanda-t-il en posant son plan satisfait. Eudes, sans doute, se dit-il en voulant revoir son cadet le plus rapidement possible.

D'ailleurs, où diable pouvait être son frère à cette heure ? Le roi l'ayant missionné pour l'hospice de la rue du Faubourg-Saint-Honoré, Eudes avait dû aller en reconnaissance sur le terrain en question.

De son atelier, Colombe vit une silhouette féminine traverser la cour. Messire Pierre recevait-il une femme ? Cette pensée éveilla une jalousie que Colombe ne se connaissait pas. Bien que vêtue de façon monacale, la dame était jeune et belle, ses traits francs et réguliers. Ce qui attirait le plus le regard était son port princier et ses yeux bleus, presque verts, frangés de longs cils noirs. Elle était grande et élancée, et visiblement très impatiente. Comme personne ne venait à sa rencontre, elle se décida à sortir de son atelier et salua la dame.

— Bonsoir, madame, vous cherchez quelque chose ?

— Quelqu'un, plutôt, corrigea la dame en regardant Colombe avec des yeux perçants. Tu es fille de charge chez les Montreuil ?

Colombe rougit et se rappela le fichu qu'elle avait mis sur ses cheveux pour les protéger de la cendre du foyer qu'elle avait ravivé. D'un coup sec, elle retira le fichu et le grand tablier qu'elle portait pour dévoiler sa tenue masculine et ses cheveux courts qui retombèrent sur son front.

— Pardonne-moi, j'espère ne pas t'avoir blessé.

— Il n'en est rien, madame. Je fais plus jeune que mon âge, d'où votre méprise. Je suis Colomban Deverre, apprenti verrier, je travaille avec messire Pierre de Montreuil.

— C'est lui que je suis venue voir. Peux-tu m'annoncer ?

— Certes, madame.

À ce moment précis, Marthe sortit de l'office et regarda Colombe avancer vers elle.

— Une dame est venue voir le maître, dit la jeune fille encore curieuse de l'identité de la nouvelle venue.

— Qui dois-je annoncer, madame ? demanda Marthe.

— Dame Flavie de Rocheval.

Quelques instants plus tard, des coups frappés à la porte interrompirent les pensées de messire Pierre, toujours penché sur ses plans.

— Entrez, lança-t-il d'une voix contrariée, dérangé en pleine réflexion.

— Pardonnez-moi, messire, une dame demande à vous voir.

— Une dame ? fit Pierre de Montreuil surpris.

Il n'avait pas souvent affaire à la gent féminine et se demandait bien qui pouvait être cette importune à une heure pareille.

— T'a-t-elle donné son nom, Marthe ?

— Dame Flavie de Rocheval.

— Je ne connais pas cette dame, je… Attends une minute. Ce doit être la sœur de Tristan de Mortain, que j'ai rencontré à la cour ce matin. Il revient des croisades. Mais je crois qu'elle s'est trompée de Montreuil. Le roi a confié la construction d'un hospice à Eudes. Fais-la monter, je vais la recevoir, ne serait-ce que pour la peine qu'elle s'est donnée de venir chez nous.

— Bien, messire, dit Marthe en rebroussant chemin.

Quelques minutes après, Marthe fit entrer la visiteuse dans la pièce. Pierre la salua et observa la nouvelle arrivée. Elle était vêtue comme une nonne, ou presque. La robe de toile était sommaire, et un ceinturon de cuir marquait sa taille. Un voile cachait chastement ses cheveux, aussi ne put-il dire si elle était brune ou blonde. Il s'inclina respectueusement.

— Bonjour, madame, je suis navré, mais mon frère n'est pas présent. Je suis Pierre de Montreuil.

— C'est bien vous que je suis venue voir, messire de Montreuil.

— En quoi puis-je vous être utile ? questionna alors l'architecte qui ne comprenait pas le motif de sa visite.

La dame accepta la chaise qu'il lui proposa et y prit place gracieusement, le dos droit.

— Je n'irai pas par quatre chemins, messire. Je souhaiterais que vous preniez le chantier du Quinze-Vingts que j'ai obtenu du roi.

— Et pourquoi donc ? Le roi a confié sa réalisation à mon frère Eudes.

— Je l'ai appris. Mon frère Tristan de Mortain m'en a informée à midi, mais j'avoue que je suis déçue. Lorsque le roi avait évoqué messire de Montreuil, j'ai cru qu'il parlait de vous.

Pierre se doutait que le désappointement de la dame venait des invectives de l'évêque Sully, qui ne portait pas Eudes et ses manières dans son cœur.

— Eudes est des plus capables, madame, il a à son actif nombre de cloîtres et de chapelles.

— Mon oncle l'évêque de Paris m'a également alertée sur ses fréquentations… pour le moins douteuses. Je souhaite une construction libre de toute mauvaise influence. J'y soignerai des blessés revenus des croisades et des malades, pas des pécheurs non repentis.

Messire Pierre fronça les sourcils et remit l'impudente à sa place.

— Mesurez vos propos, madame. Je vous pardonne bien aisément vos calomnies cependant.

— Insinuez-vous que mon oncle mente au sujet de la reconstruction d'une maison close par votre frère ?

— Cessez, je vous prie, votre oncle a jeté l'opprobre sur Eudes et je lui en demanderai la raison lorsque nos routes se croiseront de nouveau. Mais pour répondre à votre question, mon frère a bien reconstruit ce bordel, ainsi que plusieurs bâtisses alentour.

— Dont une taverne et une pension aux allures équivoques, selon mes sources, ajouta-t-elle avec une mouc méprisante.

— Ne jugez pas ce que vous ne connaissez pas. Et pour votre gouverne, je travaille sur la construction de la cathédrale Notre-Dame, je ne suis donc pas disponible pour votre hospice. De plus, je ne ferai jamais cet affront à mon frère ni au roi d'ailleurs.

— Fort bien, je vois que je n'obtiendrai pas gain de cause dans cette maison, dit-elle mécontente.

— Comme vous le voyez, je suis en plein travail. Marthe, appela-t-il, tu peux raccompagner la dame de Rocheval. Sauf si vous avez autre chose à me demander ?

— Nenni, messire. Je vous souhaite le bonsoir.

Sur ces mots, la dame quitta la pièce escortée par Marthe, et Pierre se sentit plein de compassion pour Eudes qui allait devoir travailler sur la construction de l'hospice des croisés avec cette harpie, un peu trop arrogante à son goût. Cette collaboration ferait des étincelles.

Il avait hâte d'avoir les premières impressions d'Eudes au sujet de cette femme. Penser à son cadet aux prises avec une femme de caractère l'amusait assez. D'ordinaire, les dames battaient des cils devant Eudes qui savait charmer comme personne. Il allait tomber sur un bec !

À travers la fenêtre, Pierre observa sa visiteuse repartir. Mais celle-ci s'arrêta à l'atelier et frappa à la porte.

Que pouvait-elle bien vouloir à Colomban ? L'apprenti vint ouvrir et salua la dame. Celle-ci lui dit quelque chose et Colomban sourit, s'effaçant pour la laisser entrer. La peste soit de cette femme ! Se croyait-elle tout permis ?

N'écoutant que son ressentiment, il sortit de ses appartements, descendit le perron de la maison d'un pas pressé, traversa la cour et entra dans l'atelier sans frapper. En avançant dans la pièce, il entendit les bribes d'une conversation.

— Un travail remarquable, Colomban. Je te renouvelle mes excuses pour ma sottise de tout à l'heure.

— Que puis-je pour vous, messire ? dit Colombe en s'apercevant de sa présence.

— Je quitte votre maison, messire, j'étais seulement venue présenter mes excuses à Colomban. Par mégarde, je l'avais pris pour une fille de charge. Merci de m'avoir reçue, messire, dit Mme de Rocheval.

— Eudes est qualifié pour ce travail, faites confiance au roi à défaut de faire confiance à mon frère.

— La confiance se mérite, messire, je compte bien avoir les deux yeux rivés sur lui et sur notre projet commun.

Et sur ces mots, elle quitta la maison pour de bon.

À peine eut-elle le dos tourné que messire Pierre questionna son apprenti.

— Que voulait-elle ?

— Elle vous l'a dit, messire, me présenter des excuses.

— Elle ne t'a rien dit d'autre ?

— Non.

— Elle ne t'a pas questionné sur Eudes ?

— Non.

— Elle a bien dû tenter quelque chose ?

— Non.

L'architecte s'impatienta.

— Tu n'as que ça à me répondre ?

— Mais qu'est-ce que vous voulez m'entendre dire ?

Elle ne comprenait pas la colère qui l'habitait et préférait rester à distance. Son pied tapa le tabouret et elle bascula en arrière en un cri. Soudain, deux bras forts l'enserrèrent et elle se retrouva plaquée contre le torse de Pierre de Montreuil.

Leurs visages étaient dangereusement proches. Elle leva ses yeux vers ceux de l'homme qui la tenait toujours serrée contre lui. Son regard sombre et dense l'hypnotisait. Colombe s'agrippa à lui, respirant l'odeur de sa peau, prête à tout pour un baiser, totalement bouleversée par ses sentiments et le désir qu'elle avait de lui. S'il faisait le moindre geste vers elle, elle succomberait et s'offrirait à lui pour l'éternité. Tout son cœur lui hurlait qu'ils s'appartenaient. Sa respiration se fit plus courte, les battements de son cœur s'emballèrent alors que leurs visages se frôlaient presque.

Soudain, sans crier gare, il se redressa et la planta sur ses pieds.

— Tu ne peux pas faire attention ?

Il semblait furieux contre elle. L'étrange magie qui les avait unis un instant s'était évaporée, la cloche annonça le couvre-feu.

— Quelle journée ! J'en ai soupé de toutes ces bêtises, dit-il sèchement. Va te coucher, sors d'ici.

— Mais je dois ranger et…

— Sors d'ici et va te coucher, Colomban, c'est un ordre !

— Mais je n'ai pas dîné et…

Les yeux de Pierre de Montreuil s'obscurcirent de nouveau, mais cette fois-ci Colombe prit peur et détala comme un lapin, persuadée qu'il allait lever la main sur elle.

Laissant tout derrière elle, elle passa par les cuisines, monta à l'étage, ferma la porte de sa chambre. Sans un bruit, elle se lava avant d'enfiler une chemise de nuit propre, puis, à genoux près de son lit, elle fit une courte prière, l'esprit trop perturbé par ce qui s'était passé, et se coucha.

Dieu qu'elle aimait son visage ! Ses yeux sombres, sa bouche sensuelle, même son air autoritaire. Était-ce mal d'avoir de telles pensées ? Colombe sentait son cœur se serrer, un étrange mal-être teinté de douceur envahissait tout son être. Et ses bras, si forts. Elle s'était accrochée à sa tunique, avait senti son torse frémir sous ses mains. Son corps était chaud, viril, son parfum boisé.

Son cœur s'accéléra et sa peau se couvrit de frissons. Les nerfs à vif, elle ferma les yeux, très fort, pour essayer de penser à autre chose.

Peine perdue, le visage de Pierre ne cessait de la hanter.

Dans la pénombre de sa chambre, ses seins lui semblèrent plus lourds, son ventre s'enflammait et une douce chaleur envahissait le creux de ses cuisses.

Était-ce cela, le désir ? Cela paraissait dangereux. Très dangereux… Elle finit par se lever et fit les cent pas en essayant de se calmer.

Dans l'atelier, Pierre s'adossa à la porte. Il ferma les yeux et tâcha de reprendre le contrôle de ses sens. Mais que lui arrivait-il ? Il devenait fou. Tout son être était tendu comme la corde d'un arc à chaque fois qu'il était en présence de ce gamin étrange, mais jamais encore il n'avait réagi de façon aussi virile à sa présence. Il l'avait rattrapé par réflexe et à présent il regrettait presque de lui avoir épargné une chute. Il ne comprenait pas. Il était attiré par les femmes, avait déjà goûté aux plaisirs de la chair, même s'il était plutôt sérieux et ne se complaisait pas dans le vice. Mais là, cela dépassait l'entendement ! Il se passa une main sur le visage. L'espace d'un instant, il avait désiré Colomban comme il aurait désiré une femme. Il semblait si doux, si souple entre ses bras. Et sa façon de le regarder, comme s'il quémandait un baiser.

Il éteignit le feu du foyer et sortit pour rentrer dans sa chambre. La lune était pleine dans le ciel, on la disait envoûtante et maléfique, trompant les sens des malheureux qui se promenaient sous ses rayons. Il aurait volontiers mis son trouble sur le compte de l'astre, mais il savait que c'était Colomban qui le mettait dans cet état. Et l'attirance qu'il avait pour lui.

Il monta à l'étage l'esprit sombre. Le démon de la chair lui tenaillait les reins. Entrant dans ses appartements, il entendit des pas dans la chambre voisine : Colomban était encore levé. Mû par son instinct, il revint sur ses pas sans faire de bruit. Il plaqua son oreille au bois de la porte, à l'écoute. Des chuchotements qui ressemblaient à une complainte… Il priait ? Qui, Dieu ou le diable ? Était-ce sorcellerie que tout cela ?

Le souffle court, il ferma les yeux.

— Va-t'en ! lui hurla le bon sens. Fuis !

Ouvrant les yeux comme s'il avait pris un coup sur

la tête, il s'éloigna de la porte et s'aspergea le visage d'eau froide.

Si seulement dame Flavie avait raison. Si Colomban était une femme... alors son désir ne serait pas répréhensible. Il la courtiserait, passerait des moments agréables en sa compagnie. Elle serait douce et espiègle, amusante et complice. Il aurait le droit d'embrasser ses jolies lèvres roses, de caresser son cou délicat, de passer ses doigts dans ses cheveux, d'en respirer le parfum. Il laisserait ses mains découvrir la beauté de son corps juvénile et gracile. Il caresserait ses seins impertinents, découvrirait la douceur de sa féminité. Il sentirait ses jambes fines s'enrouler autour de sa taille, l'invitant à entrer en elle et...

Sa main se referma sur sa virilité impatiente, presque douloureuse. Tout cela n'était que folie, mais il ne pouvait se battre contre ce désir qui lui perçait le cœur et l'esprit. Dans un grognement sourd, il se libéra, le souffle court et les larmes aux yeux, de colère et de frustration mêlées.

— Je serai damné pour ça, dit-il à voix haute, priant le ciel d'être délivré de ce tourment.

Chapitre 7

Presque deux mois passèrent sans que personne ait de nouvelles de messire Eudes. Malgré la douceur de juin, ce matin-là la pluie s'était invitée sur les toits de Paris. La veille déjà, un orage avait éclaté. De son côté, Pierre de Montreuil passait le plus clair de son temps à la cathédrale, comme s'il voulait fuir la maison. Certains soirs, il ne rentrait pas, et Colombe se demandait s'il passait ses journées en compagnie de la dame qui était venue lui rendre visite. Ou une autre. Après tout, en tant qu'aîné de la famille, il devait songer à se marier.

Elle s'était réfugiée dans le travail et ne comptait pas ses heures. Elle progressait bien. La verrerie de son père lui apportait les pièces demandées dans les temps impartis. Elle avait même de l'avance sur les délais fixés par messire Pierre.

Ce jour-là, elle eut la surprise de voir messire Eudes entrer dans l'atelier.

— Bonjour, Colombe, comment t'en sors-tu ?

— Bien, merci, voyez vous-même.

— Tu es très douée, c'est indéniable. C'est très beau, vraiment.

— Que puis-je pour vous ?

— Pierre n'est pas là ?

— Je ne vois pas beaucoup votre frère, messire, dit-elle en détournant les yeux. Il vaque à ses occupations et moi aux miennes.

L'attitude défensive et la voix voilée de la jeune fille éveillèrent les soupçons de messire Eudes.

— Que s'est-il passé ?

— Rien. Pourquoi se passerait-il quoi que ce soit ?

— Te voilà bien susceptible…

— Vous désirez quelque chose ? coupa-t-elle. J'ai du travail.

— Bien… je vois que je te dérange.

Colombe posa le verre qu'elle travaillait et soupira.

— Non, messire, vous ne me dérangez pas. J'essaye juste de tenir mes délais.

— Je suis venu te proposer une affaire.

Elle le regarda avec sévérité et laissa ses outils une bonne fois pour toutes.

— Quelle affaire ? Si vous voulez me proposer de séduire votre frère, je vous préviens tout de suite que…

— Mais non ! Ne monte pas sur tes grands chevaux, Colombe ! Je suis venu te commander un vitrail.

— Pour vous ?

— Pour le Quinze-Vingts que je construis.

— Les malheureux accueillis ne sont-ils pas aveugles ? ironisa-t-elle ravie de le voir perdre sa superbe.

— Oh ! ça suffit ! Tu parles comme cette harpie qu'on m'a mise dans les pattes. Une vraie plaie d'Égypte, cette femme.

— La dame qui est venue voir votre frère ? Flavie de Rocheval ?

Eudes la regarda avec une moue amère.

— Très intéressant. Quand est-elle venue, précisément ?

— Le jour où nous sommes allés voir le roi.

— Eh bien, elle n'a pas froid aux yeux, celle-là ! Quel toupet ! Je suppose qu'elle préférait avoir affaire à Pierre plutôt qu'à moi ?

— C'est ce que Marthe a laissé sous-entendre. Votre frère vous a défendu, si vous voulez savoir, et lui a dit qu'elle devait se référer aux ordres du roi.

Eudes fut visiblement satisfait de l'apprendre.

— Je crois que messire Pierre serait heureux de vous voir.

— Qu'est-ce qui te fait dire cela ?

— La reine a expliqué votre geste auprès de ces quartiers malfamés de Paris que vous avez restaurés gratuitement. Apparemment une abbesse est venue plaider votre cause au palais. Malgré les récriminations de l'évêque. Saviez-vous que dame Flavie était sa nièce ?

— Hélas oui, elle le serine à qui veut l'entendre. J'ai même eu le droit à plusieurs visites de l'évêque, et ses yeux en trou de serrure m'agacent au plus haut point. Mais qui peut rivaliser avec un évêque ? Il semble jubiler dès que la moindre difficulté arrive sur le chantier, et moi je suis sur des charbons ardents !

— Elle est très belle, cette femme, dit Colombe en se souvenant du visage de la dame.

— Oui, peut-être, commenta évasivement Eudes en regardant le vitrail en construction. C'est superbe, Colombe, vraiment.

— Merci, je fais de mon mieux pour respecter l'esprit que mon père voulait conférer à l'ensemble.

— Ta maison te manque ?

— Un peu, je l'avoue. Je me fais du souci pour mon père. Le dernier ouvrier venu m'apporter les verres m'a dit qu'il était fatigué et devait se reposer chaque jour.

— Ne voudrais-tu pas aller le voir ?

— Mais je ne peux pas. J'ai tout cela à finir, dit-elle en montrant les verres découpés posés sur la table et tenus par des pointes.

Eudes eut pitié d'elle.

— Pierre t'accordera sûrement quelques jours si tu lui demandes. Marthe m'a dit que tu avais de l'avance.

— Oui, c'est vrai, admit-elle enfin.

Il s'adossa à la porte d'un air nonchalant.

— Elle m'a aussi dit que tu travaillais les jours saints. Fais attention, tu serais mise à l'amende si cela se savait.

— Marthe est la seule à savoir et elle ne me trahira pas. Vous non plus, n'est-ce pas ?

— Non, demoiselle, je resterai muet.

— Où logez-vous ?

— Tu ne te souviens pas ? Avec la vipère et son frère, qui lui, en revanche, est un homme de compagnie agréable. La maison appartient à l'évêque, hélas. Je suis surveillé comme du lait sur le feu !

— Et cela semble vous contrarier.

— Juste un peu, lâcha Eudes avec une grimace appuyée.

— Quel serait votre projet ? demanda Colombe pour savoir à quoi elle s'engageait en acceptant sa commande.

— Je veux quelque chose qui puisse évoquer la vie et la dévotion des croisés, une sorte d'ode à leur passé guerrier. Mais je voudrais également que leur infirmité y soit représentée.

— Cela ne va-t-il pas les blesser davantage ?

— Parce que tu crois que leur mentir serait préférable ? Ce sont des hommes, conscients que leurs vies ne valent plus grand-chose.

— Vous êtes dur, dit-elle, peinée pour ces soldats.

— Je suis réaliste. Cependant, mon ombre semble penser autrement. Elle est convaincue que certaines activités, tapisserie, filet de pêche et autres, peuvent leur être confiées, expliqua Eudes avec un mouvement de la main qui trahissait ses doutes. Pierre m'avait dit que ton père travaillait sur une nouvelle technique ?

— En effet. Des teintes de jaunes, à base d'argent.

— Cela sortirait de l'ordinaire.

— Je pourrai en toucher deux mots à mon père quand je lui rendrai visite, proposa Colombe. Seulement, ce type de travail nécessite des matériaux spécifiques et coûtera sûrement une coquette somme.

— Évidemment. Mais comment aurais-je une idée de ce que tu prévois ?

— Je réaliserai les cartons pendant mes jours de repos.

— Il serait préférable que tu travailles à la maison plutôt qu'à l'atelier, ces jours-là. Il serait dommage que tu finisses au pilori. Et un Montreuil porteur de scandale suffit, je doute que Pierre ait un sens de l'humour aussi développé.

— Je viendrai vous les présenter, sourit Colombe, en repensant à comment Eudes s'en sortait avec la dame de Rocheval et l'évêque. Dînerez-vous à la maison, ce soir ?

— Oui, je suis passé par la cathédrale pour prévenir

Pierre. Il a construit des arcs-boutants le long du mur sud et compte faire de même sur le mur nord pour harmoniser l'ensemble. Cela donne de l'ampleur et de la stabilité, tu devrais aller voir, c'est superbe.

Touchée que son idée ait convaincu l'architecte, elle baissa les yeux.

— Je le ferai.

Eudes, ayant observé la réaction de la jeune fille, avait enfin la réponse à sa question.

— Curieusement, Pierre pensait que l'idée venait de moi. Mais peut-être saurais-tu qui a osé entrer dans sa chambre pour y laisser les plans de cette ingénieuse solution ?

Le ton innocent n'était qu'une façade et Colombe ne s'y trompa pas. Elle avait été démasquée.

— C'était juste une petite suggestion.

— Une petite suggestion ? Tu es bien modeste, c'est l'idée du siècle. Pierre est transporté ! Et je dois avouer que cela donnera beaucoup de légèreté à l'ensemble.

— J'étais entrée pour rendre service à Marthe et prendre le linge de messire Pierre. J'ai vu les dessins sur la table de travail et j'ai pensé que…

Colombe marqua une pause, ne sachant expliquer comment l'idée lui était venue.

— J'ai juste pensé que le mur avait besoin de soutien, alors j'ai dessiné des arcs qui le supportaient.

— Tu as bien pensé. Pierre te doit une fière chandelle. Tu as un beau sens des proportions. Tu dîneras avec nous ce soir, nous reparlerons de tout cela.

— Non, merci, je préfère rester à l'office, dit

prudemment Colombe qui ne souhaitait être un sujet de courroux pour messire Pierre.

— Nenni, j'y tiens. Et je sais que Pierre aussi.

Sûrement pas ! Il me fuit comme la peste et me prête des intentions peu honorables, persuadé que je suis un garçon « bizarre », pensa Colombe en se souvenant du regard dur et cruel que lui avait jeté l'architecte la dernière fois où ils s'étaient croisés.

— Je te laisse, Marthe m'a préparé un bain, j'en ai grand besoin. Chez l'évêque tout est affreusement spartiate, une vraie ambiance de pénitent. Alfred tiendra compagnie à Marthe et dormira à l'office, à moins que tu n'acceptes de partager ta chambre. C'est Marthe qui l'a suggéré, ricana le cadet de la famille.

— Nenni, messire, je n'y tiens pas pour les raisons que vous savez.

— En effet ! En attendant je vais savourer ce bain.

Colombe ne put réprimer un sourire en imaginant Eudes confronté aux occupants de la maison épiscopale. Quant à son apprenti Alfred, il pouvait toujours attendre.

Ce soir-là, alors que Colombe nettoyait ses pinceaux après une longue journée de travail, elle entendit un cavalier entrer dans la cour. Aussitôt, un serviteur vint s'enquérir de la monture et salua son maître. Ainsi, messire Pierre était de retour chez lui.

Des pas crissèrent sur les graviers et semblaient se diriger vers l'atelier. Colombe sentit son cœur s'accélérer et pensa un instant à se cacher. Peine perdue, l'atelier ne disposait d'aucun recoin fiable pour dissimuler une personne, même aussi menue qu'elle. Elle recula néanmoins au fond, où elle rangea les pinceaux et les pigments qu'elle avait utilisés ce jour-là.

Messire Pierre de Montreuil entra et retira le capuchon qui dissimulait ses traits. Le vent était frais et humide au-dehors, et il vint se réchauffer au foyer en frottant ses mains l'une contre l'autre.

— On me dit que tu avances bien, dit-il en lui tournant le dos.

— Oui, messire. Je vous laisse, Marthe m'attend pour…

— Montre-moi, intima-t-il, l'empêchant de se dérober.

Elle se hâta de déballer la création du jour.

— Tu avances bien, en effet. Enfin, si tu suis l'ordre établi, c'est sainte Marguerite, n'est-ce pas ?

— Oui, messire.

— Où est le tableau de l'annonciation ?

En silence, Colombe ouvrit une caisse puis sortit de la paille le vitrail en question, qu'elle posa délicatement sur la table de travail.

— Il fait trop sombre à cette heure pour voir toutes les couleurs et leurs nuances, mais cela vous donne déjà un aperçu.

— J'ai avancé de mon côté également, d'ici deux semaines on pourra commencer à acheminer les différentes pièces de la rosace.

— Il me reste encore beaucoup de travail, objecta Colombe qui ne se voyait pas terminer avant plusieurs mois.

— Je sais, mais c'est pour vérifier les premières dimensions, cela nous donnera une idée.

— J'ai scrupuleusement respecté vos côtes alors tout devrait bien se passer.

L'architecte finit par poser les yeux sur elle et Colombe sentit une douce chaleur inonder son visage et son cœur. Leurs regards s'accrochèrent quelques secondes et ce fut messire Pierre qui brisa le contact.

— Votre frère est à la maison, messire.

— Je sais.

Elle baissa les yeux.

— Je vais couvrir les braises, messire, ajouta-t-elle encore en entendant le couvre-feu sonner.

— Eudes prétend qu'il n'est pour rien dans les dessins des arcs-boutants. Il a laissé supposer que c'était ton œuvre, est-ce exact ?

Son expression était indéchiffrable. Était-il content de cette trouvaille comme le déclarait messire Eudes ? Ou plutôt outré qu'elle ait pu mettre la main sur ses plans ?

— Je n'aurais pas dû dessiner sur vos planches sans votre permission, excusez-moi, murmura-t-elle en ayant du mal à soutenir son regard.

— En effet, tu n'aurais pas dû. Mais je te remercie de l'avoir fait, je vais pouvoir construire cette cathédrale grâce à toi.

— Vous auriez fini par trouver une autre idée aussi ingénieuse, je n'en doute pas.

— Mais je t'accorde que tu as été plus rapide. L'architecture ne t'a jamais intéressé, mais tu pourrais te trouver un maître. Et je te servirais de garant.

— Merci, messire, mais je n'y tiens pas, une bonne idée fortuite ne fait pas de moi un architecte. Je suis seulement un apprenti verrier avec de l'imagination.

— Et que te dit ton imagination à cet instant même ? questionna le maître de maison en plongeant de nouveau son regard sombre dans ses yeux.

Colombe sentit ses jambes flageoler.

Que je voudrais que vous me regardiez comme une femme ! cria son esprit. *Que je voudrais un baiser !* cria son cœur.

— Que nous sommes en retard pour le souper, messire. Marthe aime la ponctualité.

— Certes, répondit-il en se dirigeant vers la porte. Couvre le feu et viens à table avec nous, Eudes y tient. Et j'avoue que je te dois au moins cela pour te remercier.

— Bien, messire, accepta Colombe, heureuse de l'occasion qui s'offrait à elle de passer un moment paisible avec son hôte.

Au cours du dîner, messire Eudes évoqua succinctement ses déboires avec l'évêque Sully et sa nièce, ne répondant que brièvement aux questions de son frère. Il était d'ordinaire assez bavard, le voir minimiser les événements laissait à supposer que la situation était assez tendue pour lui.

— Tout cela manque d'intérêt, mon frère, coupa-t-il qui, de toute évidence, ne souhaitait pas donner plus de détails. Pendant que j'y pense, Colomban souhaiterait retourner à Orléans quelques jours, serais-tu d'accord ?

— Et puis-je savoir pourquoi ? questionna l'architecte.

— J'ai certaines choses à voir avec mon maître, dit évasivement Colombe.

— Ma foi, tu peux prendre trois jours, si cela te convient.

— Merci, messire, sourit-elle ravie de revoir son père. Puis-je partir demain ?

— Si tôt ? demanda messire Pierre surpris de sa précipitation.

— Oui, je serai de retour lundi.

— Bien, fais comme cela te semble juste, je t'attendrai lundi pour acheminer le premier verre à la cathédrale.

— Merci, messire.

Le dîner s'acheva et Colombe se retrouva bientôt dans la quiétude de sa chambre. Elle entendit du bruit dans la pièce voisine. Il y avait bien longtemps que cette chambre n'avait pas été occupée, pensa-t-elle en s'allongeant sur son lit.

De l'autre côté du mur, messire Pierre se mit en prière pour l'oraison du soir. Revoir Colomban avait été agréable et troublant. Agréable parce que ce garçon était doué, c'était grâce à lui qu'il avait pu avancer dans les travaux et résoudre le problème du mur sud. Agréable parce que sa conversation était sincère, intelligente. Agréable parce qu'il était beau à regarder. Et enfin, troublant parce qu'il ne comprenait pas ce qui l'attirait chez son apprenti. Ses yeux ? Il y brillait quelque chose de différent.

L'architecte serra les poings. Une colère mêlée de frustration lui enflamma le cœur et il frappa la porte avec un geste de rage. Lui qui se targuait de maîtriser ses élans et ses émotions se sentait impuissant devant un gamin à peine sorti de la puberté.

Le lendemain, à l'aube, Colombe mit rapidement ses affaires dans un balluchon et descendit dans la cour. Elle trouva son cheval à l'écurie, et un des palefreniers le sella, puis il la hissa sur l'animal. Marthe sortit de l'office et courut lui apporter une sacoche avec une collation.

— Sois prudent sur la route, Colomban, reviens-nous vite, dit la servante en lui tapotant le genou avec un sourire chaleureux.

— Je serai revenue dans quelques jours, ne t'en fais pas, tout ira bien, sourit Colombe.

Bien malgré elle, Colombe leva la tête vers la fenêtre de Pierre de Montreuil. Elle le vit lever la main en guise de salut, et elle lui rendit la pareille avant de talonner sa monture et de se diriger vers la porte cochère qui menait à la rue. Elle éprouva une étrange émotion à les quitter tous, malgré sa joie de retrouver son père. Devant la porte, elle vit Alfred qui la regardait avec dédain. Messire Eudes était également dehors, visiblement prêt à se rendre sur leur chantier de l'hospice. La présence du fils Vilhéry la mit mal à l'aise. Elle n'aimait pas le voir chez les Montreuil, les Vilhéry avaient assez fait de mal à son père pour que Pierre et Eudes n'aient pas à souffrir eux aussi de leur malhonnêteté.

— Bon voyage, Colomban, fit messire Eudes avec un clin d'œil complice. Alfred, va chercher des biscuits, Marthe en a préparé hier, elle est la seule à pouvoir me remonter le moral ces derniers temps.

Se sentant congédié, l'apprenti quitta les lieux après un dernier mauvais regard à Colombe. Une fois seuls, messire Eudes lui parla plus à son aise.

— Sois prudente sur la route, prends ton temps et

dis-moi si ton père manque de quoi que ce soit, Colombe, tu sais que tu peux compter sur moi.

— Je sais, messire, et je vous en remercie.

— Tu n'oublieras pas ma commande de verre particulière ?

— Bien sûr que non, messire Eudes, je pense qu'il pourra vous satisfaire.

— Cela le remettra en selle, je gage qu'il aura de nombreuses commandes après cela.

— Je l'espère aussi, sa technique est hors du commun.

— On sent beaucoup de fierté dans ta voix.

— Oui, en effet. Mon père a donné toute sa vie pour cela. Votre frère souhaite monter les premières pièces du vitrail à mon retour, j'ai hâte de voir cela !

— À bientôt, Colombe.

Messire Eudes la laissa sortir et la regarda prendre la direction d'Orléans.

Ce soir-là, chez les Vilhéry, la conversation était animée. Lorsque Alfred avait passé la porte de la demeure familiale, il avait exigé de voir son père d'urgence.

Moins de dix minutes plus tard, le garçon entrait dans le bureau de son père occupé à calculer ses recettes du mois, un tas de pièces d'argent posé sur la table à côté d'un registre.

— Bonsoir, père.

— Bonsoir, Alfred, que me vaut ta visite ? Je te pensais avec messire Eudes de Montreuil chez l'évêque Sully. Là où est ta place.

— Père, j'ai des nouvelles très intéressantes pour vous, annonça le garçon avec un sourire mauvais.

— Je t'écoute.

— L'apprenti de messire Pierre est une fille.

— Comment ? Que dis-tu ?

— Et pas n'importe laquelle, père, c'est la fille de maître Jacques !

Maître Vilhéry se frotta les mains en riant.

— Par le tombeau du Christ ! Es-tu sûr de toi ?

— Oui, père, elle est repartie pour Orléans aujourd'hui même.

— Les Montreuil sont-ils au courant ?

— Messire Eudes oui, mais je ne sais pas pour Pierre de Montreuil.

— Il est probable que non, dit le commerçant qui voyait mal un homme comme l'architecte du roi prendre la décision de faire travailler une femme chez lui à l'insu du roi.

— Nous allons pouvoir le terrasser pour de bon !

Une expression dubitative se peignit alors sur la face aigrie du bourgeois.

— Si nous la dénonçons, elle sera châtiée. Mais cela ne nous obtiendra pas les techniques et la verrerie de maître Jacques. Ce serait une belle occasion de le toucher, mais pas de ruiner sa réputation. Et de plus ton maître serait incriminé.

— Vous l'avez laminé au procès ! Il ne reste rien de Jacques Deverre, contredit Alfred.

— À Orléans seulement, et pas autant que je l'aurais souhaité, la preuve en est que Montreuil l'a choisi comme verrier. Non, il me faudrait autre chose…

— Elle va travailler pour messire Eudes aussi, je les ai entendus parler d'une nouvelle technique.

— Celui qui possédera le savoir-faire de Jacques Deverre se verra confier tous les plus gros chantiers du pays. Il nous faut en savoir davantage.

— Elle a monté les premières pièces du vitrail de la rosace. D'après messire Eudes, Pierre de Montreuil en est très satisfait. Elle a même de l'avance sur les délais.

— Je croyais que tu avais brûlé une partie du carton ?

— Oui, mais elle l'a refait. Elle est meilleure que je ne le pensais. En tout cas, père, l'idée d'accuser maître Deverre de vol et tromperie sur votre chantier était ingénieuse.

— Je pensais qu'il céderait et que je pourrais ainsi obtenir ses techniques à bas prix, mais cet orgueilleux a préféré le procès à un arrangement à l'amiable. Arrangement en ma faveur, évidemment, ricana le bourgeois. Mais maintenant, il me faut cette nouvelle technique.

— Vous voudriez lui voler ses carnets ?

— Certainement. Sans ses notes, je doute que ce vieillard puisse produire quoi que ce soit. Sa fille connaît-elle ses secrets de fabrication ?

— Je n'en ai aucune idée, père. Je ne peux la suivre à Orléans, messire Eudes s'y opposerait. Je vais déjà avoir du mal à justifier mon absence de ce soir, dit le garçon embarrassé.

— Je t'écrirai un mot d'excuse disant que j'avais urgemment besoin de toi ici. Une petite ristourne sur du matériel devrait le contenter. Que ne ferais-je pour de pauvres croisés mutilés ? fit le marchand moqueur. Retourne près de ton maître, quant à moi je vais tâcher d'en savoir un peu plus sur ce qui se trame chez les Deverre.

Orléans, deux jours plus tard

Colombe, le cœur en fête mais fatiguée de son voyage, aperçut la verrerie au détour de la route. Les fourneaux fumaient, les hommes devaient être à l'ouvrage. Elle avait dormi à l'auberge dans la salle commune avec d'autres voyageurs. Vivre comme un garçon lui donnait certaines libertés qu'elle commençait vraiment à apprécier. Elle amena son cheval à l'écurie et le confia à un serviteur qui arriva vers elle avec une pelletée de foin pour les chevaux.

— Tu dois être Colomban, l'apprenti de maître Jacques, c'est cela ?

Colombe reconnut Thomas qui servait sa famille depuis toujours.

— Oui, dit la jeune fille en gardant son rôle.

— Je m'appelle Thomas. Mon épouse Thérèse et moi-même servons les Deverre depuis longtemps. Les hommes m'avaient prévenu que tu étais le portrait de Mlle Colombe ! Ma femme t'a rencontré avant ton départ pour Paris, elle-même disait que tu étais le jumeau de notre demoiselle !

— Nous sommes cousins, quoi de plus normal ? Maître Jacques est-il là ? Et ma cousine ?

— Hélas, le maître ne quitte plus sa maison, il est souvent alité. Et votre cousine est partie pour la ville il y a longtemps, maintenant, elle ferait mieux de revenir, son père, je le crains, n'en a plus pour longtemps, dit Thomas accablé.

Entendant ces mots, Colombe se précipita à la maison et trouva son père alité, comme l'avait dit Thomas.

— Père, chuchota la demoiselle en s'agenouillant près de la couche où gisait le vieil homme.

— Ma petite, est-ce toi ?

— Oui, père, pleura-t-elle, en même temps heureuse de le retrouver et désespérée de le voir si affaibli.

— Il ne faut pas pleurer, ma toute belle, je me fais vieux, je vais quitter ce monde. C'est la vie.

— Je ne veux pas, père, ne me laissez pas seule, sanglota-t-elle en le serrant fort.

— Je suis si fier de toi, ma Colombe. Comment est la rosace, dis-moi ?

Il tenta de se dresser sur ses oreillers et elle comprit son désir de parler de projets et d'avenir.

Colombe sourit entre les larmes.

— Elle sera magnifique.

Elle lui raconta son arrivée à Paris, l'atelier dans lequel elle travaillait jour après jour. Le contentement de messire Pierre sur la qualité du travail qu'elle fournissait.

— Nul ne se doute de rien ?

— Non. Seul messire Eudes est au courant.

— Comment ?

— La brûlure sur mon bras. Il a fait le rapprochement. Mais allez comprendre pourquoi, il garde le secret et tout cela l'amuse au plus haut point, semble-t-il.

— Étrange personnage, commenta le malade en haussant les épaules.

— Il semble vouloir prouver que son frère est un moine ou un eunuque... Je crois qu'ils s'aiment tendrement, mais ils se disputent comme deux idiots la plupart du temps.

— Tu n'as pas eu de frères ou de sœurs, ma Colombe, ce genre de chamailleries arrive souvent dans une fratrie.

Ta mère aurait tant aimé une famille nombreuse, mais le ciel en a décidé autrement, dit le verrier le regard plein de nostalgie.

— Je suis là, père, et je vais vous soigner, promit-elle les yeux encore brillants.

Laissant le malade, elle alla puiser de l'eau, mit une bûche de plus dans l'âtre, puis tira la marmite, la suspendit et la remplit d'eau claire. Elle s'attela à éplucher des légumes pour la soupe. C'est à cet instant que le serviteur rentra dans la maison.

— Te voilà à la tâche d'une servante ? la taquina Thomas.

— Si je peux me rendre utile, je serai content. Maître Jacques a besoin de manger, il est faible. Il doit y avoir du lard dans ce coffre.

— Mieux encore, j'ai gardé la carcasse d'une poule bien grasse. Tu vas pouvoir lui faire un bon bouillon. Ma femme va rentrer de la verrerie sous peu, c'est elle qui s'occupe de maître Jacques depuis le départ de sa fille.

Colombe remercia le serviteur qui de son côté emplit le coffre à bois puis lui apporta la carcasse de poule.

Une fois la soupe sur le feu, elle prépara également une tisane et un onguent bien chaud pour les mains et les articulations douloureuses de son père.

— Pourrais-tu raviver le feu chez mon… oncle ? demanda Colombe à deux doigts de se trahir.

Son émotion d'être rentrée et de trouver son père si mal ne devait pas la déconcentrer. Elle se fustigea et se promit de rester Colomban aussi longtemps que possible. Une fois la chambre de son père bien réchauffée, Colombe l'aida à se dévêtir et à se laver, puis elle massa ses articulations avec l'onguent et lui apporta un bol de soupe fumant.

— Thérèse prend soin de moi, tu sais.

— Pas aussi bien que moi, sourit la jeune fille pour le taquiner.

— Rien ne remplace ma Colombe, c'est vrai. Je suis tellement heureux de te revoir à mes côtés.

— Je ne peux vous laisser ainsi, je vais demander un congé plus long à messire Pierre en lui expliquant la situation.

— Certainement pas. Tu dois te comporter comme un apprenti, pas comme une fille. Aussi aimante sois-tu, tu dois retourner à Paris et terminer la rosace.

— Mais père, vous êtes si mal en point !

— Je rêve de cette merveille jour et nuit, Dieu que je t'envie de pouvoir lui donner vie !

Le verrier ferma les yeux pour imaginer chaque détail de l'œuvre.

— Je n'ai pris que trois jours, cinq en comptant le voyage.

— Thérèse s'occupe très bien de moi, et toi, tu as un travail d'envergure à finir.

Colombe le borda de nouveau en remontant les couvertures jusque sous son menton.

— Les verriers avancent-ils sur le jaune d'argent ?

— Oui, j'ai les plaques dont tu auras besoin.

Une fois son père endormi, Colombe sortit de la chambre et retrouva Thomas et Thérèse à la cuisine.

— Tu sembles être proche de lui.

— Oui, je le considère comme un père, d'une certaine façon. Il m'a beaucoup appris.

— Et pourtant on ne t'a pas beaucoup vu ici auparavant.

— Peut-être, mais j'apprends vite, sourit Colombe en espérant qu'ils ne poseraient pas trop de questions. J'ai déjà été l'élève d'un maître verrier auparavant, voilà pourquoi je commence à être efficace dans mon travail, mentit-elle en essayant de rendre son histoire crédible.

— Pourquoi avoir changé de maître ?

— Le mien est mort, et mon oncle m'a pris sous son aile.

— C'est quelqu'un de très généreux et de bon, ça ne m'étonne pas. Nous nous inquiétons vraiment, tu sais, dit Thérèse tristement.

— Quand je pense qu'il vit aussi pauvrement que nous, après le mauvais tour qu'il a subi. Accuser un homme aussi honnête de vol, ça me dégoûte ! J'espère que ce Vilhéry aura un retour de bâton ! s'enflamma Thomas.

— Ne souhaite pas de mal aux gens, Thomas, Dieu pourrait te punir, l'admonesta Thérèse en se signant.

— Ne craignez rien, le chantier de la cathédrale va aider maître Jacques à se refaire, tout redeviendra comme avant, assura Colombe confiante en prenant son écuelle et un morceau de pain frais.

— Puisse Dieu t'entendre, sinon notre demoiselle se retrouvera sans le sou, se lamenta Thomas.

— Elle devrait rentrer, insista Thérèse. S'il arrivait malheur à notre bon maître, la pauvre enfant ne s'en remettrait jamais.

— Maître Jacques a été formel. Nul ne doit l'inquiéter, il a dit qu'elle devait vivre sa vie. Après tout, elle n'est plus très jeune, alors si elle trouve un mari à Orléans, et bien tant mieux pour elle !

Se marier ? Colombe y avait pensé, mais jusqu'ici aucun homme n'avait fait battre son cœur. Et aujourd'hui, le seul qui éveillait son intérêt était au-dessus de sa condition et persuadé qu'elle était un garçon. Un rire nerveux lui secoua les épaules.

— Pourquoi ris-tu ?

— Je connais ma cousine, elle est un peu difficile. Je gage qu'elle reviendra toujours jeune fille d'Orléans.

— Oh ! Colomban ! Ce n'est pas gentil de dire cela, notre demoiselle fera une très bonne maîtresse de maison et une bonne mère également, j'en suis sûre, dit Thérèse qui voulait défendre sa maîtresse.

Colombe prit un petit air faussement insolent.

— Je plaisantais, Thérèse, c'est le privilège des cousins de taquiner les cousines.

Thérèse lui sourit et reprit le raccommodage d'un vêtement sur lequel elle porta toute son attention. Colombe se leva, alla nettoyer son écuelle et rangea tout à sa place. Thomas, qui s'était assoupi, commença à ronfler.

— Vous devriez rentrer chez vous, il est tard. Je peux veiller maître Jacques cette nuit et celles que je passerai ici, assura Colombe qui avait hâte de se retrouver seule avec son père.

— Ma foi, cela nous donnerait un peu de repos, je ne suis pas contre, s'empressa d'accepter Thérèse en rangeant sa couture dans un panier d'osier qu'elle laissa près de la chaise qu'elle occupait. Thomas, lève-toi.

Elle tapota l'épaule de son mari, qui sursauta.

— Comment ?

— Colomban garde le maître cette nuit, viens, rentrons chez nous.

Thomas se leva et s'étira comme un chat en bâillant, puis suivit sa femme dehors après un dernier salut de la main.

Colombe laissa le feu de la cuisine s'éteindre tout seul, à la campagne le couvre-feu n'était pas obligatoire car le risque d'incendie très limité. Elle mit néanmoins une grille de protection devant la cheminée pour éviter que des braises ne sautent sur le sol en terre battue ou sur le mobilier.

Elle entra à tâtons dans la chambre de son père, qui dormait paisiblement, et remit la couverture sur ses épaules avant de ressortir rassurée. Entrée dans sa chambre, elle constata que rien n'avait bougé depuis qu'elle avait quitté les lieux quelques mois auparavant. Ne pouvant résister à la tentation, elle ouvrit son coffre et en sortit une robe qu'elle passa sur sa chemise, après s'être débarrassée de son déguisement d'homme. Elle soupira d'aise en sentant le tissu de ses jupes effleurer ses jambes. Elle tourna sur elle-même et se mit à rire de sa bêtise. Puis elle se coucha, drapée dans un châle de laine ayant appartenu à sa mère, et laissa ses vêtements masculins sur une chaise pour le lendemain.

La jeune fille s'endormit après avoir fait ses prières, non sans avoir dans ses pensées le sourire si séduisant et rare de Pierre de Montreuil. Elle rêva de lui qui l'embrassait avec passion, lui avouant ses sentiments brûlants. Lovée dans ses bras, elle se sentait protégée et aimée. Il ne lui restait que ses rêves nocturnes où elle pouvait donner libre cours à cette folle espérance.

Chapitre 8

Le lendemain, Colombe, réveillée par le chant des oiseaux, se leva, s'habilla après une rapide toilette à l'eau froide et sortit réchauffer le bouillon de poule de la veille pour son père. Thérèse pétrissait déjà le pain et la salua.

— As-tu bien dormi ?

— Oui, merci. Je servirai notre maître, je dois lui parler du vitrail de la cathédrale.

— Ça lui fera plaisir, dit aimablement la servante en lui indiquant la marmite déjà fumante. Il parle souvent de toi et avec beaucoup d'affection, cela se sent. Pense à manger avant, il ne va pas se lever avant une bonne heure, tu as le temps.

Colombe déjeuna, puis prépara les onguents chauds comme la veille.

— Qui t'a appris à faire cela ?

— Ma cousine, elle disait que si je devais partir sur les routes avec mon oncle cela pourrait être utile que je sache comment faire.

— Elle a toujours été prévoyante et attentive.

— Bien souvent, un apprenti sert de valet à son maître.

— Oui, je suppose.

Une heure plus tard, l'estomac plein et le cœur léger, Colombe apporta la soupe et le pain à son père. Elle posa la nourriture sur la table et ouvrit doucement les volets. Elle s'approcha du lit dont elle ouvrit les tentures.

— Bonjour, père.

— Bonjour, ma Colombe, dit le verrier en ouvrant doucement les yeux.

— Je vous ai apporté de la soupe et du pain. Lorsque vous aurez mangé, je vous masserai avec l'onguent, il est chaud.

— Je te donne bien du souci.

— Je suis heureuse d'être là, père, répondit-elle en serrant fort le vieillard dans ses bras.

Ils restèrent enlacés quelques secondes, puis le maître verrier accepta le bol de soupe, mais refusa le pain.

— J'ai rêvé de ta mère cette nuit.

— Ce fut un beau rêve, alors.

— Oui. J'ai aimé ta mère dès que mes yeux se sont posés sur elle. Nous avions un grand écart d'âge, et pourtant c'est elle qui est partie la première. Je pensais laisser une veuve et une fille derrière moi, mais Dieu en a décidé autrement.

— Elle vous adorait.

— Pas autant que je l'adorai.

— Vous disiez toujours ça, rit Colombe qui se rappelait la merveilleuse complicité de ses parents.

— Lorsque je l'ai vue au marché, elle était si belle, avec sa robe claire, ses fleurs dans les bras. On aurait dit un ange. Et moi j'avais déjà quarante ans. Elle m'a souri, je crois que j'ai rougi comme un imbécile.

Colombe aida son père à se lever avec prudence.

— La seconde fois que je l'ai rencontrée, c'était à l'église, elle était avec son père et son frère. Elle m'a souri de nouveau, elle n'arrêtait pas de me regarder. Elle semblait attendre quelque chose de moi, mais je ne comprenais pas.

— Et puis un jour c'est elle qui est venue vous voir sous prétexte d'une commande de son père, je connais cette histoire et je l'aime tant.

— Oui, dit le verrier en enfilant des vêtements chauds. Elle était accompagnée de sa servante. Nous avons convenu d'une date de livraison du vitrail, puis lorsque je lui ai demandé si elle souhaitait autre chose…

— Elle a répondu « votre cœur et une alliance », poursuivit Colombe.

— Oui, mon cœur et une alliance, et elle a eu les deux. Comment aurais-je pu espérer qu'une femme aussi merveilleuse me confie sa vie et son amour ? Elle me manque terriblement chaque jour, tu sais.

— Je sais, à moi aussi.

Elle installa son père à sa table de travail, l'aidant à marcher en le soutenant par le coude, et lui cala des coussins dans le dos pour plus de confort.

— Il y a un carnet assez épais dans l'écritoire, donne-le-moi s'il te plaît.

Colombe s'exécuta, elle posa ensuite l'écritoire devant son père. Du tiroir, il sortit un carnet de cuir dont il défit les liens.

— Ce carnet est tout mon héritage, Colombe, tout ce que je sais y est scrupuleusement écrit.

La jeune fille observa le cahier relié de cuir qui portait son nom sur la page de garde. *Colombe Deverre* était incrusté dans le cuir, souligné de petites gemmes d'un bleu très doux.

— Vous y avez noté vos couleurs, vos verres ?

— Oui, tout, les quantités exactes de tous les composants pour obtenir les verres parfaits. Les couleurs également, teinte par teinte, sur les dernières pages, tu écriras tout ce que je sais sur le jaune d'argent. Il est délicat car sans fondants. Et très onéreux, sourit le verrier.

— Que dois-je en faire ?

— Premièrement, empêcher Vilhéry de s'en approcher, il essayera de te le voler, j'en suis certain, c'est un homme sans scrupule ! J'ai contacté un verrier qui travaille à Marseille, il a des techniques sans fondants végétaux. Il a un fils. Ne fronce pas les sourcils.

— Vous cherchez à me marier, devina-t-elle en mettant les poings sur ses hanches.

— Que feras-tu si je meurs ? Je n'aurai que mes fours à te léguer ! Avec ce carnet et la technique que nous avons développée sur les plombs, plus d'un verrier voudra t'avoir pour femme ou bru. Réfléchis, au lieu de faire ta mauvaise tête !

— Je n'ai pas très envie d'y réfléchir, et puis avec l'argent de la rosace, je serai en sécurité.

— Cet argent sera pour moi, officiellement. Et on ne paye pas les morts, Colombe.

Colombe n'avait pas pensé à cela. Si son père quittait ce monde avant la fin de la construction, elle se retrouverait sans le sou, avec ses dettes à payer.

— Alors, faites de moi votre héritier ! Je resterai verrier, dit-elle en ne trouvant que cette solution.

— Et tu renonceras à une vie de femme et de mère pour toujours ? C'est de la folie !

— C'est à moi d'en décider.

— Accepte au moins de les rencontrer.

— J'y penserai, finit par dire Colombe pour tranquilliser son père.

Ils discutèrent de la cathédrale et de l'avancée des travaux, puis maître Jacques lui demanda de poursuivre les annotations dans le carnet, car ses doigts le faisaient souffrir. Docilement, Colombe prit l'encrier et la plume de son père et écrit sous sa dictée tout ce qui touchait au jaune d'argent. Elle était attentive et posa nombre de questions pour bien comprendre cette technique nouvelle et prometteuse.

— Vos verriers seraient enclins à divulguer ces secrets à Vilhéry ?

— Ils sont tenus au silence de mon vivant, mais peuvent tout révéler une fois ma mort survenue. En revanche, le jaune d'argent, je l'ai conçu seul. Ils ne connaissent pas cette préparation. Quant à l'assemblage de nos pièces, seuls toi et moi connaissons nos procédés de fabrication et la façon de joindre les plombs sans laisser aucune trace de soudure.

— Mais ils connaissent vos assemblages pour les couleurs.

— Comme j'ai appris des autres, sourit le vieil homme, partager ses connaissances, c'est parfois une bonne chose.

— C'est ce q'assure messire Pierre, commenta Colombe rêveuse.

— Vous vous entendez bien ?

— Parfois, dit la jeune fille évasivement.

— Assez en tout cas pour partager des savoirs.

— Oui. Je me suis retrouvée dans une fâcheuse situation à l'atelier, je suis sûre qu'Alfred, le fils de maître Vilhéry, a brûlé une partie de votre carton. Messire Pierre m'a aidée à le refaire, son soutien m'a été précieux.

— Il doit pourtant être très occupé à la cathédrale.

— Certes, et il avait un souci de taille avec la construction du mur sud. Jehan de Chelles avant lui avait rencontré des obstacles, le sol est meuble par endroits, j'ai dessiné des arcs pour soutenir le mur sur un de ses plans, il appelle ça des arcs-boutants, et les a doublés pour plus de solidité.

— Ce qui donne de la force et de la légèreté.

— C'est ce qu'il a dit aussi, sourit Colombe qui aimait partager tout cela avec son père.

— Il devait être heureux de ta trouvaille.

— Suffisamment pour me proposer de me faire une lettre de référence si je souhaitais devenir l'apprenti d'un architecte.

— Une lettre de référence venant de l'architecte du roi ? Voilà qui est prometteur. Tu as refusé, j'imagine ? s'inquiéta maître Jacques.

— Évidemment. De plus, je suis une fille, et il n'est pas au courant.

Colombe regarda par la fenêtre, l'air rêveur, ce qui mit la puce à l'oreille de son père.

— Que penses-tu de lui ?

— De qui ? demanda-t-elle surprise en sortant de ses pensées.

— De messire Pierre. Un homme charismatique, n'est-ce pas ?

— Oui, assez impressionnant.

— Un bel homme aussi.

— Peut-être, répondit-elle toujours évasivement en se levant pour ranger l'écritoire.

— Messire Eudes te plaît-il davantage ?

— Messire Eudes est charmant, et je serais heureuse de le dire mon ami, mais il est toujours à plaisanter, même des sujets graves. Je préfère… Peu importe, pourquoi parler d'eux en tant qu'hommes, seules leurs qualités d'architectes nous intéressent, non ?

— Si tu le dis.

Colombe remit une bûche dans le foyer et tassa les braises avec un tisonnier.

— Il te plaît, n'est-ce pas ? devina le maître verrier en ayant remarqué le trouble de sa fille, émue à chaque fois qu'il parlait de Pierre de Montreuil.

Il vit les épaules de Colombe s'affaisser. Sans se retourner, elle secoua la tête.

— À quoi bon, père, je ne suis pas une femme pour lui, et il n'est pas un homme pour moi. Fin du discours.

— Ta mère a eu plus de courage que cela.

Sur ces mots, maître Jacques prit sa canne et sortit respirer l'air frais.

Restée seule devant l'âtre, Colombe laissa une larme couler sur sa joue. Jamais elle ne pourrait vivre aux côtés de cet homme dont elle était tombée amoureuse et qu'elle aimait davantage jour après jour. Mieux valait oublier cette folie qui lui chauffait le cœur. Après tout, le verrier dont son père lui avait parlé ferait peut-être un mari acceptable.

Mais lorsque tu seras dans ses bras à qui penseras-tu ?

lui susurra une voix fielleuse au fond du cœur. Perdue, elle regardait les flammes lécher le bois et le réduire en cendres.

À espérer après lui, elle finirait sûrement par se consumer comme ce morceau de bois. Cendres elle aussi, soufflée par le vent, dispersée aux quatre coins de la terre.

Paris, maison des Montreuil

L'architecte regardait le registre des commandes de pierres avec intérêt. Tout semblait en règle, mais certaines dépenses dépassaient ce qui était prévu. Les sommes engagées par l'évêque Sully et les divers prieurés qui participaient à la construction de Notre-Dame de Paris étaient colossales, mais quelque chose laissait supposer que le prix de certains matériaux était surévalué.

Il avait négocié le prix d'extraction des pierres et avait confié la surveillance des carrières à ses compagnons. Maître Vilhéry était le commerçant le plus à même de lui trouver les matériaux nécessaires sur la région. Même si sa marge était haute, Pierre devait avouer qu'il avait tout ce dont il avait besoin en temps et en heure.

Seulement, les chiffres qu'il avait sous les yeux excédaient ce qui avait été annoncé, de peu à première vue, mais la somme finale constituerait une compensation bien rondelette pour Vilhéry. L'architecte ferma son livre de comptes et se décida à demander une entrevue au marchand.

— Messire Pierre, pardonnez-moi, commença Marthe en frappant à la porte.

— Entre, Marthe.

— Un certain maître Auguste des carrières demande à vous voir.

— Laisse-le entrer, Marthe, et sers-nous du vin, maître Auguste est un ami ! dit Pierre en venant saluer un homme au crâne chauve et au ventre gros comme une barrique.

— Je vous souhaite le bonsoir, messire Pierre, je suis bien aise de vous voir.

— Auguste, quel bon vent t'amène à Paris ?

— Un mauvais vent, messire, j'en ai peur, avoua le compagnon en retirant son bonnet.

— Plaît-il ? demanda l'architecte en invitant son ami à prendre place autour de la table.

Marthe entra avec un plateau de viande fumée et de fromage, du pain frais, du beurre de baratte et une cruche de bon vin de Loire.

— Nous faisons exactement comme vous l'avez dit, extraction pesée, calibrage et transport des blocs de pierre. Cependant, une fois à Paris, il arrive que nos cargaisons attendent derrière les remparts le temps de payer le passage des portes. Plusieurs de nos gars certifient qu'il manque des pierres à l'arrivée à la cathédrale. Pas en nombre, mais quelques-unes par-ci par-là. C'est assez subtil pour que cela ne se remarque pas. Toutefois, certains de mes hommes sont tatillons et assistent au déchargement. Ce sont eux qui m'ont mis la puce à l'oreille, et ils attestent que le seul moment où les pierres ne sont pas sous leur surveillance, c'est aux portes de Paris.

— Cette accusation est grave, cela reviendrait à dire que quelqu'un nous vole.

— C'est pour cela que j'ai préféré quitter les carrières et venir vous voir, messire.

— Je comprends. Marthe va te préparer une chambre pour la nuit, et nous partirons pour les carrières demain ensemble.

— Merci, messire, c'est une bonne chose que vous veniez avec moi, en effet, les gars sont sur les nerfs, ils craignent qu'on les accuse de vol, vous comprenez ?

— Accuser des compagnons de vol ? Jamais, Auguste, je vais trouver le coupable s'il y en a un et le traîner devant la justice royale, assura l'architecte prêt à défendre ses amis. Allons, raconte-moi tout dans les moindres détails.

Messire Pierre leur servit à boire, et Auguste se désaltéra avec un plaisir plus que visible.

— Ils vous raconteront tout ça mieux que moi, messire. C'est pourquoi votre présence est nécessaire aux carrières, les hommes ne veulent plus les acheminer.

— C'est entendu, je t'accompagnerai donc là-bas, lui assura de nouveau le maître de maison.

— Nous passerons par Orléans, si vous le voulez bien, je profite du voyage pour aller saluer ma fille qui vit avec son mari à la sortie de la ville. Elle cuisine la meilleure terrine de lapin du pays, vous m'en direz des nouvelles.

Les deux vieux amis parlèrent de chose et autre, et Auguste demanda à visiter la cathédrale.

— Je pourrai en parler aux hommes en rentrant, cela les motivera dans leur travail.

— C'est juste, ce que tu dis, ils mériteront leur place lors de la grand-messe que donnera l'évêque de Paris pour l'inauguration de la rosace.

— Ils seraient fiers d'y assister.

— Alors c'est dit, je les inviterai.

— Mon gendre y sera aussi sûrement, puisque tous les corps de métiers seront représentés.

— Ton gendre travaille à la cathédrale ?

— Indirectement, il est souffleur de verre.

— Il est à son compte ?

— Non, mais il travaille chez maître Deverre qui vous fait les vitraux de la cathédrale, m'a-t-on dit.

— Tout à fait, je suis bien content de travailler avec lui de nouveau. La Sainte-Chapelle était une vraie réussite, je ne me voyais pas attaquer le chantier et une rosace sans lui pour verrier. Son apprenti vit chez moi, il fait la découpe et l'assemblage.

— Je ne savais pas que maître Jacques avait un apprenti, je croyais qu'il travaillait seul avec ses verriers.

— C'est son neveu, voilà pourquoi il a sûrement fait une exception.

Ainsi donc, ils allaient passer par Orléans, pensa messire Pierre en regardant son verre de vin. Ce serait une bonne occasion de rentrer avec Colomban et de saluer maître Jacques au passage. Depuis le départ du garçon, il trouvait sa maison atrocement vide. Il avait hâte de rentrer avec lui à Paris et de commencer à monter le vitrail sur la dentelle de pierre.

— Va pour une halte à Orléans, j'irai saluer notre verrier, dit Pierre de Montreuil qui voyait ce voyage s'agrémenter d'une note attrayante.

Orléans, verrerie Deverre, deux jours plus tard

Il ne restait plus que cette soirée avant de repartir pour Paris. Colombe avait aimé chacun des instants passés avec son père, mais s'inquiétait de le laisser seul de nouveau. Elle l'avait aidé à se coucher et lui avait promis de ne pas partir avant son réveil. Ensuite, le cœur lourd, elle s'était allongée sur son lit. Dans un sommeil agité, elle percevait son avenir noir et sans espoir.

Elle se réveilla au petit matin, presque soulagée que la nuit soit finie. Elle aspergea son visage d'eau froide et brossa ses cheveux, puis enfila son haut-de-chausses et ses chausses, puis ses bottines de cuir souple. La ceinture vint se poser et se boucler sur la tunique courte. Fin prête, le capuchon sur ses épaules, elle sortit de sa chambre et raviva le feu pour mettre la soupe de la veille à chauffer. Thérèse avait fait du pain aux noix, et Colombe en coupa une tranche pour son père. Le soleil se levait, mais maître Jacques devait sûrement encore dormir. La veille, il s'était plaint d'avoir froid, et la jeune fille pensa à aller remettre une bûche dans sa cheminée. Elle entra doucement dans la chambre. Son père avait eu beau la rassurer en lui disant que Thérèse était aux petits soins avec lui, ce qui était vrai, mais Colombe s'en voulait de le quitter. Elle mit la bûche sur les braises encore rougeoyantes, et les flammes s'élevèrent aussitôt, éclairant la pièce sombre. Les rideaux du lit étaient toujours tirés, mais Colombe ne put s'empêcher de les ouvrir pour voir si tout allait bien.

— Père, c'est le matin. Vous dormez encore ? Père ?

Colombe eut un pressentiment et posa une main

tremblante sur sa poitrine. Elle était immobile. Son père n'était plus. Ses traits tant aimés étaient figés dans la mort. Il semblait apaisé, heureux. Il avait attendu son retour pour quitter ce monde et lui transmettre ce qu'il avait de plus précieux, son carnet et les secrets qu'il renfermait.

Elle laissa libre cours à son chagrin. Tout était fini.

Peu de temps après, Thérèse entra dans la maison et découvrit Colombe à genoux près de la couche de leur maître. Elle se signa et s'agenouilla, puis récita les prières qui accompagnaient ce genre de circonstances.

… *Et dimitte nobis debita nostra sicut et nos dimittimus debitoribus nostris et ne nos inducas in tentationem sed libera nos a malo, amen.*

… *Pardonnez-nous nos offenses comme nous pardonnons à ceux qui nous ont offensés et délivrez-nous du mal, amen.*

Thomas annonça le décès de maître Jacques aux verriers qui se proposèrent de répandre la triste nouvelle et surtout de prévenir le curé d'Orléans afin qu'il prépare ses funérailles.

Ne pouvant endosser des vêtements féminins, Colombe dut assister à la messe d'enterrement et à la mise en terre de son père en tant que Colomban. Beaucoup se demandaient pourquoi la fille du verrier était absente. On chuchotait çà et là. Qui allait reprendre l'affaire, puisque la demoiselle, étant une fille, ne le pouvait pas ? Où se trouvait-elle à ce jour, cela faisait des mois qu'on ne l'avait pas vue ? Colombe se tint à l'écart, sans prendre la place réservée à la famille. Elle resta avec les ouvriers qui travaillaient pour son père pour ne pas éveiller les soupçons.

À la fin de la cérémonie, seuls Thomas, Thérèse et Colombe restèrent présents encore un moment. Puis la bonne posa sa main sur l'épaule de la jeune fille.

— Il faut rentrer, Colomban, viens, je vais te faire un bon lait chaud, ça ira mieux, tu verras.

Les yeux secs et la tête vide de toute pensée, Colombe suivit Thomas et son épouse jusqu'à la maison, où elle accepta la tasse de lait chaud au miel. Puis elle se retira dans la chambre de son père et pleura tout le reste de la journée.

Le lendemain matin, un homme de loi passa à la maison, la verrerie serait saisie, car maître Vilhéry n'avait pas complètement été payé des indemnités que maître Jacques lui devait. Colombe accueillit la nouvelle sans broncher. Elle demanda tout de même ce que les ouvriers allaient devenir.

— Maître Vilhéry tient à les garder sur place.

— Et Thomas et Thérèse ?

— Maître Vilhéry tient à garder tous les biens. Les affaires personnelles de maître Jacques lui reviendront également en guise de dédommagement. Je saisis la maison dès à présent.

— Puis-je prendre mes affaires ?

— Bien sûr.

L'homme entra devant elle pour faire une liste des biens.

— Je ne prends que ce qui m'appartient, dit la jeune fille en prenant son baluchon et en sortant aussitôt. Vous voyez ? Je suis attendue à Paris. Adieu, messire.

L'homme de loi ne la regarda même pas et continua son inventaire.

— Colomban, qu'est-ce que c'est que cette histoire ? dit Thérèse le visage pâle.

— Père... Maître Jacques avait des dettes, répondit-elle en se raclant la gorge. Il devait encore de l'argent à maître Vilhéry à la suite de son procès perdu. La verrerie lui appartient.

— Oh Seigneur, et notre demoiselle ? Que va-t-elle devenir ? Et toi, Colomban ?

— Je retourne à Paris finir ce que j'ai commencé, en sa mémoire. Pour le reste...

Sa voix se brisa, et elle sortit la carriole couverte de paille qui protégeait les verres. Elle devait quitter les lieux avant que l'homme de loi mette la main sur les verres jaunes destinés à messire Eudes.

— Adieu, Thérèse, adieu, Thomas, puisse le Seigneur veiller sur vous.

— Adieu, Colomban, dit Thérèse en larmes.

Colombe n'avait qu'une crainte, tomber sur l'infâme marchand qui sûrement prendrait possession des lieux le plus tôt possible. Elle décida donc de prendre une route plus longue, mais plus sûre également, pour ne pas croiser son tourmenteur.

Près du carrefour des six routes, Pierre de Montreuil vit une belle masure au bord de la ville. Auguste sur sa charrette lui montra le bâtiment du doigt avec un air enjoué. Ils descendirent de cheval, et la porte de la masure s'ouvrit sur deux garçonnets qui se précipitèrent sur Auguste.

— Ah mes gaillards, vous voilà !

Le grand-père embrassa ses petits-fils qui montèrent dans la charrette à la recherche de quelques trésors.

— Je vous ai apporté des couteaux que j'ai faits avec des manches en bois de chevreuil.

— En voilà une bonne idée, grimaça une jeune femme qui sortait de la maison avec un ventre un peu arrondi.

— Encore ? Ma foi, cet Anthony est plutôt vert, la taquina son père heureux de cette nouvelle vie qui allait agrandir la famille. Ma fille, je te présente messire Pierre de Montreuil. Messire, voici Mariette, mon aînée.

— Soyez le bienvenu, messire, le salua-t-elle en faisant une révérence maladroite.

— Je vous en prie, merci à vous de nous accueillir pour nous permettre de prendre un peu de repos. Votre époux peut être fier de votre jolie famille, dit Pierre de Montreuil en regardant les deux garçons qui jouaient dans la carriole.

Voir les enfants s'ébattre et rire insouciants lui rappelait cruellement qu'il n'en avait pas et qu'une famille était la seule façon de léguer son nom et ses biens. Aussitôt, il pensa à Eudes, puis ses pensées le dirigèrent vers Colomban. Convolerait-il lui aussi un jour en justes noces ? Imaginer Colomban au bras d'une jeune femme le fit sourire, cela avait quelque chose d'incongru.

Ils entrèrent dans la maison et, peu de temps après, un homme assez large d'épaules entra et les salua. Il leur servit du cidre et Mariette une terrine de lapin épicée avec du pain encore croustillant tout juste sorti du four.

— Ah, père, je suis heureux de vous voir, comment vont les carrières ?

— Ma foi, j'ai demandé à messire Pierre de venir élucider ce que nous pensons être un vol.

— Pardi, en voilà une affaire. Ça doit être la journée des nouvelles étranges…

— Pourquoi dis-tu ça ? demanda Mariette en débarbouillant ses fils avant le repas.

— Maître Jacques Deverre est mort hier et…

— Comment ? coupa messire Pierre en reposant son verre de cidre sur la table.

— Oui, notre pauvre maître est décédé chez lui. Il ne quittait presque plus sa maison depuis des mois.

— Il était malade depuis longtemps ?

— Oui, mais son œil était toujours aussi bon. C'était un très bon maître, je me flatte d'avoir appris à ses côtés.

— Qui reprend la verrerie ? Tu n'as plus de travail ? s'alarma Mariette avec des yeux déjà brillants d'inquiétude.

— Nenni, Mariette, le prochain propriétaire reprend toute la verrerie et les hommes qui y travaillent. Mais je ne peux pas dire que nous sommes enchantés.

— Qui est-ce ?

— Maître Vilhéry.

Messire Pierre dégusta la terrine de Mariette et se rinça de nouveau la gorge avec le cidre frais qu'Anthony lui avait servi.

— Vous étiez présent à son enterrement ?

— Certes oui, messire, je respectais beaucoup maître Jacques Deverre.

— Y avait-il son apprenti ?

— Le petit Colomban ? Oui, il a veillé notre maître comme un fils jusqu'à la fin. Il est reparti ce matin pour Paris.

— Si vite ?

— Oui, un homme de loi est venu saisir la maison et la verrerie, le pauvre gamin a tout juste eu le temps de prendre ses affaires. Maître Vilhéry doit arriver dans la semaine pour donner les ordres. En attendant, nous sommes tenus de respecter les commandes déjà établies du vivant de maître Jacques.

— Anthony, que sais-tu de Colomban ? demanda messire Pierre curieux.

— Pas grand-chose, il est arrivé un jour, le maître a dit que c'était son neveu. Tiens, d'ailleurs c'était au moment où Mlle Colombe est partie pour la ville. Nul n'a de ses nouvelles depuis, elle n'était pas à l'enterrement de son père. Elle était si proche de lui, c'est vraiment surprenant. Nous allons essayer de la prévenir pour son père, mais la pauvre fille sera sans le sou, Vilhéry a même exigé les affaires personnelles des Deverre. J'espère qu'elle a une place en ville pour pouvoir subvenir à ses besoins.

— Tâche de te renseigner, Anthony, s'il te plaît et préviens-moi si tu la retrouves. J'avais également du respect pour maître Jacques et je voudrais m'assurer que cette demoiselle ait une vie décente.

— C'est très aimable à vous, messire Pierre, dit Auguste touché par le geste de bienveillance dont faisait preuve l'architecte.

— Ce procès aura vraiment détruit notre maître, ajouta Anthony navré. Je ne connaissais pas meilleur verrier et meilleur homme que maître Deverre. Voir la verrerie revenir à Vilhéry me dérange, grimaça le souffleur de verre.

— Mais tu as des bouches à nourrir, dit Mariette

pragmatique en posant une assiette de tarte salée au lard devant son mari.

— Colomban sert maître Deverre depuis longtemps ?

— Nenni, messire, à peine arrivé, il est parti pour Paris. On ne l'avait jamais vu avant.

— Alors comment a-t-il pu être l'apprenti de maître Jacques s'il est arrivé si peu de temps avant son départ pour Paris ? questionna Pierre de Montreuil, songeur, le regard perdu en l'air comme s'il cherchait des réponses sur les poutres de la masure.

— Il travaille chez vous, non ? demanda Auguste.

— Oui, et il est bon. Vraiment bon.

— Ma foi, si nous ne voulons pas arriver trop tard aux carrières, il va nous falloir vous quitter, mes enfants, dit Auguste en se levant de sa chaise et en embrassant sa fille et ses petits-fils.

Il salua son gendre d'un clin d'œil en regardant le ventre de Mariette, qui rougit, et pouffa devant l'air enorgueilli de son époux.

Les deux voyageurs reprirent leur route vers les carrières. Pierre de Montreuil se fit peu bavard sur le reste du voyage. Il cherchait à mettre de l'ordre dans les informations en sa possession dans le but de comprendre la relation entre Colomban et maître Jacques Deverre. Il y avait des éléments surprenants, dans l'histoire de Colomban. Son prétendu apprentissage chez maître Deverre, par exemple. Les artisans de la verrerie auraient tous dû connaître parfaitement le garçon, et ce depuis longtemps. Et voilà qu'Anthony disait qu'il n'avait fait qu'une brève apparition à la verrerie avant de se rendre à Paris.

Deux jours plus tard à Paris

Sur le parvis de Notre-Dame, Colombe arrêta son cheval. Une idée lui était venue sur le chemin : quel autre lieu plus sûr que la cathédrale pourrait garder les précieux secrets de son père ? Émerveillée, elle observa l'avancée des travaux : le transept, les arcs-boutants, le mur sud, désormais érigé, la dentelle de pierre qui allait accueillir sa rosace. Une vive émotion lui serra le cœur, elle participait à ce merveilleux projet. C'était une sensation enivrante, un mélange d'admiration pour le travail accompli par chacun et de fierté également. Colombe pensa à son père, il aurait tant voulu y participer lui aussi. Elle posa une main sur la sacoche où se trouvait le carnet qui réunissait tous les savoirs de son père. Colombe soupçonnait Vilhéry de vouloir le récupérer, et avec la présence régulière d'Alfred chez les Montreuil, elle ne voulait prendre aucun risque. Elle devait le cacher.

À son arrivée, les deux tailleurs de pierre Robin et André, affairés au grand portail, posèrent leurs outils pour venir la saluer.

— Je me souviens de toi, Colomban, c'est ça ?

— Oui, le bonjour à vous.

— Quel bon vent t'amène ?

— Je viens voir l'avancée du chantier, mentit-elle.

— Ah, je comprends, messire Pierre a déjà fait monter quelques pièces de la rosace. Vas-y, il n'y a personne à cette heure, dit Robin avec un clin d'œil.

— Messire Pierre n'est pas là ?

— Non, assura André.

Elle entra dans la cathédrale et regarda autour d'elle. Il lui fallait trouver une cachette facile et ingénieuse à la fois. Pivotant une nouvelle fois sur ses talons elle remarqua une nouvelle statue de la Vierge posée sur un présentoir en bois doré. Une Vierge à l'Enfant peinte aux couleurs vives. Elle connaissait cette Vierge pour l'avoir vue chez les Montreuil. Que faisait-elle ici ?

Un moine vint allumer les bougies pour la messe du soir et la salua.

— Tu cherches quelque chose, mon garçon ?

— Je visite, mon frère. Qui a donné cette statue ? N'appartient-elle pas aux Montreuil ?

— Si, en effet, messire Pierre en a fait don à notre cathédrale, elle lui venait de ses grands-parents qui l'ont rapportée d'un pèlerinage à Rome. Il a dit que c'était pour expier des péchés.

— Des péchés ?

Que pouvait donc se reprocher un homme comme Pierre de Montreuil ?

— Tous les hommes ressentent la tentation, mon fils.

— La tentation ? répéta encore Colombe qui imaginait mal l'architecte en proie à des passions inavouables.

— Tu sembles encore innocent, sourit le moine. Viens-tu prier ?

— Oui, mon frère.

— Alors la Vierge t'écoutera, c'est une mère miséricordieuse en toutes occasions. Elle écoute les aveux et sait garder les secrets.

— Je compte bien lui en confier quelques-uns, assura Colombe en se mettant en prière.

Une fois le moine parti, elle vérifia que personne n'était

présent et souleva la Vierge, qui était lourde, et la posa à côté. Elle glissa ensuite le carnet sous le présentoir en bois doré, puis remit la Vierge à sa place au prix d'un gros effort.

— Gardez tout cela pour moi, Vierge Marie, et ne m'en veuillez pas de mentir à tout le monde. Je n'ai pas d'autre choix pour le moment, chuchota-t-elle à la statue.

Elle demeura quelques instants en prière, épanchant son chagrin dans la cathédrale.

Ses larmes reflétaient sa peine immense. Le décès de son père, la perte de la verrerie, mais également ses sentiments pour Pierre de Montreuil qui ne seraient jamais payés en retour. Elle n'avait aucun espoir désormais, sauf celui de finir le vitrail en mémoire de son père. Son cœur saignait, la douleur qu'elle portait en silence était semblable à une plaie rouge et béante que rien ne parviendrait jamais à guérir. Et pourtant, pour un court instant, la magie de ce lieu saint lui apporta un peu d'apaisement. Elle trouva, malgré tout, le courage de sécher ses yeux rougis et de reprendre sa route.

Épuisée, elle arriva enfin chez les Montreuil.

Sur la route elle avait pris conscience du fait qu'elle n'avait plus rien. Ni argent, ni maison, et surtout plus de père pour veiller sur elle. Comment redevenir Colombe sans argent ? Impossible ! Tout d'abord, elle allait devoir terminer son chantier. Mais après ? Que faire ? Quel avenir pour une fille sans père ni dot ?

Elle trouva la force de décharger les verres de son père et de les ranger dans l'atelier. Soudain, une présence derrière elle mit tous ses sens en alerte. Inquiète, elle se retourna.

Alfred apparut dans l'encadrement de la porte, le regard noir, un affreux mépris peint sur son visage. Il se mit à ricaner et repartit vers la maison. Si Alfred était là, cela voulait dire que messire Eudes l'était également. Cela lui apporta une petite consolation. Le cadet des frères Montreuil avait toujours été gentil avec elle. Messire Pierre ne devait pas apprendre la mort de son père avant la fin du chantier, c'était primordial !

Elle allait devoir porter son deuil seule.

Colombe ferma l'atelier à double tour, méfiante. Alfred la mettait mal à l'aise, il semblait tourner autour d'elle comme un chat autour d'une souris, prêt à bondir et à attaquer.

Alors qu'elle se dirigeait vers l'office, elle aperçut messire Eudes sur les marches du perron.

— Ah, ainsi Alfred disait juste, tu es revenue ! Ai-je raison d'espérer ?

— Oui, messire, j'ai les verres, je m'occuperai de votre vitrail dès que possible.

— Très bien !

— Il me faudra un peu de temps pour réaliser les cartons, ensuite je vous donnerai les mesures de chaque pièce pour vos maçons.

— Parfait ! Ne dis rien à Pierre, cela le mettrait de mauvaise humeur. Il n'est pas ici, il est parti aux carrières, il y a des problèmes, apparemment.

Colombe émit un faible sourire et entra à l'office, où Marthe l'accueillit chaleureusement.

— Bonjour, mon garçon. Que tu es pâle ! Tu es malade ? dit-elle en lui posant la main sur le front.

— Non, Marthe. C'est seulement la fatigue du voyage.

— Tu es sûr ? Tu m'as l'air déprimé et…

— Je vais me coucher, Marthe.

— Si tôt ? Sans avoir mangé ?

Colombe passa devant elle après lui avoir gentiment mis la main sur l'épaule.

Arrivée dans sa chambre, elle pleura une bonne partie de la nuit avant de sombrer dans un sommeil sans rêves. Les jours suivants, elle se jeta à corps perdu dans le travail, négligeant ses heures de repos, ses repas et travaillant largement au-delà du couvre-feu. Alfred traînait souvent dans la cour, et Colombe prit l'habitude de fermer l'atelier même lorsqu'elle y travaillait. Elle l'évitait comme la peste et ne lui adressait pas la parole.

Ce jour-là, Colombe sortit pour aller chercher du bois afin de nourrir le foyer, lorsqu'elle tomba sur son ombre qui l'attrapa par la manche.

— Tu peux faire comme si de rien n'était, mais je sais qui tu es. Mon père aussi le sait.

— De quoi parles-tu ? Tu es fou… ou idiot ? Laisse-moi !

— Tu es une fille !

— Et toi un âne.

— Tu peux faire semblant, de toute façon tout le monde finira par le savoir et tu te retrouveras en prison, là où ton père aurait dû aller après le procès !

— Je ne comprends rien à ce que tu dis. Tu ne devrais pas voler les bouteilles de vin de la cave de messire Pierre, il pourrait te dénoncer et messire Eudes te renvoyer.

— Je prouverai que tu es une fille, je sais que tu es la fille Deverre ! Je vous ai entendus parler, toi et messire Eudes, avant ton départ. Il le sait lui aussi. Ce que je ne m'explique pas c'est pourquoi il ne te dénonce pas à son frère, dit Alfred avec une méchante lueur dans les yeux. Mais je le découvrirai.

Des bruits de sabots de chevaux frappant le sol leur firent tourner la tête. Messire Pierre rentrait de voyage, et son frère Eudes descendit le perron pour le saluer. Ils se donnèrent l'accolade et échangèrent quelques mots, et soudain l'expression d'Eudes changea. Il se retourna vers Colombe, messire Pierre regarda également en sa direction. Ne sachant comment interpréter leurs regards sombres, la jeune fille préféra s'éclipser pour vaquer à ses occupations.

Dans l'appentis, elle sélectionna du bois sec et entreprit de lier les bûches avec une corde pour les caler sur son dos. Alors qu'elle nouait la corde, elle entendit des pas et fronça les sourcils, pensant qu'Alfred revenait à l'attaque. Mais lorsqu'elle se retourna, elle vit messire Eudes s'approcher d'un air navré.

— Je viens d'apprendre pour ton père, je suis désolé. Pourquoi avoir gardé le silence depuis ton retour ?

Colombe ne put prononcer un mot. Ainsi messire Pierre savait ? Allait-il annuler le chantier ?

— Colombe ? demanda Eudes la voyant sans réaction.

La jeune fille fondit soudain en larmes, trop épuisée de les retenir depuis la mort de son père. Eudes la prit naturellement dans ses bras, et elle s'y réfugia.

Colombe sanglotait, heureuse de ce geste amical et bienveillant.

— Je vous demande pardon, dit-elle au bout de quelques instants en se détachant de lui.

— La mort de ton maître nous accable, et je comprends

qu'elle te touche personnellement, Colomban, résonna la voix de messire Pierre derrière elle.

La jeune fille se retourna et regarda le maître des lieux.

Son visage austère était impénétrable. Que pensait-il ? Les avait-il vus dans les bras l'un de l'autre ? C'était gênant…

— Tu es un homme, Colomban, Eudes ne doit pas te materner comme un gamin de trois ans. Tâche de te montrer plus respectueux des convenances, mon frère, prendre dans ses bras un apprenti n'est pas très approprié. Même en de pareilles circonstances.

— Tu n'as pas de cœur ou quoi ? Elle vient de perdre son père et…, s'emporta Eudes avant de se taire, la bouche ouverte comme un poisson hors de l'eau, se rendant compte de sa bourde.

Colombe blêmit et leva les yeux vers messire Pierre, espérant qu'il n'ait rien entendu.

Mais le regard froid et plein de colère qu'il lui adressa lui fit comprendre le contraire.

Chapitre 9

Eudes de Montreuil reçut un coup de poing qui l'envoya tomber sur le tas de bois.

— Tu le savais ? Évidemment que tu le savais ! Sors de chez moi !

— Calme-toi, laisse-moi t'expliquer…, tenta le cadet cn lcvant lcs mains dcvant lui.

— Sors d'ici, avant que je perde définitivement patience en ce qui te concerne, hurla Pierre sans plus aucune retenue.

C'était la première fois que Colombe le voyait dans une colère aussi noire, et elle recula d'un pas, mais une main implacable la saisit et l'emmena vers la maison.

— Arrête, Pierre, qu'est-ce que tu vas lui faire ? dit Eudes inquiet pour la jeune fille.

— Ce ne sont pas tes affaires.

— Ne lui fais pas de mal, ou tu auras affaire à moi, est-ce clair ? gronda le jeune homme.

— Tu la veux ? C'est ça ? le provoqua son aîné.

— Pas de la façon dont tu penses, mais c'est peut-être là le nœud du problème, Pierre, n'est-ce pas ? Je sais que, toi, tu la veux. N'essaye pas de nier.

— Je n'essaye pas. Va au diable !

Pierre de Montreuil claqua la porte au nez de son cadet et poussa Colombe dans ses appartements.

Il la plaqua contre le mur et entreprit de défaire sa tunique. Bouleversée, Colombe tenta de le repousser, mais ce fut peine perdue. Il la maintenait fermement, lui ôtant toute chance de s'enfuir. Ce corps à corps les rapprocha, et ils se retrouvèrent l'un contre l'autre.

— Messire, avez-vous perdu la raison ? se défendit Colombe. Laissez-moi, dit-elle en essayant une fois de plus de se cambrer pour le repousser. Mais le résultat fut tout autre : elle sentit le corps de l'architecte se plaquer au sien.

— Je dois savoir, dit-il à haute voix comme s'il se parlait à lui-même. Je dois voir de mes propres yeux.

Son regard était presque douloureux, et Colombe regarda impuissante ses mains défaire les liens de sa tunique. Elle était fatiguée de mentir, fatiguée de lutter contre lui.

Fou furieux, il déchira la chemise et vit le bandage. Il se saisit de son poignard, et Colombe, alarmée, cria de surprise. Pierre de Montreuil en tailla le tissu et défit le bandage qui écrasait ses seins et enserrait son buste.

Honteuse, elle se mit à pleurer.

Pierre laissa le couteau tomber au sol. Il se saisit des bras de Colombe et l'obligea à les ouvrir, dévoilant enfin sa poitrine.

Il n'y avait plus de colère sur son visage, juste de l'abattement, et une sorte de soulagement. Il ne la quittait pas du regard semblant à peine croire ce qu'il voyait. Il la lâcha, découvrant ce que ses frusques masculines lui cachaient depuis des mois. Cette taille fine, ces seins que deux bras blancs et délicats se hâtaient de couvrir de nouveau. Il parcourut lentement sa peau du bout des doigts, comme plongé dans une sorte de mélancolie qui émut Colombe au plus haut point. Comme il semblait souffrir, lui aussi, se dit-elle sans pouvoir détacher son regard de son visage assombri.

— J'ai cru devenir fou des semaines durant, je pensais que j'étais possédé par le diable. Je te rêvais femme dans mes délires, alors que je te croyais homme. Je n'arrivais pas à comprendre ce qui m'attirait en toi. Toutes ces nuits sans sommeil, te sachant si près de l'autre côté du mur... Je t'ai haïe autant que je t'ai désirée.

Pierre soupira et posa son front contre celui de Colombe, en fermant les yeux. Ses mains prirent la taille de la demoiselle et remontèrent dans son dos pour l'enlacer. Colombe se laissa faire, trouvant enfin la paix dans ses bras.

— Dieu que ta peau est douce, dit-il avec une expression douloureuse qui le rendait plus humain encore.

Colombe découvrait une autre facette de messire Pierre. Avait-elle le pouvoir de le troubler à ce point ? Était-il sincère ?

Il caressait son corps, la faisant frissonner. Sa peau se couvrait de chair de poule et réclamait encore davantage. Elle se sentait fondre sous ses mains, mais la peur ne quittait pas son cœur.

— Ne me faites pas jeter en prison, murmura-t-elle les larmes aux yeux. Je ferai tout ce que vous voulez.

— Ce que je veux ? répéta-t-il tourmenté, le corps en feu. Sais-tu seulement ce que je veux ? dit-il en enfouissant son visage dans son cou, en goûtant sa peau nacrée d'un baiser, puis d'un autre, jusqu'à prendre ses lèvres avec passion.

Colombe leva les bras et enserra la nuque de messire Pierre, prête à toutes les redditions.

— Dites-le-moi, chuchota-t-elle en espérant du fond du cœur que ses désirs étaient partagés.

— Je veux…

Sa voix était rauque de désir, et ses gestes parlaient pour lui. Il la désirait, la voulait sienne, ici et maintenant.

Pourtant, il recula un peu et soupira en repoussant les bras blancs qui le retenaient de façon si délicieuse, essayant de reprendre le contrôle de ses pensées. Leurs regards s'accrochèrent de longues secondes.

L'architecte était en proie à l'envie de la prendre séance tenante et d'en faire sa maîtresse, mais son cœur noble l'empêchait de se comporter de la sorte. Colombe ne méritait pas cela. Et pourtant, il ne put résister une dernière fois à cette bouche rose et tremblante.

Il se pencha lentement vers elle et vit ses lèvres de cerise s'entrouvrir doucement. Il les prit avec une envie plus forte encore, savourant la douceur et la pureté de cette bouche qu'aucun homme n'avait embrassée avant lui. Il enserra sa nuque d'une main ferme et, de son autre bras, la plaqua contre lui. Elle était comme un petit oiseau affolé prêt à s'enfuir. Ou est-ce qu'elle le désirait aussi fort que lui la désirait ? Il pouvait sentir les battements désordonnés de son cœur contre sa large poitrine. Ce baiser manqua de le rendre fou, et il se sépara d'elle en la repoussant presque violemment.

— Je n'ai pas le droit de te toucher, dit-il le souffle

court. Habille-toi selon ton sexe. Nous reparlerons de tout cela demain.

Pierre ne pensait plus qu'à fuir cette chambre et se dirigea vers la porte, laissant Colombe désemparée autant qu'il l'était lui-même.

— Pour le moment je n'ai pas les idées claires, jeta-t-il sévère en quittant la pièce et en claquant la porte derrière lui.

Pierre de Montreuil descendit à la cuisine pour annoncer la délicate nouvelle à Marthe, mais lorsqu'il arriva, il reconnut la voix de la bonne et celle de son frère, et s'arrêta dans son élan, restant dans le couloir pour écouter la conversation.

— Mais qu'est-ce que vous avez dans la tête, messire Eudes, faire pareille niche à votre frère ?

— Tu ne vas pas t'y mettre, Marthe, je te pensais de mon côté !

— Je ne suis d'aucun côté ! Je m'occupe de vous depuis des années, vous êtes un peu comme mes enfants.

— Tu as été la première à te dire que tu trouvais Pierre beaucoup trop sérieux.

— Oui, mais de là à lui mettre une oiselle déguisée en garçon dans les pattes… !

— Colombe travaille très bien, Pierre peut se flatter d'avoir pareille apprentie.

— Peut-être, mais la loi interdit de se travestir. Avez-vous pensé à la réputation de votre frère ?

— Il devrait s'en moquer, sa technique est excellente, et j'espère pouvoir me targuer d'être un aussi bon architecte que lui. Il n'a pas son égal. C'est bien pour cela que le roi lui a confié Notre-Dame de Paris.

— Et si le roi le désavouait ?

— Il perdrait le meilleur architecte. Il ne fera pas ça. Nul n'est obligé de le lui dire. Aïe, ça fait mal, se lamenta le cadet en remettant le linge trempé d'eau froide sur sa pommette et son œil.

— Votre frère est un homme honnête, je ne le vois pas garder cette fille sous son toit au vu et au su de tout Paris. Voyons, ce serait de la folie. La pauvre, si elle finit en prison…

— Pierre n'a pas intérêt à la dénoncer !

— Elle doit être terrorisée à l'heure qu'il est. Pauvre petite, sans père ni protecteur. Je comprends mieux ses prétendus saignements de nez tous les mois aux mêmes lunes, dit Marthe qui comprenait mieux les comportements étranges de celui qu'elle appelait encore Colomban quelques heures auparavant. Elle est mignonne, cette gamine, travailleuse, polie, toujours souriante et de bonne volonté. Oh ! messire Eudes, que va-t-elle devenir ?

Tapi dans l'ombre, Pierre les écoutait parler. Il entendit Marthe se moucher, elle devait pleurer. La bonne avait toujours eu la larme facile, mais ce qu'elle disait de Colombe était juste. L'architecte ne pouvait pas le nier.

Il éprouvait de drôles de sentiments, d'un côté, il était soulagé qu'il s'agisse d'une femme, de l'autre, une vive colère lui enflammait l'estomac.

Il entra dans la cuisine et regarda son cadet.

— Tu frappes fort, mon frère.

— Pas tant que cela, si tu respires encore.

— Que vas-tu faire d'elle ?

— Je vais aller voir le roi, je ne peux lui mentir.

— Tu es fou, elle risque la prison ou le fouet !

— Il fallait y penser avant, Eudes ! Tu as ta part de responsabilité, inutile de me jeter la pierre.

— Le fouet la tuera, elle est petite et menue, imagine son dos en sang ! C'est ce que tu veux ?

— Tu es mal placé pour me faire la morale. Tout cela est ta faute. Tu aurais dû me dire la vérité. On ne serait pas là, aujourd'hui.

Pierre était tourmenté et cherchait désespérément une issue pour protéger Colombe tout en gardant la tête haute face au roi.

— Elle ne cherchait qu'à aider son père, ils étaient ruinés. Tu aurais fait quoi pour survivre, toi ?

— Je ne me serais certainement pas travesti en femme, si là est ta question. Je sais qu'elle est en fâcheuse posture. Mais j'ai donné ma parole au roi. Qu'est-ce que tu crois ? explosa-t-il en s'emportant. Que son sort m'est indifférent ?

— Si tu la dénonces, elle sera emprisonnée et maltraitée, ensuite une fois sa peine terminée, elle sera vouée à la rue, et tu sais où finissent les filles comme elle ? Au bordel, Pierre, car sinon elle mourrait de faim.

Pierre se passa les mains sur le visage.

— Arrête ! Je n'ai jamais dit que je voulais la jeter à la rue !

La seule image de Colombe vêtue en catin et affamée dans les rues de Paris le dégoûtait. Seule et sans défense, elle serait utilisée par des gens sans scrupule.

— Ah, maître, cette petite se tue à la tâche, savez-vous qu'elle travaille les jours saints et au-delà du couvre-feu ? Ces derniers jours elle ne prenait pas son dîner, elle disait que ça la ralentissait, dit Marthe en reniflant. Peut-être pourrions-nous la garder ?

— Au titre de quoi, Marthe, femme de charge ? Elle vaut tellement plus que cela.

— C'est mieux que la rue, messire, et de loin.

— Elle mérite mieux que cela en effet, elle devrait avoir sa propre verrerie, commenta Eudes qui ne supportait pas l'injustice.

— Le métier du verre est aux hommes, Eudes, et tu le sais, c'est ainsi. Moi aussi je voudrais faire comme si de rien n'était, mais j'ai engagé notre nom devant le roi.

— Et alors, il faut toujours une jurisprudence pour que les choses changent. Colombe sera peut-être la première maîtresse verrier ? De plus, je te rappelle que le roi t'a laissé toute latitude pour former ton équipe.

— Il ne pensait certainement pas à ce genre de recrutements, Eudes, je ne permettrai pas de l'insulter ainsi. Je n'ai pas le choix, je dois être honnête.

— La reine serait peut-être sensible à cette histoire, elle a le cœur du roi. Si tu gagnes la reine, tu gagnes le roi. Et je connais quelqu'un qui pourrait nous aider.

— J'irai voir le roi demain avec Colombe, il ne me reste plus qu'une seule chose à faire pour la protéger.

— Que comptes-tu faire ?

Pierre regarda son cadet avec sévérité, il lui en voulait de ne pas lui avoir révélé la vérité. Cette façon qu'Eudes avait de toujours prendre la vie et les choses à la légère le rendait fou. Et aujourd'hui, c'était Colombe qui allait en pâtir. Mais si son plan fonctionnait, il lui proposerait une issue très acceptable pour une demoiselle de sa classe.

— Marthe, j'étais descendu pour te demander des

vêtements de femme, poursuivit l'architecte toujours nerveux.

— Mais je n'ai rien qui puisse faire l'affaire, je suis grosse et beaucoup plus grande que Colombe.

— Alors tu iras acheter de quoi la vêtir décemment demain. Il se fait tard, je vais me retirer.

— Je vous monterai un plateau, messire.

— Inutile, Marthe, j'ai perdu l'appétit, répondit le maître de maison en sortant sans un au revoir pour son cadet et pour la bonne.

La porte de la cuisine se ferma, et un silence pesant s'installa dans la pièce.

— Bonne nuit, ironisa Eudes.

— Vous l'avez bien cherché, mon garçon, grommela Marthe en s'asseyant sur un tabouret, dépitée. La petite ! dit-elle soudain, elle doit être dans tous ses états, je vais aller la voir.

La bonne prépara un baquet d'eau chaude et demanda à un homme de charge de remplir le bain. Elle monta à l'étage, frappa à la porte et entra, trouvant Colombe emmitouflée sous ses couvertures.

— Ma chérie, je sais la vérité, dit-elle en s'asseyant sur le lit. Je n'approuve pas ton choix, mais je comprends ta détresse, allons, allons, dit Marthe en entendant les sanglots reprendre de plus belle. Pauvre petite, viens là.

Marthe souleva les couvertures. Colombe était si malheureuse qu'elle ne rejeta pas son affection. La bonne la prit contre elle et la berça comme on berce un enfant terrorisé par les cauchemars de la nuit.

— Je suis désolée… il est en colère… J'ai peur, Marthe…

— Le maître est très remonté, c'est certain. Il va falloir affronter la réalité. Il t'emmènera chez le roi demain.

— Non ! Je ne peux pas, le roi me jettera en prison.

Colombe se leva seulement vêtue de sa chemise et courut vers la porte sans réfléchir, celle-ci s'ouvrit et elle heurta Pierre de Montreuil de plein fouet.

— Nous irons voir le roi demain pour clarifier la situation, annonça-t-il.

— Pitié, messire, laissez-moi partir, se lamenta Colombe les yeux rivés sur le visage dur de l'architecte.

— Je suis un homme intègre, tu n'as pas respecté la loi, et j'ai une cathédrale qui a besoin de tes talents. C'est au roi de trancher, je ferai de mon mieux pour t'éviter le fouet et la prison. Je suis prêt à prendre ma part de responsabilité et à proposer une solution au roi afin de calmer son courroux, mais pour cela tu dois faire ce que je te dis. Au pied de la lettre.

Colombe secoua la tête affolée et essaya de sortir, mais Pierre de Montreuil la saisit par le bras et la maintient contre lui.

— Messire, vous allez lui faire mal ! lança Marthe surprise par la violence dont faisait preuve son maître.

— Si elle continue de se débattre, c'est probablement ce qui va arriver, en effet, rugit messire Pierre peu enclin à subir une crise de panique de Colombe et les jérémiades de sa bonne.

Il la secoua comme un prunier, et Colombe cria, persuadée de prendre un coup, mais au lieu de cela il la garda contre lui en l'enserrant de ses bras forts jusqu'à ce qu'elle arrête de se débattre.

— Calme-toi, Colombe, j'essaye juste de trouver une

issue honorable pour toi comme pour moi. Calme-toi, poursuivit-il avec une voix adoucie sans la lâcher pour autant.

Essoufflée et fatiguée d'avoir dépensé toute son énergie en un combat perdu d'avance, Colombe finit par sentir ses jambes ne plus la porter.

— Le bain que vous aviez demandé est prêt, Marthe, dit un serviteur apparu sur le pas de la porte.

— Un bain, parfait ! fit messire Pierre avec un brin de perfidie.

Il souleva Colombe comme un balluchon et la posa en travers de son épaule.

— Maître ! s'insurgea Marthe qui voyait les jambes nues de la demoiselle et la chemise qui couvrait à peine son postérieur. Elle n'est pas décente !

L'architecte posa sa main sur les rondeurs pâles de Colombe, qui gémit de frustration et d'humiliation.

— Fais en sorte que je ne croise personne sur notre chemin, dit-il à la bonne en sentant son propre corps réagir à celui de la demoiselle qui se tortillait comme une anguille.

Il laissa Marthe passer devant.

— Je vous déteste ! Laissez-moi descendre ! rugit Colombe vexée au plus haut point.

— N'aggrave pas ton cas, rétorqua-t-il sèchement en laissant sa main s'abattre sur ses fesses à deux reprises.

Arrivés à l'office, il remit Colombe debout, puis il se saisit des pans de la chemise et la lui passa au-dessus de la tête, non sans laisser son regard errer sur toutes les courbes féminines de son corps délicat. Cette demoiselle lui mettait les sens en feu, il aurait de loin préféré ne pas être sensible à sa voix, à son charme et à son corps. Cela lui aurait évité bien des tourments.

— Je vous interdis de me traiter comme ça ! hurla Colombe furieuse de sa propre impuissance. Vous êtes un mufle et un goujat !

Avec un sourire diabolique, il la souleva et la jeta presque, plus qu'il ne la déposa. Colombe refit surface en passant la main sur ses yeux mouillés.

— Calme-toi, je ne vais pas te noyer, dit-il alors qu'elle le regardait comme on regarde un chien énorme prêt à mordre. Je ne te ferai pas de mal et tu le sais.

Elle ramassa ses genoux contre sa poitrine pour dissimuler sa nudité.

— Vous êtes en colère.

— Oui. Contre Eudes, contre toi. Mais encore davantage contre moi, ajouta-t-il à voix basse.

— Laissez-moi partir, tenta-t-elle de nouveau.

— Pour que je devienne la risée de la ville ? Sûrement pas, coupa-t-il fermement. De plus, je dois des explications au roi et je les lui donnerai.

— Mais il n'est pas obligé de savoir..., supplia-t-elle.

— Ah, tu crois ? ironisa messire Pierre. Si Eudes est au courant, je gage que son apprenti aussi.

Elle ouvrit la bouche comme un poisson hors de l'eau, il venait de marquer un point.

— Et si Alfred est au courant, maître Vilhéry aussi.

— Fais-moi confiance, je ferai en sorte que tu ne risques rien. Obéis-moi et contente-toi d'acquiescer lorsque nous serons en présence du roi. Est-ce clair ?

Sa voix était grave et chaude, il semblait sûr de lui, et sans comprendre pourquoi, cela la rassura.

Pierre ne put s'empêcher de lui caresser la joue et laissa sa main errer sur son épaule. Colombe le regardait les lèvres tremblantes, et il se pencha vers elle pour l'embrasser.

À cet instant, on frappa à la porte d'une main ferme, et la voix de messire Eudes se fit entendre.

— Pierre ? Que fais-tu ? Marthe est venue me chercher en panique !

— Colombe prend un bain, grogna Pierre en se redressant contrarié d'être interrompu.

— Comment ? Ouvre-moi immédiatement !

— Non, cria Colombe en se recroquevillant sur elle-même.

— Que veux-tu ? demanda Pierre en ouvrant la porte. Sur le pas de la porte, Eudes jeta un rapide coup d'œil à la demoiselle qui trempait dans le bac.

— Tu vas bien ?

— J'irais mieux si vous sortiez tous les deux, dit-elle, le nez presque dans l'eau.

— Si son père était de ce monde, il te demanderait réparation et il aurait bien raison. J'aurais même témoigné contre toi ! Cela ne te ressemble pas ! Qu'est-ce que tu fais à la fin ?

— Je la surveille, elle voulait s'enfuir, expliqua Pierre en reprenant son air ombrageux en présence de son frère.

— Voilà qui est étonnant, tu la martyrises depuis deux bonnes heures.

— Que dois-je faire, selon toi ? Si tu as une meilleure idée, je t'écoute !

— Sortir, vous devez sortir, par pitié ! supplia Colombe au désespoir.

— Tout cela a assez duré, et j'ai pris ma décision,

Colombe viendra voir le roi demain avec moi, un point c'est tout. Et je ferai en sorte de réparer tes erreurs ! Et les siennes avec !

Sous les yeux hagards de son cadet, Pierre agrippa Colombe et la souleva pour qu'elle sorte du bain. Il lui jeta une serviette propre, et elle s'enroula dedans en leur tournant le dos, les mains tremblantes. Ses cheveux mouillés en arrière découvraient son visage et son front ainsi que la ligne douce de son cou.

— Tu comptes l'attacher pour la nuit ? demanda ironiquement Eudes.

— Bonne idée. Je devrais y songer, répondit Pierre moqueur.

— Non !

— Inutile de crier, je vais te garder à l'œil et je me moque de ta réputation, elle est déjà faite, puisque tu as passé plusieurs mois ici sans chaperon. Allez, avance !

— Où vas-tu, Pierre ?

— Dormir, j'en ai soupé de vos bêtises.

Le ton impératif du maître de maison laissa tout le monde sans voix.

— Ne la touche pas, fit Eudes menaçant.

— Je n'en ai aucune envie. Tu te souviens, je ne suis pas un homme normal, juste un fou de travail et un moine, jeta-t-il à son frère avant de pousser Colombe en avant pour qu'elle monte à l'étage.

— Ne l'approche pas Pierre, je suis sérieux.

— Et qui va m'en empêcher ? Toi ?

— Tu es plus fou que je ne le pensais. Je sais ce qui me reste à faire.

— Parfait, moi aussi je sais ce qui me reste à faire.

— Non, ne me laissez pas, cria Colombe effarée en voyant Eudes battre en retraite. Messire, je vous en prie…

Le regard noir de l'architecte la laissa sans voix. Elle préféra se taire et obtempérer.

Mais arrivés au premier étage, ce fut la porte de sa chambre qu'ouvrit le maître de maison, et non son particulier.

— Vous aviez dit que…

— C'était juste pour flanquer la frousse à Eudes, jamais je ne porterai la main sur toi sans ton accord, Colombe.

— Sans mon accord ?

L'atmosphère se fit lourde, Dieu qu'elle aurait voulu que les choses soient différentes. Si elle avait été issue de la bourgeoisie parisienne, si elle l'avait rencontrée en d'autres circonstances, s'il l'avait regardée autrement que comme un apprenti échevelé…

— Beaucoup de choses vont changer dans ta vie à présent, je ne te fais qu'une seule promesse : je veillerai sur toi. Je t'enferme pour la nuit. Dors. La journée de demain sera probablement longue, dit-il en la poussant dans sa chambre.

La porte se ferma derrière elle, et elle entendit le bruit de la clé qui tournait dans la serrure.

Elle était prisonnière.

Humiliée, épuisée, elle s'allongea sous ses couvertures et pleura toutes les larmes de son corps. L'avenir ne s'annonçait pas sous les meilleurs auspices.

De son côté, messire Pierre ne put fermer l'œil de la nuit, trop conscient de la présence de Colombe dans la pièce d'à côté. Toute cette histoire était à devenir fou. Comment ne pas prévenir le roi ? Allait-il abattre sa justice sur la demoiselle de façon implacable ? Il se mit à prier et demanda les lumières du Saint-Esprit pour pouvoir prendre la juste décision. Et au petit matin, sa tête et son cœur avaient trouvé un compromis satisfaisant.

Alors qu'il se vêtait convenablement pour se rendre à la cour, Marthe entra et lui apporta un déjeuner copieux pour rattraper le jeûne de la veille.

— Bonjour, messire. Puis-je au moins apporter à manger à Mlle Colombe ?

— Je n'ai jamais dit que je comptais l'affamer, Marthe, inutile de dramatiser.

— Je vais lui porter son repas.

— Non, je vais lui apporter le mien, je serai le seul à pouvoir ouvrir sa porte de toute façon, et que ce soit bien clair pour tout le monde. Eudes passe le bout de son nez ici, appelle la garde.

— Mais messire, c'est votre frère !

— Je me le demande… Je viendrai manger à l'office, ne te dérange pas. Nous partirons aussitôt après. Où est Eudes ?

— Il est parti aux aurores, à cheval. Il a renvoyé son apprenti hier soir, le ton est monté, je peux vous le dire, confia la bonne en se souvenant de la volée de bois vert qu'Eudes avait mis à Alfred.

— Maître Vilhéry ne va pas apprécier, commenta Pierre.

La voix d'un homme de charge se fit entendre depuis le bas des escaliers.

— Maître ? Un certain Auguste vous demande, il paraît que c'est urgent.

— Auguste ? Je l'avais oublié avec tout ça ! Marthe, je pars pour les portes de la ville. La visite au roi devra attendre.

— Et Colombe ?

— Je vais lui apporter le plateau, dis à Auguste que j'arrive, fais seller mon cheval.

Messire Pierre, contrarié de s'être laissé détourner de son travail et de devoir changer ses plans, prit la clé et ouvrit la porte de la chambre de Colombe. Assise sur un coffre, elle ne leva même pas les yeux vers lui. Cette indifférence le blessa plus qu'il ne l'aurait voulu. Avait-elle seulement dormi ? Elle semblait lasse et triste.

— Voici ton repas, je dois m'absenter. Inutile de chercher à t'enfuir, j'ai la clé. Eudes n'est plus à la maison, et Marthe a reçu des consignes en ce qui te concerne. Je dois aller aux portes de la ville régler une affaire. Ne tente rien d'inutile, tu te tueras en essayant de fuir par la fenêtre, et même si tu penses le contraire, je ne souhaite pas ta mort, je veux au contraire te protéger. De toi-même s'il le faut. Il y a une poulie pour ton seau de toilette et ton pot de chambre, tu les feras descendre pour qu'on te les vide.

Ces dernières paroles, très terre à terre, firent rougir Colombe, qui n'avait même pas pensé à ce genre de détails depuis sa réclusion.

— Tu ne dis rien ? dit messire Pierre tristement devant son silence.

La jeune fille leva ses yeux encore rouges d'une nuit de larmes et d'insomnie, et ne prononça pas un mot.

Qu'aurait-elle pu dire qu'elle n'avait déjà dit ? Mais il était resté sourd à toutes ces supplications. Pourquoi l'écouterait-il ce matin alors qu'il s'apprêtait à la livrer à la justice royale et au peuple qui la lyncherait sur le pilori ?

— Je ne voulais pas vous faire de mal, finit-elle par murmurer.

— Le mal est fait, reste à savoir si ce que je projette de faire de toi suffira. Je crois que…

Il s'interrompit et la regarda.

Son regard noir et brillant la fixait d'une expression que Colombe ne sut déchiffrer. Cet homme lui mettait les nerfs à fleur de peau, et elle préféra se retrancher dans le silence. Pourquoi les choses avaient-elles dégénéré si vite ?

Il resta silencieux quelques instants puis sortit sans ajouter un mot, la laissant seule avec ses craintes.

Dans l'office, Auguste l'attendait avec Marthe qui lui avait préparé un bol de soupe.

— Le bonjour à vous, messire Pierre, nos hommes sont aux portes comme vous l'avez demandé.

— Parfait, je me tiendrai dans la cour des gardes, nous verrons ce qui s'y passe.

— Ainsi élégamment vêtu ?

— J'étais censé me rendre à la cour ce matin. Allons-y, dit Pierre directif.

Il sortit de l'office et alla dans la cour où sa monture l'attendait, patiemment tenue par la bride par un palefrenier. Il ne put s'empêcher de lever les yeux vers la fenêtre de Colombe, mais ne vit pas trace de la demoiselle. Il soupira tendu et soucieux, puis prit la route de la porte Saint-Jacques au sud de la ville. Ils prirent ensuite la direction de la route d'Orléans. Là, les hommes des carrières accompagnés d'un maître compagnon l'accueillirent.

— Ne changez pas vos habitudes, ne scrutez pas les alentours, n'hésitez pas à vous éloigner un peu de la charrette une fois les pierres amenées aux registres des marchandises. Je vous alerterai si je vois quelque chose de suspect.

Les hommes des carrières avancèrent vers les portes après avoir laissé passer messire Pierre qui, comme prévu, se dirigea vers la cour des registres. Il laissa son cheval attaché à une barrière et se mêla à des marchands venus des quatre coins du royaume de France qui négociaient une place sur le marché des halles pour avoir l'autorisation de vendre leurs marchandises. Tout ceci sans quitter des yeux l'arrivée de la charrette. Celle-ci, comme toutes les cargaisons, fut amenée dans la cour et vérifiée par des délégués de la commune de Paris.

Un homme attira l'attention de l'architecte. Il vint inspecter les charrettes et héla des hommes qui déchargèrent une dizaine de pierres çà et là.

Ainsi, Auguste avait raison de soupçonner un vol, se dit messire Pierre qui attendait d'en savoir plus avant d'agir. Les pierres furent entassées sur une autre charrette déjà attelée à un cheval de trait et quittèrent la place rapidement.

Il regarda la charrette passer devant lui et sortit à son tour. Il fit signe à Auguste et à deux hommes de le suivre, puis, après avoir récupéré sa monture, suivit le butin qui s'en allait en direction du petit pont qui menait à l'île de la Cité. La charrette traversa ensuite le grand pont vers les halles. Ce fut sans surprise que la voiture à cheval s'arrêta non loin de la maison de maître Vilhéry : en effet qui d'autre aurait pu subtiliser cette marchandise pour la revendre au plus offrant sur le marché ?

Un sourire amer se dessina sur les lèvres de messire Pierre. Et dire que Colomban l'avait prévenu de ne pas faire affaire avec cet homme… À présent, il comprenait mieux les petits écarts sur les livres des comptes. Si Vilhéry le délestait régulièrement de pierres, lui volait-il aussi du verre, du plomb, du bois ? Tout était possible.

Il lui fallait appeler la garde et faire constater le vol au plus vite. Il rejoignit Auguste et ses hommes.

— Je dois aller prévenir la garde sur l'île de la Cité et compromettre maître Vilhéry. Toi, Auguste, ne bouge pas d'ici jusqu'à l'arrivée de la garde, je te fais confiance, tu attesteras de cette vilenie.

— Bien, messire, dit Auguste, fier de se rendre utile et d'avoir aidé l'architecte à trouver le coupable.

Messire Pierre rentra sur l'île de la Cité et se présenta devant la capitainerie de la garde.

— Je viens porter plainte pour vol de pierres.

— Qui êtes-vous, messire ?

— Pierre de Montreuil, architecte du roi.

Visiblement surpris, les deux soldats se regardèrent puis fixèrent le nouveau venu.

— Un détachement est parti arrêter une femme travestie en homme chez vous, selon une accusation portée ce matin par maître Vilhéry.

— Le fumier, gronda Pierre de Montreuil qui s'était fait damer le pion par le marchand. Envoyez une patrouille chez lui et vous verrez que mes pierres destinées à la cathédrale Notre-Dame s'y trouvent.

— Vous êtes architecte du roi, je ne peux rien pour vous, messire. Cette affaire relève directement de la justice royale, nous ne pouvons que garder les lieux.

— Alors, faites-le ! Vilhéry est assez rusé pour emporter mes pierres ailleurs ! s'impatienta l'architecte.

Il enfourcha sa monture et se dirigea vers le palais royal le cœur battant.

Lorsque la garde arriva dans la cour, Marthe se signa, impressionnée par ses hommes en armures qui envahissaient le logis. Juché sur son cheval, Alfred, qui les avait guidés jusque-là, fanfaronnait comme un jeune coq.

— Nous venons arrêter Colombe Deverre.

— Mon maître n'est pas présent, revenez plus tard, tenta Marthe paniquée.

— Nous avons ordre de la transférer à la prison du palais royal séance tenante.

Sous la contrainte, la bonne dut leur montrer la chambre de Colombe à l'étage.

— Mon maître seul détient la clé de cette pièce.

— Pourquoi l'a-t-il enfermée s'il n'a rien à lui reprocher ?

— Pour l'utiliser à sa guise. Apprentie verrier le jour, catin la nuit, glissa Alfred perfide.

— Certainement pas, Colombe est pure, et mon maître est un homme de bien, jamais il ne s'abaisserait à cela, cria Marthe hors d'elle face à pareilles accusations. Comment peux-tu tenir ce genre de propos à son encontre, Alfred, toi qui travailles avec le propre frère de maître de Montreuil et qui as mangé dans cette maison !

— Il va nous falloir enfoncer la porte, coupa le sergent qui menait la troupe.

La porte, bien que solide, ne résista pas longtemps aux assauts répétés des gardes. Ils envahirent la pièce et trouvèrent une jeune fille qui les regardait avec méfiance.

— Qui es-tu ?

— Colombe Deverre, dit-elle, sachant que son sort était scellé.

Ainsi Pierre de Montreuil la jetait en pâture à la justice royale, sans un mot, sans un regard, sans défense.

Elle eut envie de pleurer tant elle avait mal au cœur, son âme se brisa, et elle garda le silence.

Alfred entra à son tour et la regarda avec dédain.

— Fouillez la chambre, elle a volé un carnet ou un parchemin qui revient à mon père.

— Non, je n'ai rien volé du tout, c'est plutôt toi et ton père qui devriez être accusés de vol, et tout cela a tué mon père, cria-t-elle aux bords des larmes.

— Sainte Vierge Marie, ayez pitié de nous, pleurait Marthe en se plaçant tout de même courageusement auprès de la jeune fille pour lui témoigner son soutien.

— Marthe, dis à messire Pierre que je suis désolée de tout cela et dis à messire Eudes… Non, en fait ne leur dis rien, fit Colombe en se rendant au sergent de la garde.

Ce dernier lui mit les fers aux poignets et la fit sortir. Pendant ce temps, Alfred et les gardes retournaient la pièce à la recherche du carnet de son père. Colombe se félicitait de l'avoir bien caché. C'était son héritage, la seule chose de valeur que lui avait laissée son père en quittant ce monde.

— Attendez ! Elle l'a peut-être sur elle, fouillez-la, ordonna Alfred.

Les gardes ne ménagèrent pas la pudeur de Colombe.

Rouge de honte, elle tenta de les repousser, mais agacé, un des gardes la gifla. Le coup fut si fort qu'il lui fendit la lèvre.

— Dis-moi où tu l'as caché, s'impatienta Alfred en l'attrapant par le bras.

— Va au diable, répondit Colombe furieuse.

Il leva la main sur elle, la frappant du poing.

La jeune fille tomba au sol, et les coups se succédèrent, n'épargnant ni ses côtes ni ses membres. Un coup dans la pommette lui fit tourner de l'œil.

— Arrêtez ! Arrêtez ! Vous allez la tuer, implora Marthe paniquée en serrant son tablier dans ses mains.

Dans la cour, il y avait un attelage monté d'une cage de métal. Un garde ouvrit la porte de la cage, et Colombe fut jetée à l'intérieur. Elle heurta la grille et sentit du sang couler sur son front.

Je serai morte avant ce soir, pensa-t-elle en s'asseyant. Elle n'espérait plus rien de la vie.

La tête enfouie dans ses bras pour ne pas croiser les regards accusateurs et curieux des habitants de la ville de Paris, elle supporta les cahots et l'inconfort du trajet sans broncher. Les cloches d'une église se mirent à sonner à son passage. Elle pensa à la rosace. Elle ne la terminerait jamais, elle ne verrait jamais ces couleurs prendre vie sous les rayons du soleil. Elle imaginait la pénombre de la cathédrale, recueillie, silencieuse et lumineuse. Des jets de lumière qui pareraient la pierre çà et là de bleu, de rouge, de jaune et de vert. Une magie qui capterait les regards des visiteurs et des pèlerins, témoignant de la Bible et de la vie du Christ. Portant un message de paix et d'espérance à tous les hommes.

Mais hélas, elle n'en serait jamais témoin.

L'attelage traversait maintenant la place de la cathédrale, et Colombe leva enfin la tête. Elle reconnut les tailleurs de pierre qui terminaient le portail du Jugement dernier. Ils l'avaient accueillie à son arrivée à Paris, elle aurait aimé les connaître davantage, participer avec eux à l'achèvement de cette merveille. Les mains sur les barreaux, elle aperçut les arcs-boutants que Pierre de Montreuil avait construits grâce à son inspiration. Elle sourit à travers ses larmes, Dieu que c'était beau !

Ils avancèrent jusqu'au palais royal et bifurquèrent dans une ruelle après une tourelle de garde. Là, descendue de sa cage, elle fut conduite dans un escalier qui puait l'urine. Arrivée au sous-sol, elle observa autour d'elle. La pièce sombre était seulement éclairée par des soupiraux qui donnaient sur l'extérieur à hauteur d'homme. Un homme enregistra son nom, son prénom, sa date de naissance et la paroisse où était enregistré son baptême.

— Elle est accusée de se travestir et de travailler les jours saints également. Les serviteurs ont été interrogés, nous n'avons rien pu en tirer, mais un voisin atteste avoir vu de l'activité à l'atelier et le foyer fumer sur plusieurs jours saints. Elle est accusée de vol également par Alfred fils de maître Vilhéry, elle détiendrait un carnet appartenant audit sire.

— Il y a déjà deux putains dans la geôle de droite, elles aussi sont accusées de vol. Elles seront fouettées demain, mets celle-là avec, elle subira probablement le même sort.

Le cœur battant, Colombe fut emmenée un peu

plus loin dans une geôle où croupissaient deux femmes, recroquevillées sur elles-mêmes.

— On vous apporte de la compagnie, fit le garde.

Ni l'une ni l'autre ne broncha, préférant se taire. Les geôliers avaient la main leste et frappaient à tout va. Le garde poussa Colombe à l'intérieur et lui attacha le poignet aux chaînes du mur du fond, à côté des prisonnières. Un tas de paille douteuse leur servait de couche.

— Alors, la putain, prête pour demain ? La foule adore les punitions publiques, ricana-t-il perfide. En attendant de te faire du mal, je passerai te faire du bien cette nuit, je suis de garde, susurra l'homme à l'oreille d'une des deux pauvres filles en la saisissant par les cheveux.

Dégoûtée, Colombe fut prise de pitié pour la malheureuse, qui en était réduite à se prostituer et à voler pour survivre. Finirait-elle comme cela, elle aussi, une fois jetée à la rue ?

Le garde continuait de peloter la fille sans vergogne.

— J'en garde pour ce soir, dit-il en riant en finissant par sortir de la geôle tout en développant en termes graveleux ce qu'il comptait lui faire la nuit venue.

Colombe supplia le ciel de les protéger toutes les trois, craignant elle aussi d'être ainsi violentée.

— N'aie pas peur, il menace, mais ne peut plus. Il a essayé avec moi hier, hormis son haleine de chien et ses mains sales, je n'ai rien supporté de plus. Il fanfaronne devant ses hommes et fait semblant une fois plaqué contre toi. Tais-toi et laisse-le faire son spectacle, ça ne dure pas longtemps, expliqua l'autre prostituée. Tu es qui, toi ?

— Une fille qui n'a plus rien ni personne au monde, dit Colombe en s'asseyant sur la paille.

— Comme beaucoup d'entre nous, se contenta de répondre la prostituée.

Colombe resta assise, calée inconfortablement à cause des chaînes.

La femme malmenée par le garde quelques instants plus tôt la regardait. Il n'y avait ni mépris ni antipathie dans ses yeux bleus comme le ciel, juste une solidarité instinctive entre compagnes de mauvaise fortune.

— Ils n'y sont pas allés de main morte sur toi, tu aurais dû te laisser faire, ça t'aurait évité des coups inutiles.

Elle lui tendit un mouchoir sale, que Colombe accepta tout de même pour nettoyer un peu son visage taché de sang. Elle avait mal partout, ses côtes douloureuses l'empêchaient de respirer correctement. Toutes ses pensées étaient tournées vers messire Pierre. La douleur physique n'était rien comparée à celle de son cœur.

Chapitre 10

Palais royal, quelques heures plus tard

Pierre de Montreuil s'était présenté à la cour, demandant audience pour affaires urgentes en tant qu'architecte du roi. À ce titre, il pouvait prétendre à une entrevue avec son souverain.

Le chambellan le mena jusqu'à la salle du trône.

— Sa Majesté avait demandé à vous faire venir le plus rapidement possible, de toute façon. Votre frère messire Eudes et dame Flavie seront aussi présents à cette audience. Maître Vilhéry également.

— Que fait-il ici ? Il est déjà sous le coup d'une accusation ?

— C'est lui qui a fait arrêter l'apprenti, ou plutôt la fille du verrier, qui travaille chez vous. Aucune accusation n'a été portée contre lui, pourquoi en serait-il autrement ?

— Ça, je me réserve le droit d'en informer le roi, dit sèchement Pierre de Montreuil qui comptait bien rétablir toute la vérité dans cette histoire.

Dans la grand-salle du palais, Pierre vit en effet son frère accompagné de Mme de Rocheval. L'architecte salua le roi et la reine, et attendit qu'on lui donne la parole. Il avait beau regarder autour de lui, nulle trace de Colombe. Maître Vilhéry se tenait devant le roi et attaqua d'emblée :

— Sire, je n'ai pu me taire étant donné la situation, je suis même sûr que cette fille a floué messire Pierre, je gage qu'il n'était pas au courant qu'il hébergeait un imposteur.

Il adressa à l'architecte un sourire servile.

— Messire Pierre, pouvez-vous nous éclairer ? demanda le roi surpris de la tournure des événements.

— Comme Votre Majesté le sait, j'ai demandé à maître Jacques Deverre de construire votre rosace. Son travail est d'une qualité inégalée, vous avez pu le constater pour la Sainte-Chapelle.

— Certes, mais ce n'est pas maître Jacques qui est en cause aujourd'hui.

— En effet, Sire, pourtant toute cette histoire découle du vol dont maître Vilhéry a accusé le verrier, qui y a laissé sa réputation, sa fortune et même la dot de sa fille Colombe.

— Le jugement a été rendu, et j'ai été dédommagé, intervint le négociant.

— Je ne peux prouver votre malhonnêteté sur ce point, maître Vilhéry, mais je connaissais très bien maître Jacques, c'était un honnête homme.

— L'appât du gain a dû lui faire perdre la tête ! C'est courant chez les gens modestes, dit le marchand avec mépris.

— Non, je n'en crois rien et je serais prêt à engager mon titre d'architecte du roi au besoin.

Un brouhaha secoua les quelques courtisans présents.

— En quoi cela justifie que sa fille se travestisse et vous trompe ? demanda le roi qui voulait en venir aux faits reprochés.

— Colombe savait son père malade. Ce dernier, ne pouvant pas assurer le chantier, a décliné l'offre pourtant alléchante que je lui avais faite. Mon frère Eudes peut en témoigner, je l'avais envoyé négocier les termes du contrat à ma place puisque j'étais occupé aux carrières.

— Ce que dit mon frère est juste, Votre Majesté, maître Jacques Deverre a refusé le contrat. La demoiselle est venue me voir alors que je quittais Orléans pour me dire d'attendre un peu avant de donner une réponse définitive à mon frère.

— Poursuivez, messire Pierre, incita le roi pressé de connaître la chute de cette histoire.

— Un apprenti s'est présenté comme étant Colomban, le neveu du verrier, je n'avais aucune raison de ne pas le croire. Je l'ai regardé travailler et présenter son carton et ses pièces à Vos Majestés ici même. Le travail était remarquable. Colombe Deverre aidait son père depuis longtemps et a acquis une technique hors du commun. J'ai ainsi accueilli le soi-disant Colomban chez moi. Des mois durant, Colombe Deverre sous le nom de Colomban a donc travaillé dans mon atelier.

— Elle a travaillé des jours saints, nous avons des témoins ! s'emporta maître Vilhéry. Et je sais qu'elle a volé un carnet qui me revient de droit comme toutes les affaires personnelles de maître Jacques et sa verrerie en paiement de sa dette. Le jugement était en ma faveur, je vous le rappelle !

— Comment avez-vous su que c'était une femme ? demanda la reine.

— C'est moi qui en ai informé mon frère, Votre Majesté. Je l'ai su bien avant, lui expliqua Eudes en s'inclinant.

— Pourquoi n'avoir rien dit avant ?

Eudes se montra transparent au risque encore une fois de faire scandale.

— Parce que j'avais pitié de cette fille qui était prête à tout pour sauver la situation de son père. Elle s'est coupé les cheveux, a endossé un travail difficile.

— Elle travaillait les jours saints ! accusa encore le marchand.

— Alors, justement, dit Eudes en prenant l'assistance à partie, imaginez ses jours de labeur. Je ne la défends pas de ne pas avoir respecté nos lois, j'admire juste son abnégation et la piété filiale dont elle a fait preuve. De plus elle est excellente, c'est un verrier de grande qualité.

— Ce travail est réservé aux hommes, rappela le roi.

— Certes, Votre Majesté, vous dites vrai. Mais je sais aussi que vous avez loué son œuvre, j'étais présent lorsqu'elle vous a montré ses essais.

— Vous auriez pu au moins prévenir votre frère et le laisser décider de la suite, reprit le roi qui ne comprenait pas le silence d'Eudes.

— Il y avait une plaisanterie derrière cela, je l'avoue. Pierre est un homme austère et sérieux, qui ne semblait pas porter une grande attention aux charmes féminins. Je me suis demandé bien souvent s'il n'était pas moine dans l'âme.

— En comparaison à vos propres frasques, messire Eudes ?

— Je le confesse, Sire. J'ai en effet fréquenté les tavernes dans ma jeunesse, mais me suis repenti. Sa Majesté la reine connaît les raisons pour lesquelles je fréquente toujours ses quartiers.

— Et ces raisons sont louables, messire Eudes, dit la reine gentiment.

— Celle qui m'a poussé à ne rien dire à Pierre est moins louable cependant. J'ai voulu le mettre à l'épreuve. Même en garçon, Colombe est très jolie, un homme ne peut qu'être sensible à sa grâce et à la beauté qui se dégage de ses traits. Pierre a été subjugué, pensant ressentir un désir interdit pour un garçon, alors qu'il ne ressentait qu'une inclination tout à fait naturelle pour une femme.

— Une inclination, messire Pierre ? demanda le roi amusé de voir son architecte en fâcheuse posture.

— Je ne nie pas avoir désiré cette femme.

— Elle se sera sûrement glissée dans son lit pour obtenir son silence, dit maître Vilhéry insultant.

— Non. Je n'ai pas attenté à sa vertu. Elle est pure.

— Pour avoir habité chez vous sans chaperon, vierge ou pas, sa réputation est faite, messire, conclut la reine sérieusement. Sans compter qu'elle a violé la loi de Dieu et celles des hommes.

— Je ne veux porter aucune accusation contre elle, annonça Pierre de Montreuil à haute voix pour que tous entendent.

— Maître Vilhéry s'en est chargé pour vous, coupa le roi qui ne comptait pas laisser les choses en l'état. Où est cette jeune femme à cette heure ? Chez vous ?

— Non, Votre Majesté, je l'ai fait arrêter, elle est en prison. Cette sorcière a jeté un sort à messire Pierre, elle est dangereuse, regardez comme elle lui a vrillé l'esprit ! Même messire Eudes parle de grâce, de beauté. Elle a dû user de magie noire !

— Elle ressemble à une fée lorsqu'elle travaille : inspirée et créative, elle ne semble même plus toucher le sol. Je l'ai regardée peindre, découper les verres, assembler avec finesse chaque couleur, chaque plomb. Dieu lui a donné ce don incroyable, reprit messire Pierre sincère.

— Vous en parlez avec une tendresse qui vous trahit, messire, ou est-ce le fruit de mon imagination ? questionna la reine franchement.

Pierre de Montreuil la regarda, mais aucun son ne franchit ses lèvres. Son silence était assez éloquent pour que la reine s'en contente.

— Allez la chercher, ordonna le roi à ses gardes. Nous allons voir ce qu'elle a à dire pour sa défense.

Un sentiment d'urgence prit Pierre de Montreuil au dépourvu, et il s'adressa directement au roi :

— Messire, permettez-moi de prendre la sanction que vous réserverez pour elle.

— J'en prendrai ma part également, Votre Majesté, dit messire Eudes en posant une main sur l'épaule de son aîné.

Si la reine apprécia cette solidarité fraternelle, le roi, quant à lui, réservait son jugement.

Dans sa geôle, Colombe attendait qu'on décide de son sort. Serait-elle jugée ou livrée à la foule sans procès ? Nul ne lui avait communiqué quoi que ce soit à ce sujet.

Elle n'osait poser des questions aux deux femmes qui partageaient sa situation. Apparemment, elles seraient fouettées sur la place publique pour vol. Avaient-elles eu droit à un défenseur ? C'était peu probable, il fallait de l'argent pour se payer les services d'un homme de loi, et les pauvres n'avaient rien. Des bruits de pas résonnèrent dans les couloirs et un garde, après avoir obtenu les clés des geôliers, fit son entrée. Sa tunique portait les armes royales, et Colombe sentit son courage s'évanouir.

— Colombe Deverre ?

La jeune fille ne bougea pas, mais elle fut pointée du doigt par un des geôliers.

— Vous êtes attendue au palais par suite d'une plainte déposée contre vous par maître Vilhéry. Le roi lui-même vous fera justice.

Elle se leva, et le geôlier la détacha de la chaîne raccordée aux murs.

— Les seigneurs de Montreuil sont présents à l'audience, poursuivit le garde. Votre accusateur également.

Ainsi ce n'était pas Pierre qui l'avait dénoncée, mais Vilhéry, pensa-t-elle soulagée. Pierre et Eudes étaient-ils venus se défendre eux-mêmes ou la défendre elle ?

Soudain, elle pensa à ses compagnes de mésaventure, Eudes en avait aidé plus d'une à s'en sortir.

— Vos noms, donnez-moi vos noms, je connais quelqu'un qui pourra peut-être vous aider.

— On n'attend plus rien de personne, dit la plus âgée des deux avec un air de défi.

— Je vous parle d'Eudes de Montreuil.

— Celui qui a rénové le quartier près du monastère de sœurs ? demanda la plus jeune en se redressant intéressée.

— Oui. Il fera ce qu'il pourra, j'en suis sûre.

— Aude-Alix, dit l'une. Fille de Jehan.

— Moi je ne sais pas de qui je suis la fille, ma mère était aussi putain. Elle m'a appelée Cédrine, comme sa mère avant elle.

— Aude-Alix fille de Jehan et Cédrine, je n'oublierai pas, promit Colombe en inclinant la tête, déterminée à essayer de sauver ces deux femmes. Je ferai de mon mieux.

— Défends ta peau, ma belle, ce ne sera déjà pas mal, fit Cédrine en lui souriant. Adieu.

Colombe fut conduite à l'extérieur, elle traversa la cour escortée de deux gardes et fut conduite à travers les couloirs du palais. Les hommes entrèrent en la poussant devant eux.

— Avance et agenouille-toi devant le roi, ordonna un des gardes.

Elle avança jusque devant l'estrade où se trouvaient les trônes. Elle croisa le regard de Pierre de Montreuil qui fronça les sourcils en la voyant. Son air dur lui fit baisser les yeux. Elle aperçut Eudes à ses côtés et reconnut dame Flavie également. Maître Vilhéry se tenait de l'autre côté, elle ne le gratifia même pas d'un regard. Elle essaya de s'agenouiller, mais n'y réussit pas, ses jambes et ses côtes lui faisaient trop mal. Elle se laissa choir à genoux en retenant maladroitement une grimace.

— Qui t'a rossée de la sorte ? demanda messire Pierre en s'approchant d'elle le regard noir.

Il lui releva le menton pour regarder son front et sa lèvre blessés. Son visage exprimait la peine et la crainte qui lui tordait déjà le cœur : qu'elle ne fut blessée encore plus qu'il ne pouvait voir.

— Les gardes et Alfred, dit-elle d'une petite voix.

Pierre posa son pouce sur la lèvre tuméfiée puis le remonta doucement sur sa joue. Cette caresse intime et protectrice émut Colombe qui l'accepta et ferma les yeux pour éviter de fondre en larmes.

— Cette jeune femme a besoin de soins, Votre Majesté, intervint dame Flavie.

— En effet, approuva la reine. Dame Flavie, pourriez-vous nous donner votre avis sur sa santé ? Qu'on aille monter une alcôve. Vérifier également sa vertu, cela aura de l'importance. Mon époux doit connaître toute la vérité pour juger cette affaire.

Colombe était incapable de se redresser seule, et Pierre la souleva dans ses bras en attendant que l'alcôve fût montée en dressant des tentures. Une table et deux tréteaux furent également mis en place, et il l'allongea dessus. Il caressa son front taché de sang et la regarda avec un mélange de colère et de pitié. Colombe détourna son visage, honteuse de se montrer à lui couverte de bleus et de sang.

— Je vais m'occuper d'elle, messire Pierre.

— Je vais faire en sorte que plus jamais personne ne lève la main sur toi, Colombe, promit-il avant de sortir et de reprendre sa place auprès de son frère.

— Comment va-t-elle ? s'inquiéta Eudes.

— Je n'en sais rien, elle ne m'a même pas regardé. Elle doit me haïr et me reprocher son arrestation.

— Je suis sûr qu'elle sait que ce n'est pas toi le responsable.

— Tu as vu ce qu'ils lui ont fait ? Bien sûr qu'elle me croit responsable.

— Tu te trompes, mon frère, dit seulement Eudes qui commençait à comprendre à quel point Pierre tenait à Colombe.

Peu de temps après, dame Flavie sortit de l'alcôve, et la reine lui donna la parole.

— La demoiselle Deverre est pucelle, Votre Majesté. Elle a été rouée de coups, son corps présente de nombreuses marques et blessures, je crains même qu'une de ses côtes ne soit brisée, ou fêlée tout du moins. Elle est de constitution fluette, je doute qu'elle ait pu opposer une quelconque résistance aux gardes.

— Elle a dû se défendre, reprit Vilhéry en haussant les épaules.

— Non, les blessures ne sont pas défensives, elle n'a certainement pas eu la force ni la possibilité de s'opposer. Les marques sur ses bras sont révélatrices. J'ai soigné assez de soldats écrasés par la cruauté des Maures pour le savoir.

— Remettriez-vous l'expertise de ma nièce en cause, maître Vilhéry ? coupa l'évêque Sully qui sortait de son silence pour la première fois de l'audience.

Dans le silence tendu qui suivit cette remarque, des servantes apportèrent des baumes et des bandages, ainsi que des vêtements sobres, et dame Flavie les rejoignit dans l'alcôve.

— Il vous faudra du repos, mademoiselle, dit-elle gentiment.

— Difficile de se reposer en prison les bras attachés à des chaînes. J'ai un service à vous demander.

— Que puis-je faire ?

— Il y a deux femmes arrêtées pour vol, des prostituées, dites à messire Eudes de leur porter secours.

— Ces femmes méritent peut-être leur sort.

— Pas celui que les gardes leur réservent lorsque la nuit est tombée.

— Seigneur, dit la dame en se signant.

— Aude-Alix fille de Jehan et Cédrine. Elles sont dans les geôles du palais. Faites en sorte qu'elles n'y soient plus avant la nuit, par pitié. Messire Eudes pourra peut-être faire quelque chose.

— Je transmettrai votre demande à messire Eudes, même si je doute qu'il m'écoute, rougit la dame.

— C'est un homme bien, madame, il aide les pauvres et les rejetés. Il prend des airs désinvoltes, mais c'est pour cacher sa propre peine. Il est honorable et a un cœur généreux.

— Vous semblez beaucoup l'aimer.

— Oui, il a beaucoup de valeur à mes yeux.

La dame sembla touchée par son discours et laissa les servantes l'habiller et la nettoyer. Bientôt Colombe vêtue d'une robe claire et d'un tablier bleu apparut devant le roi. Elle portait un voile qui ne laissait entrevoir que quelques mèches de sa courte chevelure.

— Demoiselle Deverre, veuillez répondre aux accusations de maître Vilhéry. Pour ce qui est de vous travestir vous êtes déjà reconnue coupable, annonça le monarque avec sévérité. Vous avez été accusée de travailler les jours saints et de vol également.

— Je confesse avoir travaillé les jours saints, Sire, dit piteusement Colombe.

— Est-ce l'appât du gain qui vous a fait désobéir aux règles de l'Église ?

— Oui, mais pas comme vous l'entendez. Je ne cherche pas la fortune. Je suis orpheline et sans-le-sou. Je voulais bien avancer dans les verres pour Notre-Dame. Et puis j'ai accepté une commande de plus pour messire Eudes, alors que je travaillais déjà pour messire Pierre. Mon père et moi n'arrivions plus à payer nos dettes. Cette deuxième commande avec le jaune d'argent inventé par mon père tombait à point nommé. Mais le temps me manquait. Et finalement mon père est mort, j'ai donc fait cela pour rien. Ensuite, j'ai continué à travailler jour et nuit, juste pour ne pas penser à…

Son regard se leva vers messire Pierre, et elle se mordit les lèvres.

— À tout ce qui me rendait triste.

— Et le vol ?

— Mon père a tout perdu, Sire, la seule chose qui lui restait était ses pensées, il a annoté son savoir dans un carnet qui appartenait à ma mère. Maître Vilhéry ne peut donc le réclamer comme sien.

— Où est ce carnet ?

— En lieu sûr, Alfred a eu beau retourner ma chambre et me rouer de coups, il n'a rien trouvé.

— Ce carnet me revient de droit, au contraire, ton père avait des dettes impayées ! s'emporta le marchand.

— Vous avez déjà eu sa vie et sa verrerie ainsi que mon avenir sans lendemain. Que vous faut-il de plus ? mordit Colombe sur la défensive. Ce carnet pourrait me servir de dot, tous les verriers de France seraient heureux de l'avoir.

— Vous-même, maître Vilhéry, avez un fils. Vous auriez pu conclure une alliance.

— Je préférerais le pilori, Votre Majesté, répondit Colombe sentant la nausée lui broyer l'estomac.

— J'épouserai Colombe Deverre, fit une voix grave et forte qu'elle reconnut tout de suite.

Tous les visages se tournèrent vers Pierre de Montreuil qui venait de prendre la parole.

— Et comme je l'ai dit, je prendrai pour moi le châtiment qu'il est juste qu'elle paye pour ses crimes.

Colombe regardait Pierre comme si deux têtes venaient de lui pousser subitement.

— Que voulez-vous dire ? fit-elle d'une voix blanche.

— Messire de Montreuil a raison, vous avez habité sous son toit, bien que votre vertu ait été attestée, votre réputation est tachée. Et pour ce qui est du verdict qui sera donné par le roi, messire Pierre et messire Eudes ont pris sur eux de supporter le sort qui vous était normalement réservé, intervint la reine.

— Pourquoi faites-vous cela ? dit-elle les larmes aux yeux, en regardant ses deux sauveurs tour à tour.

— Pierre le fait pour la plus évidente des raisons, et certainement la meilleure, et moi, car je suis responsable au même titre que toi. J'étais au courant de ta supercherie et j'en ai joué, dit Eudes avec son éternel ton désinvolte.

— Sire, nous attendons votre verdict, coupa Pierre de Montreuil.

Le roi s'adossa à son trône, il était évident que cette affaire ferait parler le Tout-Paris. Pour le monarque, la justice revêtait une place prioritaire, mais il était réputé clément. Pourtant, il ne pouvait tolérer même de ses familiers la moindre incartade aux lois du royaume et aux lois de l'Église. Il était également hors de question qu'il se passe des services des frères Montreuil pour ses projets.

La reine se tourna vers lui, et le roi comprit qu'elle souhaitait apporter son éclairage à cette histoire. Il l'écouta très volontiers.

— Mon tendre époux, n'avez-vous pas dit à messire Pierre qu'il pouvait s'entourer des artisans de son choix ?

— Certes, je vois où vous voulez en venir, ma mie, mais il n'en reste pas moins que Colombe Deverre s'est travestie.

— Pour servir Votre Majesté, car son sexe ne lui permettait pas de prétendre au métier de verrier. Pourtant, nous savons que de nombreuses épouses d'artisans travaillent avec leurs maris. Colombe Deverre l'a fait pour son père, ce qui revient au même, n'est-ce pas ?

— Vous voici bien généreuse.

— Dieu lui a donné un don, Louis, il serait stupide, voire blasphématoire, de ne pas la laisser terminer le chantier de la rosace que vous désirez tant. Son travail est remarquable. Nous pourrions la laisser œuvrer chez les Montreuil puisqu'elle serait l'épouse de messire Pierre. Il a proposé la seule alternative convenable.

— Il est de noble extraction, elle non. Et elle n'a pas de dot. Ce serait assez insultant pour messire Pierre, dit honnêtement le roi.

— Je ne crois pas qu'il voie cela de cette façon, Louis, croyez-moi sur parole. Avez-vous vu comme il la couve du regard ?

— Il a le regard noir.

— Parce qu'il est fou de colère des coups qu'elle a reçus. Messire Eudes est venu me voir ce matin, Pierre de Montreuil avait prévu de tout vous dévoiler par honnêteté vis-à-vis de vous. Il a même enfermé la pauvre fille pour qu'elle ne s'enfuie pas.

— Je sais que messire Pierre est honnête, je ne suis pas surpris de sa démarche. Et pour le vol ?

— Qu'en pensez-vous ?

— Les pensées appartiennent en propre à ceux qui les détiennent. Je laisse à Colombe Deverre le carnet de son père. Qui sait, les Montreuil ouvriront peut-être une verrerie en bordure de la ville d'ici peu, sourit le roi. Il reste le problème des jours saints, ma chère Marguerite, et là je ne lui trouve pas d'excuses malgré la situation précaire de la demoiselle.

— L'Église a ses lois auxquelles nous devons nous soumettre. Vous pouvez la punir pour cela.

— J'ai peut-être une suggestion, Votre Majesté, intervint l'évêque Sully.

— Parlez, nous vous écoutons.

— D'ordinaire ce genre de sanctions est rendu sur la place publique. Ce ne serait pas très honorable pour les Montreuil, et je ne souhaite pas que la cathédrale et le Quinze-Vingts soient entachés d'un scandale. La punition pourrait avoir lieu à huis clos. Ensuite, messire Pierre et son épouse pourraient se voir administrer une sorte d'amende…

— C'est-à-dire ?

— Messire Eudes a commandé un vitrail assez original avec les techniques de maître Deverre. Cela pourrait s'avérer un dédommagement.

— Voici qui arrangerait un peu vos affaires, sourit la reine amusée de voir l'évêque de Paris servir ses intérêts à travers ceux du roi.

— Oui, je l'avoue Votre Majesté, je n'aime pas gâcher les talents. En revanche, cela me convient assez de voir Eudes de Montreuil tâter du bâton ou du fouet, ce n'est qu'un insolent personnage.

— Mais un très bon architecte.

— Arrive-t-il à s'entendre avec dame Flavie ? On m'a dit que leurs relations étaient houleuses, demanda le roi en regardant les deux jeunes gens.

— Je veille à ce que chacun reste à sa place, mais ils ont tous les deux un fort tempérament.

— Alors, c'est entendu. Je vais rendre mon jugement, annonça le roi. Approchez !

Il fit un geste de la main, et Pierre prit Colombe par le bras pour la soutenir. Eudes avança également, dame Flavie près de lui.

— Colombe Deverre s'est travestie en homme pour pouvoir travailler sur la rose du midi. Nous avions laissé messire Pierre monter sa propre équipe selon ses désirs, je ne sanctionnerai donc pas ce fait.

Un brouhaha se leva des courtisans. Certains étaient ravis, d'autres au contraire fronçaient les sourcils, choqués.

— Le carnet de maître Jacques relève de son savoir et de ses pensées, ces biens sont donc jugés immatériels et reviennent à sa fille.

— Mais Sire, je proteste ! grogna Vilhéry en levant les bras au ciel.

— Il suffit, jeta le roi sévèrement. Je rends la justice, je ne vous demande pas votre avis. En revanche, Colombe

Deverre sera punie pour avoir travaillé les jours saints. La sentence sera exécutée à huis clos aujourd'hui même. Les sieurs de Montreuil ont dit vouloir expier la sentence à la place de l'accusée. Cette requête a été acceptée.

Colombe secouait la tête comme pour se réveiller d'un mauvais rêve. Épouser messire Pierre ? Qu'y gagnait-il ? Une épouse sans dot ? Voulait-il le carnet ? Cela paraissait bien maigre pour un homme de son rang. Elle venait de lui gâcher la vie à tout jamais. Mais que faire, puisque le roi avait approuvé.

La cour se retira à la demande du roi.

— Je ne vous servirai plus de fournisseur, jeta maître Vilhéry en passant devant Pierre de Montreuil.

— En effet, la garde est à cette heure dans votre maison après que d'autres pierres ont été dérobées ce matin. Vous avez des comptes à rendre, maître Vilhéry. Je vais peut-être prendre le fouet dans quelques instants, mais mon cœur est droit et ma parole fiable. Et je n'ai pas la mort d'un pauvre homme sur la conscience, ni l'avenir incertain d'une jeune fille qui aurait fini à la rue par votre faute. Vous aurez du mal à prouver votre innocence. Je ne veux plus jamais croiser votre chemin.

Livide, le marchand quitta les lieux, et les gardes fermèrent les portes avant d'entourer les deux frères. Pierre et Eudes retirèrent leurs tuniques. Ils s'agenouillèrent devant le roi, dignes et prêts à assumer leur choix.

— Il y a de la valeur chez les Montreuil, dit le roi sans les épargner pour autant. Soldat, cinq coups chacun.

Colombe tomba à genoux incapable d'en supporter davantage. La reine remarqua la pâleur de dame Flavie lorsque les premiers coups s'abattirent sur le dos de messire Eudes.

Le bruit du fouet résonnait aux oreilles des deux femmes et les laissait impuissantes.

— Pitié, Sire, pleurait Colombe désolée de ce que messire Pierre endurait pour elle.

— Il n'y a rien de plus dur que de voir souffrir ceux qu'on aime, dame Colombe. Vous l'apprenez à vos dépens, dit la reine lorsque le dernier coup fut donné.

Les deux frères se relevèrent péniblement, mais aucun son n'avait franchi leurs lèvres. Ils saluèrent respectueusement Leurs Majestés et ramassèrent leurs vêtements.

— Un instant, messire Pierre, il manque un élément essentiel pour compléter l'exécution de notre décision. L'évêque de Paris étant présent, autant conclure tout cela maintenant. Nous avons un mariage à célébrer. Sauf si votre état ne permet pas…

— Je suis aux ordres de Votre Majesté, assura Pierre sans faillir.

Il se tourna vers sa future épouse. Son visage était blême et ses traits tirés, mais il ne montrait aucune faiblesse. Il releva Colombe qui était toujours à genoux.

— Nos destins vont être scellés, Colombe. Vous allez devenir mon épouse et tenir ma maison, dit-il en la vouvoyant pour la première fois. Je vous offre ma protection et vous jure fidélité.

Elle le regardait contrite et navrée.

— Je vous demande pardon, je ne voulais pas vous imposer cela. Je suis désolée. Vraiment désolée. Messire, je …

Deux grosses larmes coulèrent sur ses joues pâles.

— Ce qui est fait et fait, Colombe. Venez, Leurs Majestés nous attendent et ont déjà suffisamment supporté notre présence.

Sa voix était grave et directe, mais calme. Colombe le regardait ne sachant comment se tenir. Il lui prit le bras et la tint contre lui. Était-ce pour lui donner sa force ou pour l'empêcher de fuir ? Nul n'aurait su le dire.

— *Petrus, vis accipere Colombam hic praesentem in tuam legitimam uxorem iuxta ritum sanctae matris Ecclesiae ?* Pierre veux-tu prendre Colombe ici présente pour légitime épouse selon le rite de notre sainte mère l'Église ?

— *Volo*, je le veux, répondit Pierre de Montreuil en prenant la main de Colombe dans la sienne.

Colombe engagea sa voix et sa vie lorsque l'évêque lui posa la même question. Pierre retira l'anneau qu'il avait hérité de son père et le glissa à l'annulaire de Colombe, la bague étant trop grande, la jeune femme dut fermer le poing pour qu'elle ne roule pas par terre.

— *Ego conjugo vos in matrimonium, in nomine Patris et Filii et Spiritus Sancti. Amen.* Je vous déclare unis dans le mariage, au nom du Père, du Fils et du Saint-Esprit, poursuivit l'évêque en les bénissant.

— Que décidez-vous pour la suite des travaux, Votre Majesté ? demanda messire Pierre en revenant à des choses plus concrètes.

— Je reste sur ma première décision, messire Pierre, vous pouvez constituer votre équipe d'artisans selon vos désirs. Je compte sur vous pour que votre épouse ne travaille plus comme une acharnée les jours saints.

Pierre de Montreuil s'inclina malgré la douleur qui

lui tenaillait le dos et salua Leurs Majestés. Colombe esquissa une révérence maladroite et dut s'agripper au bras de son époux pour se relever.

— Tâchez de vous soigner l'un et l'autre, la cathédrale vous attend, conclut le roi. Messire Eudes, je gage que dame Flavie saura vous remettre sur pied également. En attendant, retournez chez l'évêque vous reposer un jour ou deux.

Eudes et dame Flavie quittèrent la salle du trône après avoir salué Leurs Majestés et l'évêque Sully.

Dans la cour, Colombe marchait tête baissée, et Eudes l'approcha.

— Relevez le nez, petite sœur, tout est bien qui finit bien.

— Comment pouvez-vous dire cela, messire Eudes ? Votre frère se retrouve avec une épouse dont il n'aurait jamais voulu en temps normal, je n'ai pas de dot, je n'ai rien à lui offrir.

— Vous avez beaucoup à lui offrir Colombe, tout ne se monnaye pas dans la vie.

Il déposa un baiser sur le front de sa belle-sœur et lui montra Pierre qui était allé chercher son cheval et qui revenait avec sa monture.

— Je te confie ton épouse, Pierre, et vous dis à bientôt. Si tu me permets de passer la porte de notre maison.

— Tu y viendrais même si je te l'interdisais, les gâteaux de Marthe te rendraient imprudent, dit son aîné avec un sourire.

Les deux frères se donnèrent l'accolade sans trop presser sur les épaules et le dos meurtris l'un de l'autre.

— Je crois que je n'ai pas volé ces deux jours de repos offerts par le roi.

— Je viendrai voir vos plaies dans quelques jours, dame Colombe.

La jeune fille ne réagit pas, et Eudes lui posa la main sur l'épaule.

— C'est à vous que dame Flavie s'adresse, petite sœur.

— Pardonnez-moi, j'étais… absente.

— Je vous disais que je viendrais vous voir très bientôt pour vérifier si vos plaies et vos contusions cicatrisent bien. Il vous faudra du repos et de la prudence ces prochains jours.

— Est-ce vraiment cassé ? demanda Colombe en montrant ses côtes.

— J'ai un peu exagéré, avoua la dame avec un sourire complice, cela relève plus d'une commotion. Mais ça n'en reste pas moins douloureux, alors reposez-vous.

— Merci pour vos bons soins, dit Colombe gentiment.

— La nuit de noces sera donc remise à plus tard, rit Eudes en reprenant ses plaisanteries habituelles. Je vous laisse, deux jolies femmes aux charmes faciles m'attendent.

Le cadet de la famille se dirigea vers la prison, et Pierre manqua de sortir de ses gonds.

— Ne vous fâchez pas, messire, dit Colombe, je vous expliquerai.

— J'ai assez eu d'explications pour un bon moment.

Il monta à cheval et lui tendit le bras. Colombe fut hissée devant lui. Et raide comme une lance, elle essaya de se tenir à distance. Précaution inutile, au premier pas du cheval elle se retrouva calée dans ses bras, l'épaule contre son torse. Elle sentait la chaleur du corps de messire Pierre contre le sien. Elle n'arrivait pas à se dire qu'elle avait épousé cet homme. Une part d'elle était au paradis, et une autre lui disait que tout était de sa faute et qu'il se retrouvait piégé dans un mariage qu'il n'avait jamais souhaité.

Dame Colombe de Montreuil.

Endosser le rôle de Colomban, l'apprenti verrier, avait été facile, car elle maîtrisait cet art délicat. Mais endosser le rôle d'une gente dame lui semblait plus vilaine supercherie.

Chapitre 11

Dans la maisonnée c'était l'effervescence, tous attendaient fébriles le retour du maître pour savoir quel sort avait été réservé à Colombe. Nul ne comprenait plus rien. Marthe regarda Colombe arriver dans la cour, juchée sur la monture de messire Pierre. Un palefrenier vint l'aider à descendre.

— Attention, elle est blessée, prévint le maître de maison en la retenant à bout de bras.

— Seigneur, pauvre petite, compatit Marthe en la serrant dans ses bars maternels. Qu'est-ce qui s'est passé ?

— Rassemblez-vous, ordonna messire Pierre encore monté en selle. Je vous présente dame Colombe, la fille de maître Jacques Deverre, et mon épouse.

Un silence de plomb s'abattit sur les serviteurs suivi d'un brouhaha incommensurable.

— Vous lui montrerez le respect dû à son rang. Marthe, je te laisse lui indiquer ce qu'elle doit savoir sur la tenue de la maison. Je crois qu'elle sera soulagée de s'appuyer sur toi.

— Seigneur Dieu, en voilà un revirement de situation, s'écria la bonne en écarquillant les yeux. Pourquoi êtes-vous en chemise, messire ? Vous faites débraillé, dit Marthe en s'approchant de son maître.

— Une longue histoire, Marthe, coupa l'architecte qui voulait rester discret.

— Mais alors qui va travailler à l'atelier ? demanda un des hommes de charge.

— Dame Colombe, le roi lui donne une dérogation particulière étant donné ses talents, malgré son sexe. Nous prenons quelques jours de repos. Vu les circonstances, le roi nous octroie un congé.

Colombe regarda messire Pierre arranger la vérité à sa convenance, mais elle devait avouer qu'elle n'avait aucune envie qu'il s'épanche devant le personnel de la maison sur les réelles raisons de ce congé.

— Marthe, installe mon épouse dans sa chambre, elle a besoin de se reposer. Apporte-lui de quoi manger aussi, je crois qu'elle n'a pas pris de repas digne de ce nom depuis un moment déjà.

— Bien messire, venez… madame, dit Marthe respectueusement.

Colombe, se sentant mal à l'aise, ne bougea pas.

— Allez, mon petit, vous êtes si pâle, chuchota affectueusement Marthe inquiète pour sa nouvelle maîtresse.

Colombe hocha la tête et suivit la bonne qui lui donnait le bras. Elles montèrent à l'étage, et Marthe l'aida à se dévêtir. Effarée par les marques que Colombe portait sur tout le corps, Marthe la mit en chemise et alla lui préparer un remède à base d'herbes spéciales pour faire dégonfler ses ecchymoses. La tisane de tamier commun était amère, et Marthe y ajouta du miel. Dans l'office, elle croisa son maître venu boire de l'eau-de-vie.

— Ça ne vous ressemble pas de boire à cette heure, messire Pierre, encore moins de l'eau-de-vie.

— Je cherchais quelque chose de fort, répondit-il encore pâle.

— Elle est blessée, je lui ai fait de la tisane de tamier, ça diminue les ecchymoses et les contusions. Que s'est-il passé, maître ?

— Je me suis marié, Marthe, c'était la seule chose à faire pour la sortir du pétrin dans lequel elle s'était fourrée. Elle a été jugée coupable d'avoir travaillé les jours saints, et pour cela la sentence était le fouet. Nous avons partagé les coups avec Eudes.

— Ah, Seigneur Christ ! Vous êtes blessé ?

— Oui.

— Je reconnais bien là le grand cœur de mes garçons, pleura Marthe touchée par le sacrifice des deux hommes qu'elle avait élevés. Montrez-moi ça, messire. Où est votre frère ?

— Chez l'évêque et entre de bonnes mains, ne te tracasse pas.

— Je couperais les mains de celui qui vous a fait ça avec plaisir, dit-elle tout en colère de voir le dos de son maître zébré de grands traits rouges et gonflés. La peau n'a pas craqué, vous serez vite remis. Je vous mettrai des cataplasmes de tamier commun, je viens de faire une tisane pour Colombe. Enfin pour dame Colombe, se reprit-elle rapidement.

— Nous allons tous devoir nous y faire, Marthe, ce sera compliqué pour tout le monde au début.

— Pour elle aussi. La pauvre enfant, toute sa vie qui bascule si vite.

— Elle aurait pu finir plus mal.

— Tout de même, perdre son père, être démasquée par cette brute d'Alfred, molestée par les gardes, et maintenant mariée comme cela !

— Le mari te remercie, dit l'architecte un peu vexé.

— Mais non, messire, vous ferez un bon mari et un bon père, je le sais. Je dis juste que Colombe ne vous avait pas forcément prévu dans ces calculs le jour où elle a quitté la maison de son père déguisée en garçon.

— Je ne l'avais pas prévue non plus dans les miens, lorsqu'elle a débarqué ici même en prétendant être un apprenti.

— Qu'allez-vous faire ?

— Ce que mon devoir m'ordonne. Lui donner un foyer. Et elle me donnera des enfants.

— Pas ce soir, messire, elle est toute blessée et vous aussi.

— Merci, Marthe, Eudes s'est déjà chargé de me dire que ma nuit de noces était reportée aux calendes grecques, sourit Pierre malgré lui.

— Peut-être pas jusque-là, il ne faut pas exagérer. Disons une huitaine de jours…, reprit Marthe en évaluant les blessures des deux conjoints. Elle sera une bonne épouse et vous rendra heureux, j'en suis sûre.

— Nous verrons cela, Marthe, pour l'heure je n'aspire qu'à me coucher. Reste à savoir dans quelle position, plaisanta l'architecte.

Marthe monta à l'étage après avoir fait des cataplasmes pour son maître.

Colombe s'était endormie, roulée en boule sous ses couvertures comme à son habitude. La tisane qu'elle lui avait apportée attendrait donc le lendemain. Elle repartit sur la pointe des pieds.

Au milieu de la nuit, tiraillé par la douleur, Pierre se réveilla. Il se leva en grimaçant et s'étira doucement. Un bruit dans la chambre voisine lui fit tendre l'oreille. Il sortit et ouvrit délicatement la porte de la chambre de Colombe. Rêvait-elle ? Appelait-elle Marthe ?

Dans la pénombre il s'approcha et la vit assise au bord de son lit. Sa chemise blanche se détachait dans le noir, la lune éclairant faiblement la pièce à travers les carreaux. Elle avait le visage dans les mains et semblait pleurer.

— Colombe, vous pleurez ?

Elle se leva d'un bond.

— Non, pas du tout, mentit-elle s'essuyant les yeux.

— Pourquoi mentir, madame ? dit-il ne s'approchant davantage.

— À croire que je ne suis bonne qu'à cela, se lamenta-t-elle.

— Que puis-je faire pour vous aider à vous endormir ?

Pierre s'attendait à ce qu'elle refuse son aide ou le mette dehors tout du moins. Mais son épouse redressa la tête et le regarda les yeux brillants.

— Je peux demander ce que je veux ?

— Oui, madame. Ce que vous voulez.

— Et vous ne vous moquerez pas de moi ?

— Loin de moi cette idée, Colombe. Dites, et j'obéirai.

— Prenez-moi dans vos bras, Pierre, je vous en prie, implora-t-elle en sanglotant de plus belle.

Pierre la sentit se jeter contre lui ne cachant ni sa peine ni son chagrin.

Il l'enlaça doucement accueillant sans un mot ses larmes qu'elle ne retenait plus.

Cet acte de confiance le toucha et le bouleversa. Il caressa ses cheveux, embrassa sa tête et lui chuchota des mots apaisants. Elle ne faisait que le supplier de lui pardonner d'avoir été ainsi châtié par le roi. Ils restèrent l'un contre l'autre un long moment, puis Pierre l'entendit bâiller et la recoucha comme une enfant épuisée. Délicatement, il lui caressa le visage et sécha ses larmes. Puis il déposa un baiser tendre sur ses lèvres au goût de sel, et Colombe ferma les yeux.

— Bonne nuit, ma Colombe, chuchota-t-il alors que la respiration de son épouse se faisait déjà régulière.

Il la regarda dormir un long moment puis finit par aller se coucher lui-même, éreinté.

Prison du palais royal, le lendemain

Maître Vilhéry assis sur une paillasse crasseuse vit les barreaux de sa geôle se refermer derrière lui. Il avait été arrêté à peine un pas posé en dehors du palais, la garde ayant été alertée par messire Pierre de Montreuil.

Des hommes des carrières avaient témoigné contre lui l'accusant de dérober une partie de la marchandise.

Pourtant, toute son organisation semblait si bien rodée, il avait payé des hommes peu scrupuleux qui cherchaient à gagner de l'argent facile. Il avait réussi à convaincre à coups de pots-de-vin le détenteur du registre des portes de la ville, et ils avaient convenu d'un arrangement lucratif. La garde avait perquisitionné son domicile pour donner suite aux accusations d'un certain Auguste envoyé par l'architecte du roi. Plusieurs hommes venus des carrières avaient témoigné aussitôt après avoir suivi le convoi de pierres volées. Rudoyés par les gardes et les hommes des carrières, ses compères avaient vite donné son nom pour éviter la corde au gibet de Montfaucon.

— Les pleutres ! grogna le marchand lorsque le garde lui expliqua les chefs d'accusation retenus contre lui.

Il avait envoyé Alfred récupérer le carnet de maître Jacques chez les Montreuil, mais son fils avait certifié que le carnet ne s'y trouvait pas. Après avoir fouillé la chambre, il avait même fouiné ici et là jusqu'à ce que la bonne le mette dehors. Le précieux carnet n'était pas non plus à Orléans dans la masure de maître Jacques, son homme de loi l'avait passée au peigne fin. Il était donc évident que Colombe Deverre l'avait caché.

À cette heure, Alfred avait dû payer les avocats et les juges chargés du procès, avec un peu de chance il serait déclaré non coupable dès le lever du jour.

Le marchand partageait sa cellule avec un moribond qui toussait et crachait ses poumons depuis près d'un quart d'heure se tenant les côtes. Il lui jeta un regard de mépris.

Dans la soirée, Alfred fut autorisé par les gardes à rendre visite à son père, car aucun chef d'accusation ne concernait le garçon. Il descendit les marches des escaliers de la prison, puis arpenta, dégoûté, les galeries sombres et humides qui sentaient les fosses pleines d'immondices de Paris. Il regarda son père derrière les barreaux et grimaça.

Les nouvelles qu'il lui apportait n'étaient pas bonnes.

— Ils ont refusé votre argent.

— Comment ? L'avocat ? Le juge ?

— Tous. L'avocat ne veut pas vous défendre, il dit qu'il a trop à perdre puisque tous vos biens ont été saisis. Le juge est un nouvel arrivé et a la réputation d'être intègre. Il m'a fait jeter dehors comme un chien quand je lui ai parlé d'un arrangement, raconta Alfred en époussetant sa tunique sale.

— C'est que tu as dû mal t'y prendre !

— Non, père, j'ai opéré comme d'habitude, et jusqu'ici mes petites négociations vous convenaient plutôt bien. De toute façon, l'avocat a dit juste, vous n'auriez pas eu de quoi le payer, vos biens ont été saisis.

— Plus rien ? Comment ça, je n'ai plus rien ? Il y a de l'argent caché dans le mur de ma chambre, vas-y.

Alfred posa les mains sur les barreaux de la prison, apparemment son père n'avait pas encore compris la précarité de sa situation. Dans les rues on parlait déjà de pendaison.

— Vos gens étaient loin de vous être fidèles, la bonne que vous avez rossée la semaine dernière s'est fait une joie de montrer aux gardes vos cachettes. Je suppose qu'elle a passé pas mal de temps dans votre particulier pour savoir où se trouvaient vos trésors.

— La petite catin ! s'enflamma le marchand.

— Il n'y a plus rien à faire, père, moi-même me voilà à la rue.

— Non, il y a encore quelque chose à faire ! Trouve

ce carnet, n'importe quel verrier donnerait sa peau pour connaître les secrets de fabrication de Jacques Deverre, nous pourrions faire une vente aux enchères à l'étranger, les plus grands architectes se positionneraient, le roi d'Angleterre lui-même peut-être ! Ce carnet vaut de l'or, et c'est notre planche de salut. Trouve-le, par n'importe quel moyen ! Entre-temps, je me débrouillerai pour sortir, dit le marchand en regardant le moribond avec un regard diabolique. Je te retrouverai dehors, Alfred. Maintenant, va-t'en.

Une fois son fils parti, il approcha le moribond. Un plan abject venait de germer dans son esprit mauvais.

La relève de la garde arriva, et les hommes se donnèrent les consignes.

— Le vieil Eustache sera libéré demain, il a une sale gueule. Je parie qu'il ne va pas tarder à crever dans un ruisseau. L'autre est un marchand habillé aussi richement qu'un roi mage, tu vas le repérer tout de suite. Dans l'autre cellule il y a aussi trois prostituées et cinq ou six gamins des rues qui ne posent pas trop de problèmes. Sans oublier les bandits de grand chemin que la garde de la porte nord nous a ramenés, la potence est prête. Vilhéry les accompagnera, le roi a demandé une punition exemplaire, car c'est un de plus riches marchands de la ville. Bon allez, bon courage les gars, nous autres allons dormir.

Les geôliers quittèrent leur poste allant chercher le repos, alors que leurs compagnons se préparaient à garder la prison pendant vingt-quatre heures.

Maison des Montreuil, peu après

Les jours qui suivirent le jugement du roi, Colombe garda le lit. Éreintée, elle avait besoin de récupérer. Le rythme de travail effréné qu'elle s'était imposé des semaines durant, la mort de son père, son incarcération et son mariage avaient eu raison de son énergie et de son optimisme.

Allongée sous ses draps, elle reprenait des forces lentement. Mais une autre raison la forçait à rester couchée. Elle ne voulait pas croiser le regard de son époux. Elle avait trop peur d'y voir de la colère, du mépris, ou pis, de la résignation. Pierre de Montreuil était un homme d'honneur, il l'avait épousée pour sauver l'honneur de sa famille et pour éviter un scandale qui aurait entaché la construction même de la cathédrale. S'unir à la fille d'un verrier sans dot ni fortune, alors qu'on est architecte du roi de France ?

Affronter Pierre ? Affronter les ragots de la ville de Paris ? Impossible.

Colombe mit les draps sur sa tête.

Soudain, on frappa à la porte, et Colombe se figea. Était-ce son mari ? Allait-il entrer dans sa chambre ?

Mais ce fut le visage familier et rassurant de Marthe qui apparut dans l'embrasure de la porte.

— Encore cette mauvaise tisane ? grimaça Colombe.

— Oui, madame, et une visite qui j'espère vous fera plaisir. Dame Flavie vient vous voir, messire Eudes également, il est avec messire Pierre pour le moment.

— Je ne suis guère présentable…

— Nous avons de quoi y remédier, ma chère, mais

pour l'heure laissez-moi voir comment vous vous portez, dit dame Flavie en prenant les choses en main et en s'asseyant sur le lit.

— J'admire le courage dont vous avez fait preuve, je n'aurai jamais pu me couper les cheveux comme vous l'avez fait. Je dois vous paraître affreusement coquette.

— Vous êtes plus sensée que moi, apparemment, la mienne n'a pas été l'idée du siècle… Vos cheveux sont-ils longs ? Pardonnez-moi si je pose cette question, mais c'est que vous portez un voile et une guimpe.

— Je n'ai pas pris les vœux, j'ai juste gardé cette habitude, car je travaillais avec les sœurs à Jérusalem et à Saint-Jean d'Acre dans les hospices. Nous nous couvrions les cheveux par modestie et par mesure d'hygiène.

Dame Flavie défit sa coiffe.

Elle avait de lourdes tresses, roulées en un chignon bas sur la nuque. Des cheveux châtains aux reflets roux, une peau laiteuse et de grands yeux clairs. Madame de Rocheval était une très belle femme.

— Bonjour, petite sœur, dit Eudes en entrant comme un farfadet dans la chambre.

Il regarda un instant Colombe, mais ses yeux se portèrent assez vite sur dame Flavie dont la tête était nue.

— J'aurais juré que vous portiez le voile à cause d'une calvitie précoce, la taquina-t-il.

Au lieu de s'en vexer, dame Flavie éclata de rire, puis rougit et mit une main sur sa bouche en s'excusant de sa réaction spontanée.

— Messire Eudes est intenable, pardonnez-lui. Messire, avez-vous des nouvelles de mes compagnes de prison ?

— J'ai fait mon possible, Colombe, mais Aude-Alix

et Cédrine ont été fouettées sur la place de Grève. Aude-Alix est chez les sœurs pour le moment.

— Et Cédrine ? demanda-t-elle alarmée en se redressant sur le lit.

— Cédrine n'a pas survécu. Ses plaies se sont infectées, car elle est retournée dans la rue ayant peur du jugement des sœurs. J'ai veillé à ce qu'elle soit enterrée décemment, même si c'est au bord d'une route. Son corps repose dans un linceul de belle qualité.

— Merci, je suis désolée que vous ayez eu à gérer cela.

— Je les ai fait surveiller par quelqu'un de confiance dès notre sortie douloureuse du palais. Aucun garde mal intentionné ne les a molestées jusqu'à l'exécution de leur peine. Vous leur avez au moins épargné cela, merci, Colombe.

— Je ne suis guère une personne à remercier, j'ai tout gâché. Tout.

Colombe se mit à pleurer.

— Fichtre, me l'aurait-on volée ? questionna Eudes en faisant l'imbécile. Où est-elle ? Mais où diable l'avez-vous cachée ?

— Mais de quoi parlez-vous ? Avez-vous perdu l'esprit ? demanda dame Flavie qui ne comprenait rien au comportement de messire Eudes.

— Je parle de Colombe Deverre, une femme courageuse et déterminée, qui se bat contre vents et marées pour ce qu'elle croit juste. Elle est forte malgré sa taille de lutin et admirable à bien des égards, belle aussi malgré ses cheveux courts, passionnée dès qu'elle a un pinceau ou une pièce de verre à découper dans les mains. Femme hors du commun. Alors, vous me la rendez ?

Colombe sourit en rougissant de cette avalanche de compliments, et Eudes lui fit un baisemain.

— Allons, ma douce petite sœur, reprenez courage. Il vous faudra supporter Pierre toute votre vie, mais vous survivrez, ajouta-t-il avec un clin d'œil.

— Comment va-t-il ?

— Si vous alliez le lui demander ?

— Non ! Il ne voudra certainement pas me voir. Oh Eudes, j'ai gâché sa vie !

— Vous croyez ? Comment pourrait-il en être autrement ?

— Si je vous avais épousée, Colombe, je n'aurais pas vu ce mariage comme une punition ou un fardeau, mais comme l'occasion de construire une belle alliance.

— Je n'ai pas de dot.

— Non, c'est vrai, mais vous avez le carnet de votre père, pourquoi ne pas construire une verrerie ?

— Vous croyez qu'il voudra bien ?

— Vous ne risquez pas de le savoir si vous ne lui demandez pas.

Colombe tordit sa bouche dans une moue dubitative. Dame Flavie tenta de remettre sa guimpe, mais messire Eudes s'en saisit.

— Maintenant que j'ai constaté que vous n'êtes pas chauve, le voile suffit, je pense, dit-il en plantant lui-même les épingles dans la chevelure de la dame.

Sous les regards éberlués, la guimpe atterrit dans les flammes du feu de cheminée.

— Messire Eudes ! Mais…

— Il n'y a pas de « mais ». Vous voulez devenir nonne ? Répondez, Flavie.

— N… Non.

— Alors, comportez-vous en femme si vous voulez être considérée comme telle, conclut le cadet de la famille en sortant de la pièce et en laissant les jeunes femmes perplexes.

Marthe secoua la tête, habituée aux frasques de messire Eudes.

— Je vous ai apporté une robe de belle facture et tout le nécessaire, dit dame Flavie en reprenant son rôle aux côtés de Colombe.

— Une bonne toilette vous ferait du bien, renchérit Marthe en approchant le baquet. Et puis comme cela, dame Flavie regardera vos blessures.

— Celle du visage dégonfle bien, Marthe a eu raison de vous donner des tisanes de tamier.

Colombe se leva aidée de la bonne qui lui passa sa chemise par-dessus la tête, geste que la jeune épousée était encore incapable de faire. Nue, elle fut assise sur un tabouret, et la guérisseuse put se faire une idée sur la convalescence de sa patiente. Les éraflures séchaient de façon satisfaisante, et les ecchymoses sur ses côtes s'atténuaient. Les herbes de Marthe avaient fait merveille, et Colombe se sentait mieux à présent. Elle appréciait la douceur de la gouvernante et ses attentions maternelles, sa présence à ses côtés était apaisante à bien des égards. Elle se laissa vêtir et coiffer sans savoir qu'un admirateur ne la quittait pas des yeux du couloir où la porte entrebâillée de sa chambre jouait les indiscrètes pour son plus grand plaisir.

Loin des femmes affairées autour de Colombe, Pierre regardait le corps mince et encore marqué des coups reçus de sa jeune épouse. Il ne savait comment gérer les différentes émotions qui l'empêchaient de fermer les yeux depuis presque quatre jours déjà. Il désirait Colombe et ne voulait plus le nier. Et Colombe, que désirait-elle ? Elle avait semblé horrifiée lorsque le roi et la reine avaient statué et ordonné que leur mariage ait lieu séance tenante. Avait-elle de la répulsion pour cette union, ou se sentait-elle redevable ? Piégée peut-être ? Elle n'avait pas eu l'air de subir ses baisers, pensa-t-il avec un peu d'espoir. Elle y avait répondu, avec ardeur et timidité.

Il savait que sa situation était confortable et qu'en cela il était un bon parti, surtout pour une femme dans la situation précaire de Colombe. Il aurait voulu trouver les mots capables de susciter de nouveau son joli sourire. Il n'était pas beau parleur comme Eudes, peu à l'aise avec les femmes d'une façon générale. Il préférait les relations simples, les échanges professionnels, sans sous-entendus ou questionnements. Comment amadouer Colombe ? Comment ne pas l'effrayer ? Il sourit dans le noir en pensant qu'il faisait le double de son poids et bien une tête et demie de plus qu'elle. Évidemment qu'il l'effrayait un peu. Il fallait qu'il trouve un moyen de gagner sa confiance et réciproquement, sinon leur vie conjugale était vouée à l'échec.

Quant au carnet de messire Jacques Deverre, où l'avait-elle caché ? Que comptait-elle en faire ? Il était intéressé à le récupérer et à former ses propres verriers avec ces techniques innovantes. Mais comment Colombe prendrait-elle la chose ?

Et puis, était-elle rebutée à l'idée de partager son lit ?

Il se rappela leur baiser, et ses reins s'enflammèrent de nouveau. Cette petite fée le rendait fou même de loin, à peine vêtue, la lumière jouant sur sa peau. Pierre soupira ostensiblement, se sentant peu à sa place tout à coup.

Il s'éloigna en silence laissant les femmes prendre soin de son épouse.

Se retournant pour rebrousser chemin, il manqua de percuter son frère qui le regardait avec un air goguenard.

— C'est ta femme, Pierre, dit Eudes en le suivant jusqu'à sa propre chambre.

— Je le sais.

— Lui as-tu seulement parlé depuis qu'elle est revenue ?

— Non, je l'ai laissée se reposer, répondit l'architecte en se cherchant une excuse.

— Tu fuis…

— Je ne fuis pas ! contrecarra Pierre se sentant pris en flagrant délit de lâcheté.

— Menteur ! Tu fuis tes désirs, tes sentiments !

Le ton avait durci, Eudes ne jouait plus.

— C'est compliqué ! Je n'avais pas prévu tout cela, dit Pierre en se passant les mains dans les cheveux.

— Elle te trouble, ne le nie pas.

— À qui la faute ? Tu t'es bien moqué de moi avec tes idées saugrenues !

— Je t'ai offert une épouse sur un plateau, finalement, tu aurais mis des années à te marier.

— Que viens-tu me parler de mon mariage, tu devrais plutôt t'occuper du tien.

— Je suis nettement plus jeune que toi, mon frère, bientôt tes tempes seront blanches. Sérieusement, tu devrais aller lui parler, Colombe ne sait pas comment aborder votre mariage, elle vient de traverser des épreuves douloureuses.

— Tu sembles plus à l'aise que moi pour lui parler. Les femmes ne t'ont jamais fait peur.

— Il faut simplement les respecter, quel que soit leur chemin sur terre. Colombe te craint, mais elle t'estime aussi. J'ai vu comme elle te regarde. Admirer son conjoint c'est déjà beaucoup. Sois plus attentionné, et bientôt elle n'aura plus peur de toi.

— Je ne l'ai jamais maltraitée !

— Je n'ai pas dit ça, tu impressionnes les gens d'une manière générale. Tu fais deux fois sa taille et son poids.

— J'y réfléchirai.

— Ne tarde pas mon frère, plus tu attends plus elle va se faner de l'intérieur. Essayez de trouver un terrain d'entente. Comment va ton dos ?

— Raide, le tien aussi je suppose.

— Les onguents de dame Flavie font des miracles, elle en a laissé pour toi à Marthe. En voici un flacon, tu devrais essayer.

— Je le ferai, je ne supporte même pas une tunique.

— Ta femme doit être décente à présent. Nous allons repartir pour le chantier.

— Comment ça se passe ? questionna Pierre ravi de ne plus être l'objet de la discussion.

— Les blessés sont installés au milieu des travaux, difficile de bien avancer, maugréa Eudes. Mais dame Flavie ne voulait pas les laisser sur le campement de fortune à l'extérieur de la ville. J'avoue que les conditions n'étaient pas optimales. Son frère ne ménage pas sa peine non plus, c'est une force de la nature, et il aide autant qu'il peut. Je serai heureux de vous montrer la bâtisse.

— Nous viendrons, promit Pierre en prenant place à sa table de travail.

— Laisseras-tu Colombe construire le vitrail que je lui avais demandé ? tenta Eudes qui voulait savoir si Pierre était prêt à la laisser poursuivre son art maintenant qu'elle était devenue son épouse.

— Oui, mais seulement après qu'elle aura terminé la rosace commandée par le roi. Je ne veux pas qu'elle se surcharge de travail.

— Très attentionné, tu vois que tu peux faire un bon mari. Prends-la dans ton lit, Pierre, et fais-en réellement ta femme. Mettez le passé de côté si vous voulez avoir une chance. Au revoir, mon frère, je prierai pour vous.

— Merci, Eudes, répondit Pierre touché par le soutien et le souci qu'Eudes avait de son mariage et de Colombe.

La porte de la salle se referma derrière Eudes, et Pierre commença à travailler l'esprit ailleurs. Il devait finir les plans d'une croisée d'ogives, mais le cœur n'y était pas.

Marié. Il était marié à une petite fée fuyante et furtive, qui obsédait son esprit.

« Prends-la dans ton lit et fais-en réellement ta femme », avait dit Eudes. Mais Pierre ne savait pas du tout comment se comporter galamment avec elle.

Il essaya de se rappeler comment ses propres parents échangeaient ou évoluaient dans la maison. Ses souvenirs d'enfance étaient plutôt heureux. Il se rappelait sa mère brodant le soir auprès du feu, son père travaillant à ses côtés, les plans et les écheveaux de fils posés les uns à côté des autres. Ils partageaient beaucoup.

Colombe serait-elle prête à cette confiance et à ce partage ? Le carnet de maître Jacques serait un bon moyen de la mettre à l'épreuve.

Fort de son idée, il se leva et prit sa tunique. N'était-ce pas le rôle d'une épouse d'aider son mari à se vêtir, au besoin ? Eudes avait raison, il devait reprendre les choses en main et trouver un équilibre naturel à leur situation. Il était maître de maison, et elle devait prendre sa place d'épouse.

Ses biens lui revenant de droit, le carnet aussi.

Pierre sortit de sa chambre et se rendit dans celle de Colombe. Il marqua une pause devant la porte puis frappa.

— Entre, Marthe.

— Ce n'est pas Marthe, dit messire Pierre en entrant et en refermant derrière lui.

Colombe, assise devant sa table de toilette, essayait de coiffer ses cheveux qui étaient maintenant un peu plus longs. Une femme mariée ne pouvait rester tête nue, et elle voulait se tenir conformément à son nouveau rang.

Lorsqu'on avait frappé à la porte, elle avait soupiré de soulagement, pensant que Marthe saurait sûrement l'aider à arranger ses cheveux récalcitrants. Mais ce ne fut pas la silhouette rondouillette de la bonne qui apparut dans l'encadrement de la porte, mais celle massive du maître des lieux. Elle se leva comme piquée par une guêpe et le regarda les yeux écarquillés.

— J'étais venu voir comment vous vous portiez, commença Pierre pour rester sur un terrain neutre.

Il observa ses joues encore pâles mais vit également que son regard était moins triste et vide qu'au soir de leur mariage. Il se souvenait encore de chaque seconde passée à la bercer et à essayer de la rassurer.

— Mieux, beaucoup mieux, je crois que j'avais besoin de dormir.

— Voilà qui est bien.

Un silence gênant s'installa, ils restaient plantés sur leurs pieds l'un et l'autre.

Décidément, Pierre ne semblait pas trouver les mots même dans une conversation aussi simple que celle-ci.

— J'ai un service à vous demander, madame mon épouse, si cela ne vous dérange pas.

— Quel est-il ? demanda Colombe aussitôt ravie de se rendre utile et de sortir de cette gêne qui planait entre eux.

— Eudes m'a donné ce flacon d'huile cicatrisante, Marthe est sûrement occupée à préparer le repas, et seul je crains de ne pas y arriver.

— Pardonnez-moi, je manque à tous mes devoirs, je ne vous ai même pas demandé si vous vous remettez de...

Colombe ne put achever sa phrase, déjà ses yeux brillaient de larmes.

Pierre s'approcha d'elle et lui fit face. Eudes avait raison, elle culpabilisait, et cela la rendait malheureuse. Il releva son menton baissé et croisa son regard voilé de tristesse.

— Je ne regrette pas de vous avoir défendue, madame, c'était mon devoir. Je suis heureux de l'avoir fait, vous comprenez, Colombe ?

— Rien ne vous y obligeait, messire, c'était un juste châtiment. Je savais à quoi je m'exposais en travaillant ainsi les jours saints. Mais je croyais avoir fait le bon choix. Il semblerait que ces derniers temps je ne sois pas douée pour prendre les décisions appropriées.

— J'ai pris les miennes, Colombe, et je ne les regrette pas.

— J'ai gâché votre vie, comment pouvez-vous être aussi clément ? Vous aspiriez à épouser une femme de votre rang et vous voilà avec moi sur les bras pour le restant de vos jours.

— Dieu a voulu ainsi, semble-t-il. Autant nous accorder et nous laisser une chance de construire une famille, ne croyez-vous pas ?

— Que dois-je faire, messire, pour être à la hauteur ? Je sais peu de choses. Et sûrement pas comment doit se comporter une dame. Je ne suis qu'une fille d'artisan sans titre ni fortune. Mais je jure que je ferai tout ce que je peux pour vous complaire, j'ai une dette envers vous, j'en suis très consciente.

— Certes, on peut voir les choses ainsi. Je vous propose une association, une sorte de partenariat, dit-il en essayant d'éveiller sa curiosité.

— Plaît-il ?

— Soyons clairs, madame, vous n'êtes pas l'épouse que j'attendais, et je ne suis certainement pas l'époux que vous pensiez avoir. Mais nous devons apprendre à vivre ensemble maintenant que nos sorts sont liés.

— Que dois-je faire ? répéta Colombe en haussant les épaules, un peu dépassée.

— Pour l'heure, j'aurais besoin que vous appliquiez cet onguent.

Il retira sa chemise avec difficulté. Mue par son instinct, Colombe vint l'aider à la faire passer au-dessus de sa tête, mais l'architecte était trop grand. Il s'assit sur le lit et lui tourna le dos, suscitant chez sa femme une vive émotion.

Elle regarda admirative les épaules larges et le dos taillé en V qui descendait jusqu'aux hanches minces de son mari. De constitution massive, messire Pierre avait plus la morphologie d'un combattant que celle d'un intellectuel. Il travaillait avec ses hommes sur les chantiers et participait à toutes les activités de maçonnerie et de taille de pierre. Ce travail avait sculpté son corps depuis des années. À genoux derrière lui sur sa couche, Colombe ouvrit le flacon et versa de l'huile sur ses mains. Elle l'étala sur le dos de son mari et massa la peau encore rougie par le fouet. Ses petites mains s'affairaient, passant et repassant délicatement sur les zébrures. La sensation était délicieuse, un mélange d'interdit et de douceur qui mit le feu aux joues de Colombe. Elle prolongea ses soins largement au-delà du temps nécessaire, heureuse de se sentir utile. Elle le sentit se crisper à plusieurs reprises et était désolée d'être responsable de cette douleur.

De son côté, Pierre de Montreuil savoura le massage tout en maudissant son corps d'être aussi réactif au toucher de Colombe. L'huile adoucissait sa peau meurtrie, et bientôt il ressentit un vif soulagement. Eudes avait bien fait de lui apporter cet onguent préparé par dame Flavie. Les mains habiles de Colombe pétrissaient son dos efficacement, et le massage s'éternisa pour son plus grand plaisir. Ce genre d'attention venant de son épouse n'était pas pour lui déplaire. Lorsque les mains de Colombe cessèrent leur va-et-vient, il le regretta.

— Si vous voulez, je vais vous aider à vous habiller.

— J'en ai besoin, en effet.

Colombe prit la chemise et la lui donna, il enfila les manches, et elle l'aida à la faire passer au-dessus de sa tête, se rapprochant dangereusement de lui. Elle l'assista également pour la tunique, se concentrant sur sa tâche.

— Merci, madame, dit-il d'une voix rauque en se penchant lentement vers elle.

— Je vous en prie, messire… mon mari.

Pierre la regarda, fluette dans sa jolie robe, les cheveux défaits. Il aurait préféré la garder à la maison et paresser avec elle dans ce lit, mais la discussion ne devait surtout pas porter sur leur nuit de noces, cela aurait été prématuré. Il aimait son visage et la petite moue qui parfois tordait ses lèvres, ses yeux qui maintenant battaient des cils en le regardant ; elle espérait peut-être qu'il reprenne la parole. Il déposa un baiser sur sa joue et la vit fermer les paupières chastement.

— Tout cela va très vite, je vous l'accorde, mais une chose nous rapproche, la cathédrale. Alors aidez-moi à la finir, s'il vous plaît. Partageons ce que nous connaissons. La maison Montreuil se voit dotée d'un maître verrier de talent. Seriez-vous d'accord pour partager votre unique bien avec moi, Colombe ?

— Oui, dit-elle sincèrement. Mais comme vous le savez, il n'est pas ici.

— Où cela ?

— À mon retour d'Orléans, je me doutais que maître Vilhéry viendrait le réclamer. Alfred a d'ailleurs fouillé toute la pièce sans succès le jour où j'ai été arrêtée.

— J'aimerais vous faire oublier tout cela.

— J'y arriverai, messire, je ne veux pas les laisser gâcher ma vie.

L'esprit combatif de Colombe semblait être revenu, et cela encouragea messire Pierre.

— Alors, madame, où devons-nous aller chercher ce carnet ?

— Sous les pieds de la Vierge.

— Comment ?

— Il nous faut aller à Notre-Dame, le carnet est dans la cathédrale. Sous la statue que vous avez offerte en don à l'évêché.

— Pourquoi celle-ci ?

— C'est le moine qui allumait les bougies pour la messe qui m'a dit que ce don venait de vous. En expiation de vos péchés, a-t-il dit.

Colombe rougit comme une pivoine.

— Ce bien me venait de ma famille. Je ne regrette pas mon geste.

— Quel péché avez-vous pu bien commettre ? Je ne vous trouve aucun mal.

À cet instant, Pierre sentit tout son corps brûler. S'il ne s'était pas promis de prendre son mal en patience, il lui aurait montré toute l'étendue de son désir. Dans son esprit, il la voyait nue, murmurant son nom dans un soupir, gémissant sous ses étreintes ardentes. Pour calmer ses pensées qui s'affolaient et reprendre le contrôle de son esprit et de son corps, il inspira lentement et profondément.

— Je vous le dirai un jour, Colombe, promit-il en détournant le regard. Venez-vous avec moi ?

— Si vous voulez bien m'attendre, je vais essayer de me coiffer convenablement.

Elle reprit place devant le miroir et essaya de natter au plus près du crâne les mèches de cheveux dorées qui d'ordinaire retombaient sur son front. Mais ce fut de nouveau un échec.

— Pourquoi vous donner tout ce mal, madame, un voile et un cercle ne suffiraient-ils pas ?

Joignant le geste à la parole, il se leva, prit le voile et le lui posa sur la tête, puis lui tendit un cercle d'argent que Colombe mit par-dessus. C'était original, avec sa frange, et donnait un air espiègle à la tenue.

— J'aime beaucoup, restez comme cela.

— Vous êtes sûr ? Je ne voudrais pas vous faire honte.

— Vous êtes très bien, madame de Montreuil, dit Pierre avec un sourire complice et rieur qui plut à Colombe.

— Madame de Montreuil, répéta-t-elle peu habituée à son nouveau titre.

Pierre la regardait prononcer son nom et comprenait qu'il faudrait du temps pour qu'elle se l'approprie. Il essaya de se montrer galant et chaleureux.

— Il fait beau dehors, une cape serait inutile. Allons-y à pied, cela nous donnera une bonne occasion de sortir de notre maison et de marcher, qu'en dites-vous ?

— Oui c'est une bonne idée, convint Colombe en souriant enjouée. Je suis heureuse de vous confier mon carnet. J'ai pensé à le faire au retour, mais je ne savais pas si…

— Si vous pouvez me faire confiance ? compléta l'architecte sans animosité.

Chapitre 12

— Oui, pardonnez-moi d'être franche.

— Au contraire, promettez-moi de toujours l'être, madame.

— Je vous le promets, répondit Colombe ravie de cette nouvelle paix qui s'offrait à eux.

Ensemble, ils sortirent de la maison pour se diriger vers la rue.

Pierre lui offrit son bras et Colombe l'accepta avec joie tenant ses jupes de sa main libre. La fin de matinée était ensoleillée et douce, propice à la promenade. Pierre lui donna les dernières nouvelles du chantier, et Colombe posa moult questions sur la construction des arcs-boutants et sur la passerelle qui reliait les deux tours.

— Je ne saurai jamais vous remercier assez pour cette idée lumineuse. J'avoue avoir pensé que cela venait d'Eudes, il lui arrive de venir retoucher certains plans, et nous en discutons bien volontiers. Mais j'ai eu quelques doutes, les dessins ne correspondaient pas à ceux faits d'ordinaire par mon frère. Ils étaient davantage semblables à ceux de vos cartons, je n'ai pas eu la simplicité de vous demander si cela venait de vous, avoua Pierre en posant la main sur celle de son épouse qui s'accrochait à son bras pour ne pas chanceler sur les pavés irréguliers.

— C'était juste une inspiration sur le moment, sourit Colombe heureuse de cette confidence.

— À l'avenir, je voudrais que vous puissiez me donner votre avis, si cela vous intéresse bien entendu, proposa Pierre qui ne voulait pas se montrer trop directif comme il l'aurait fait avec un apprenti.

Ces marques de délicatesse plaisaient à Colombe qui lui adressa un joli sourire. Il semblait vraiment vouloir faire des efforts et lui donner une place jusque dans son travail.

— Alors promettez-moi de faire de même sur mes vitraux, j'ai aimé ce temps où nous travaillions ensemble sur les cartons, dit-elle en rougissant.

— Je me souviens de chaque instant, répondit Pierre troublé, en détournant le regard.

Il se mit à rire de lui-même et Colombe, respectant sa pudeur, se contenta de sourire de nouveau.

Alors qu'ils approchaient de la cathédrale, Colombe se sentait soulagée et confiante. Pierre prendrait soin du carnet de son père et le transmettrait sûrement à leurs enfants. À cette pensée son cœur s'accéléra. Avoir des enfants de cet homme était son vœu le plus cher. Une famille aimante et heureuse était ce qu'elle souhaitait lui donner. Elle se mit à espérer de tout son être que l'avenir se montrerait généreux avec eux.

Une ombre cachée derrière des tonneaux au détour d'une ruelle les observait la haine au cœur. Son père ayant été emprisonné en attendant son procès, il avait épié de loin les allées et venues autour de la maison de Montreuil, prêt à bondir lorsque l'occasion se présenterait. Il avait retourné toute la chambre de Colombe Deverre et savait que le carnet ne se trouvait pas chez eux. Elle avait dû le cacher ailleurs, il lui faudrait se montrer patient, il savait qu'elle finirait tôt ou tard par revenir à sa cachette. Lorsqu'il avait vu les époux Montreuil quitter la maison, il les avait suivis, curieux de voir où ils se rendraient.

— Messire, j'ai une requête étrange à vous exposer, annonça Colombe sur le parvis de la cathédrale.

— Dites, madame, je tâcherai de l'exaucer si elle est raisonnable.

Pierre avait gardé sa main dans la sienne, et ce geste intime au beau milieu de la rue lui donna le courage de poursuivre :

— Raisonnable ne serait peut-être pas le mot approprié, dit-elle avec un regard complice.

— Allez-y tout de même et nous verrons.

— Vous vous souvenez que j'ai demandé le secours de votre frère pour deux femmes qui étaient emprisonnées avec moi ?

— Oui, Eudes m'en a parlé. L'une est morte je crois. Sachez que j'en suis désolé.

— Hélas, oui. L'autre, Aude-Alix, est chez les sœurs où elle est soignée pour ses blessures. Je m'inquiète un peu de son sort à la sortie de l'hospice de sœurs.

— C'est la rue qui l'attend, comprit messire Pierre.

— En effet. Elle a déjà tant souffert de mauvais traitements…

— Elle a été accusée de vol et a été punie pour cela. Pardonnez-moi, je vous écoute, se reprit-il en voulant lui laisser la parole.

— Elle n'a pas de place dans une maison et personne ne misera sur elle à cause de sa vie de pécheresse. Mais si les gens lui laissaient une chance, les choses seraient peut-être différentes.

Colombe était généreuse et se souciait des autres, Pierre aimait cette qualité de cœur mais craignait que parfois son épouse ne se mette en danger pour sauver ceux qu'elle aimait. Il se méfia un peu, espérant qu'elle ne fasse pas de mauvais choix pouvant impacter sa vie ou celle de la maisonnée.

— À quoi pensez-vous, exactement ?

— Marthe aura besoin d'aide si notre famille s'agrandit, rougit Colombe. Et je n'ai pas de femme de chambre ou de dame de compagnie pour m'escorter si je dois sortir en ville.

Apparemment Colombe ne se rendait pas compte de ce que cela représenterait pour le voisinage.

— Escortée par une catin ? Vous plaisantez ?

— Une place de femme de charge, alors ? tenta Colombe avec une moue suppliante.

— Cela conviendrait mieux, en effet, mais avez-vous pensé à la réaction de nos gens ?

— Non, j'avoue que je n'y avais pas pensé, admit Colombe préoccupée par le sort d'Aude-Alix.

— Je crois qu'Eudes a parlé de femmes que dame Flavie voulait former aux soins pour s'occuper des blessées de guerre et des indigents. Cela vaut le coup de lui en toucher un mot.

— Merci, Pierre. Messire, se reprit-elle tout heureuse d'entrevoir une issue de secours pour sa protégée.

Pierre de Montreuil la regardait sourire, satisfaite de pouvoir venir en aide à une pauvre femme. Il était heureux qu'elle soit altruiste, mais ne souhaitait pas pour autant que sa maison soit le refuge de tous les misérables de la ville. C'était utopique. En revanche, ensemble ils avaient peut-être trouvé une planche de salut honorable pour nombre de femmes des rues. Si dame Flavie acceptait cette alternative charitable, elle disposerait d'une main-d'œuvre reconnaissante à former.

Ils discutèrent de chose et autre en remontant vers la cathédrale. Pierre lui donna de nouveau le bras, il aimait la garder près de lui, et Colombe ne se fit pas prier. Arrivés enfin sur le parvis de la cathédrale, ils admirèrent ses tours magistrales.

— Le portail du Jugement dernier est fini, il ne reste plus qu'à peindre les côtés, expliqua Pierre en lui montrant l'entrée achevée.

— Vous avez effectué un travail remarquable avec vos artisans.

— Merci, dit modestement messire Pierre en l'aidant à entrer dans la cathédrale. J'ai commencé à faire poser les premiers morceaux de votre vitrail.

Colombe aperçut alors le tiers du vitrail déjà monté et en eut le souffle coupé.

— Mais comment… ?

— Mes maçons ne font que cela depuis quatre jours, lui dit-il heureux de son effet de surprise.

— Seigneur ! C'est superbe ! Je ne sais que dire, s'exclama Colombe.

Les rayons du soleil perçaient les vitraux aux couleurs chamarrées et éclairaient jusqu'à la nef.

— J'ai hâte de voir l'ensemble, avoua Pierre levant enfin les yeux vers le vitrail.

Il préférait de beaucoup le spectacle charmant de Colombe émerveillée par tant de beauté. Toutes sortes d'émotions brillaient dans ses beaux yeux, elle semblait subjuguée, émue. Un sourire vint étirer ses lèvres, et Pierre eut envie de l'embrasser. Elle savait voir ce que beaucoup survolaient seulement d'un regard, elle vivait son art, et il comprit tout ce que cela impliquait de sacrifice et de patience.

— Il me reste encore beaucoup de travail, je vais devoir m'y remettre vite.

— Attendez d'être remise.

— Je vais bien, je vais pouvoir commencer quelques tâches demain, assura-t-elle.

— Nenni, madame, à moins que vous souhaitiez retourner en prison, demain nous serons dimanche, la taquina-t-il.

— Oh pardon, je ne sais plus quel jour nous sommes, s'excusa Colombe contrite. Je ne souhaite plus jamais aller dans ce sinistre endroit.

— Oubliez tout cela, madame, j'aurai voulu vous l'épargner.

L'architecte n'osa imaginer la peur qu'elle avait dû avoir, malmenée par les soldats, battue par Alfred, enfermée comme une criminelle. À cette pensée, un vif sentiment de possession l'envahit, il se jura que plus jamais elle n'aurait à souffrir de la sorte.

Revenant au motif de leur visite, Colombe se dirigea jusqu'à la Vierge à l'Enfant.

— J'ai eu beaucoup de mal à la remettre en place. Pourriez-vous la déplacer ? Le carnet est en dessous.

— Sous la Vierge ?

— Non, sous le reposoir. Il est creux.

— Astucieux, admit messire Pierre en soulevant la lourde statue de la Vierge en bois polychrome.

Il la posa au sol et déplaça le reposoir, révélant ainsi le carnet. Il le prit et le tendit à son épouse avant de remettre la Vierge en place.

Colombe le serra contre son cœur comme un trésor. Puis, comme elle l'avait promis, elle le lui donna, lui demandant de le garder précieusement.

— Je vous fais confiance, messire, je sais qu'avec vous il ne risque rien.

Parlait-elle de son carnet ou de son cœur ? Pierre espérait un peu des deux.

— Merci, madame, j'en prendrai grand soin, je le jure, dit-il en plongeant son regard dans celui de Colombe.

Toute crainte sembla alors la quitter et, touché, il décida de se montrer chevaleresque.

— Gardez-le pour nous, déclara-t-il en le lui rendant. Et maintenant, accompagnez-moi pour la suite de la visite.

Reconnaissante, Colombe reprit le carnet en lui décochant un large sourire.

— Merci.

Ils se rendirent ensuite dans le chœur, et Pierre lui expliqua qu'il avait pensé à des renforts de moindre hauteur que ceux des façades nord et sud pour finir d'harmoniser le tout. Les piliers du chœur se dressaient comme une forêt de pierres entourant l'autel et accentuant la solennité des lieux, à l'image des temps antiques d'autrefois. Colombe, contrairement à sa dernière visite, prit le temps d'observer les sculptures, les ornements des piliers, et toutes les décorations sorties des blocs de pierre par les mains expertes des tailleurs.

— Voulez-vous visiter la galerie qui relie les deux tours ? La vue sur la ville est imprenable, proposa Pierre. Il y a un escalier de pierre en spirale dans chacune des tours.

Le bruit d'un objet qui chuta les fit se retourner. Ils ne virent personne, mais Pierre aperçut un cierge renversé, son chandelier avait dû rouler à terre.

— Voilà comment les accidents arrivent. Je vais prévenir le moine chargé de surveiller les bougies et les torches. Je n'ai pas envie que la cathédrale parte en fumée. Allez-y, je vous rejoins.

Colombe le regarda partir en direction de la sacristie et poursuivit son chemin. Elle repassa devant la rosace et un élan de joie enflamma son cœur, elle allait mettre toute son énergie dans la réalisation de ce projet hors du commun. Pierre serait fier d'elle. Elle voulait croire qu'elle pouvait susciter son admiration. Et peut-être encore davantage, espéra son cœur.

Dans la sacristie, messire Pierre trouva le moine sacristain en conversation avec un croisé qu'il reconnut tout de suite : Tristan de Mortain.

— Bonjour, messire Tristan.

— Je me souviens de vous, vous êtes messire de Montreuil, le frère d'Eudes de Montreuil, n'est-ce pas ?

— En effet.

— Je suis venu voir les pères de la cathédrale à la

demande de Flavie, elle veut trouver un endroit où former des femmes au métier de guérisseuse.

— Mon épouse a un souhait à lui soumettre, d'ailleurs. Elle pensait que dame Flavie ouvrirait les portes de son école aux filles des rues, pour leur donner une seconde chance. Une certaine Aude-Alix mériterait d'être aidée, selon elle.

Le croisé haussa les sourcils en entendant le prénom, qui ressemblait au mot arabe odalisque, femme de harem.

— Flavie ne m'a rien précisé à ce sujet. Mais je vous promets de lui en parler. Elle m'a tenu informé de votre mariage et de ses conditions peu ordinaires, ainsi que de votre dévouement envers votre épouse. Flavie a été bouleversée par votre courage et celui de votre frère. En tant que chevalier, je ne puis que saluer ce geste de bravoure.

— Je ne sais si c'est de la bravoure, ou de l'orgueil mal placé, sourit l'architecte avec autodérision.

— C'est souvent un mélange des deux, messire Pierre, les combattants sont fiers de prouver leur valeur.

— Vous remercierez votre sœur pour les soins qu'elle a prodigués à Eudes et à mon épouse. C'est une femme de cœur.

— Une femme devenue veuve trop jeune et qui a tout donné aux pauvres. Elle a donné sa propre dot aux sœurs de l'hospice de Jérusalem. Elle avait pensé prendre le voile après la mort de son mari, mais elle ne l'a jamais fait, finalement. Quant à moi, je suis un chevalier errant, j'ai vendu mes terres au roi de France et j'ai donné toute ma fortune pour les croisades, étant persuadé de ne pas en revenir. Mais Dieu ne m'aura pas laissé cette chance.

— C'est qu'il a besoin de vous ici.

— C'est ce que mon oncle dit également, mais maintenant je ne puis que servir comme homme de charge ou mercenaire. Et je crois que j'ai assez tué pour toute une vie, ou plusieurs même.

— Les chantiers ont toujours besoin de bras, et vous êtes bien bâti.

— Je travaille sur le chantier de votre frère et je joue le rôle d'arbitre parfois entre Flavie et messire Eudes, rit le chevalier. Ce n'est pas de tout repos, croyez-moi !

— Mon frère a du tempérament, c'est juste.

— Flavie aussi, plus qu'il n'en faudrait pour une femme, mais je dois avouer que cette force de caractère nous a aidés dans toutes ces démarches. Porter deux hospices à elle seule en Orient demandait un courage hors du commun. Elle a vu beaucoup d'horreurs et de souffrances, et pourtant, lors de notre retour, elle a tenu à rester près des blessés. Je crois qu'elle ne sait plus rien faire d'autre, conclut ironiquement messire Tristan.

— Nous avons besoin d'hommes et de femmes au service de Dieu, intervint le moine qui avait étudié la demande de dame Flavie. Dites à votre sœur que nous pourrons lui octroyer une maison près de la faculté, les pères dominicains ne refuseront pas cela à l'évêque.

Un cri lointain leur parvint. Messire Tristan se mit en alerte, et Pierre reconnut immédiatement la voix de son épouse.

— Colombe, dit-il en sortant précipitamment.

— Où est-elle ?

— Sur la galerie, en haut des tours !

Un second cri de frayeur arriva jusqu'à eux.

Les deux hommes se mirent à courir et gravirent les marches des escaliers de la tour sud à toute vitesse.

Peu de temps auparavant

Colombe montait les marches en pierre de l'escalier en spirale, admirant le savoir-faire des tailleurs de pierre et la régularité des marches. L'escalier semblait sans fin, mais elle sentit le vent rafraîchir son visage et soulever son voile, la sortie était proche. Enfin, elle arriva en haut et découvrit la galerie, une sorte de pont de pierre plat rattachant les deux tours. Un pont assez large, mais sans barrières de protection ou garde-fous. Le vent s'engouffrait entre les deux énormes édifices.

Colombe regarda devant elle et découvrit une vue spectaculaire de Paris. Les maisons lui semblaient minuscules, les gens pas plus gros que des fourmis. On voyait loin au-delà de la Seine les paysages redevenir campagne après les remparts. C'était impressionnant. Elle avait hâte de partager ce moment béni avec messire Pierre. Des bruits de pas légers l'avertirent de la présence de quelqu'un. Elle se retourna souriante, prête à accueillir chaleureusement son époux, mais ce ne fut pas messire Pierre qu'elle découvrit derrière elle.

Alfred lui faisait face avec un rictus mauvais.

— Alors, tu l'avais caché ici tout ce temps, petite futée ? Donne-le-moi ! dit-il en sortant un poignard de sa cape.

— Non, laisse-moi !

— Donne-le-moi et je ne te ferai pas de mal.

Les yeux rivés sur la lame, Colombe recula d'un pas. Si elle perdait le carnet, elle n'aurait plus rien à offrir à messire Pierre. Avec ce carnet elle pouvait au moins adoucir sa déception de l'avoir prise pour épouse.

— Laisse-moi, Alfred, va-t'en.

— Oh non, je veux ce carnet.

Colombe se mit à courir en sens inverse, mais Alfred fut plus rapide qu'elle et la plaqua au sol. Elle accusa le coup et sentit son agresseur lever la main. Le poignard se planta non loin de sa tête sur le sol. Elle cria de frayeur, ce fou voulait la tuer, à présent. Elle se débattit tant et si bien qu'elle roula au bord de la galerie, Alfred en profita pour la faire passer par-dessus bord. Elle tenait maintenant la corniche, les pieds dans le vide, et hurlait le nom de Pierre à pleins poumons, croyant sa dernière heure arrivée. S'agrippant de toutes ses forces, elle ne voulait pas mourir. Elle avait tant à vivre avec Pierre, tant d'amour à lui donner. Toutes ses pensées étaient tournées vers lui malgré sa peur.

— Donne-moi le carnet et je te fais remonter, dit Alfred hors de lui.

Il s'approcha, menaçant, prêt à la précipiter dans le vide s'il n'obtenait pas ce qu'il voulait.

Fermant les yeux, Colombe cria encore au secours, suppliant le ciel que Pierre l'entende et arrive à temps.

Lorsque Pierre de Montreuil et messire Tristan arrivèrent par l'escalier de la tour sud, ce fut pour voir Alfred lever son poignard au-dessus de la tête de Colombe. Pierre se précipita et plongea sous les jambes d'Alfred pour attraper les mains de son épouse. Messire Tristan sortit le poignard qu'il portait à la ceinture et ordonna au jeune homme de laisser son arme au sol.

Dans un dernier élan de folie, Alfred retourna sa haine contre Colombe pour la tuer et se jeta sur elle, mais messire Pierre servit de bouclier en faisant le dos rond et bascula Alfred dans le vide tout en tenant sa femme à bout de bras. Le fils Vilhéry hurla de terreur en se sentant happé par le vide et poursuivit sa chute jusqu'à heurter le sol du parvis des dizaines de pieds plus bas. Messire Tristan aida Pierre à hisser Colombe et à la mettre à l'abri.

— Vous avez de bon réflexe pour un architecte, dit le croisé avec un hochement de tête admiratif.

Messire Pierre tenait Colombe contre lui. Tremblante, elle s'accrochait à son mari comme à une planche de salut.

— Vous auriez dû lui donner ce satané carnet, Colombe, risquer votre vie pour cela, quelle folie ! s'emporta l'architecte.

— Je n'avais que cela. Privée de mon héritage, je n'aurais eu plus rien à vous offrir en réparation de mes fautes.

Colombe sanglotait agrippée à la tunique de son époux. Elle avait failli mourir mais, à cet instant, ses préoccupations se tournaient vers messire Pierre. Elle l'aimait plus que tout au monde, un amour illusoire, qui ne serait jamais payé en retour. Mais elle s'en moquait, elle se jura de faire de son mieux pour le satisfaire et pour être une épouse dont il pourrait être fier.

— Rien ne vaut de mourir ainsi, Colombe, ni votre héritage, comme vous aimez à le dire, ni aucun autre bien sur cette terre.

— Je voulais le garder pour vous.

— Je préfère ne pas avoir ce carnet et vous savoir vivante à mon côté. Je n'avais pas prévu de vous épouser, ma mie, mais je ne souhaite pas être veuf si tôt.

Pierre la serra de nouveau contre lui soupirant de soulagement. Il réalisait qu'il avait failli la perdre pour toujours, et son cœur s'emballait. Il aimait cette femme, passionnément, irrémédiablement. Imaginer sa vie sans selle lui était insupportable.

— Ne refaites jamais ça, Colombe, ne vous mettez plus jamais en danger, je vous en supplie, lui chuchota-t-il à l'oreille en déposant un baiser dans ses cheveux.

Il releva le visage et regarda le croisé avec gratitude.

— Merci pour votre aide, messire Tristan, vous avez distrait Alfred juste à temps pour que je puisse attraper les mains de mon épouse.

Pierre de Montreuil se leva et souleva Colombe dans ses bras pensant qu'elle ne tiendrait pas sur ses jambes.

— Et où est ce fameux carnet pour lequel vous avez risqué votre vie, madame ? L'avez-vous perdu ? demanda le croisé en regardant autour de lui.

— Je ne sais pas, je crois qu'il est tombé, pleura Colombe dépitée.

— Non ! Regardez, il est là, dit messire Tristan en pointant son poignard vers la corniche.

Avançant avec précaution et tenant fermement son précieux fardeau dans ses bras, Pierre aperçut le carnet non loin sur une petite volute de pierre. Il tenait en équilibre, semblait être retenu par la cathédrale elle-même. Agile, le croisé descendit un peu et se saisit du carnet, il remonta sur la corniche et le tendit à Colombe.

— Voilà donc pourquoi vous avez risqué votre vie, madame. Que peut-il bien contenir, ce carnet ?

— Tout le travail d'une vie, messire. Mon père y a consigné tous ses secrets de fabrication.

— Je comprends votre attachement, mais je suis d'accord avec votre époux, cela ne vaut pas de mourir. Vous avez plus de valeur aux yeux de messire Pierre que ces quelques pages, j'en suis sûr. Prenez soin d'elle, Montreuil, nous nous reverrons bientôt si les projets de Flavie avancent. Je n'oublierai pas de soumettre votre demande au sujet de cette Aude-Alix.

— Merci, messire, dit Colombe encore bouleversée.

— Je vais aller chercher la garde pour expliquer ce qui vient de se produire, annonça Tristan de Mortain. Raccompagnez votre épouse chez vous.

— Nous sommes venus à pied, je ne crois pas qu'elle soit en mesure de marcher.

— Alors, attendez-moi, je vous raccompagnerai à cheval.

Messire Pierre et Colombe suivirent le croisé dans l'escalier. À la sortie de la cathédrale, Colombe cacha son visage contre son époux pour ne pas avoir à supporter le macabre spectacle du cadavre d'Alfred qui gisait au sol dans une mare de sang.

— C'est fini, Colombe, il ne vous fera plus jamais de mal.

La garde, alertée par Tristan de Mortain, ne tarda pas à arriver. Un des soldats s'approcha du couple et questionna rapidement l'architecte.

— Le père du garçon est actuellement en prison,

il se nomme maître Vilhéry. Pensez à lui apprendre la nouvelle, dit messire Pierre.

— Je connais ce prisonnier, il s'est pendu ce matin dans sa geôle avec ses propres vêtements.

Colombe avait honte de le dire, mais elle était soulagée de ne plus jamais croiser le chemin du négociant, ni celui de son fils.

— La cupidité les a menés à leur perte, commenta l'architecte dégoûté. Deux vies gâchées.

— Prenez mon cheval et rentrez chez vous, messire, je viendrai le chercher plus tard. Dieu vous garde, salua le croisé en laissant Pierre et Colombe partir au pas en direction de leur maison.

Ce soir-là, Marthe prépara un bain bien chaud pour la dame de la maison. Colombe s'y plongea avec délectation, l'eau chaude déliant ses muscles crispés et douloureux. La vapeur d'eau s'élevait dans l'office comme une sorte de brouillard. La bonne la lava avec douceur, massant ses épaules et son dos.

— Il va falloir arrêter de me faire peur, mon petit, ce n'est plus de mon âge tout cela.

— Je ne voulais pas t'inquiéter, Marthe, j'avoue avoir eu très peur. Si messire Pierre n'était pas arrivé, c'est moi qui aurais fini écrasée sur les pavés du parvis de la cathédrale.

— Plus un mot, par pitié !

Marthe soupira.

— Le maître va souper et a demandé que vous vous joigniez à lui. Je vous ai préparé un bon repas qui j'espère vous réconfortera, poursuivit la bonne.

— Merci, sourit Colombe dont le cœur battait fort.

Ainsi ils allaient souper ensemble, rien que tous les deux. Allait-il se montrer courtois et bienveillant ? Allait-il rester distant et poli ? Allait-il l'embrasser à pleine bouche comme elle en rêvait ?

Nerveuse, elle sortit du bac et prit la serviette que lui tendait Marthe. Elle sécha et passa une chemise.

— Est-ce mal de vouloir être jolie ? demanda-t-elle à la bonne.

— Votre mère n'est plus à vos côtés, madame, et je me doute que ce n'est pas votre vieux père qui vous a guidée dans vos premiers pas de femme.

Marthe s'assit sur un banc et lui fit signe de prendre place à côté d'elle.

— Il ne faut pas avoir peur, un homme et une femme mariés partagent le même lit. Ils couchent ensemble, et si Dieu le veut, cela donne un enfant.

— Je sais ça, Marthe, je ne vivais pas dans une grotte à Orléans, plaisanta Colombe. Ce que je veux savoir, c'est comment plaire à mon mari. Je veux être une bonne épouse. Y a-t-il eu des femmes dans sa vie ? Comment étaient-elles ?

— Je ne crois pas que votre époux n'ait jamais été un coureur de jupons. Je crois plutôt que c'est un homme qui domine ses instincts même s'il a des besoins naturels, comme tout un chacun. Il va avoir quarante ans, madame, il a donc connu le lit des femmes certaines fois, mais cela ne doit pas vous troubler. Au contraire, il saura vous guider.

— Tu crois ? Je ne veux pas lui faire mauvaise impression avec mon inexpérience. A-t-il déjà aimé une femme ?

— Le désir et l'amour ne vont pas toujours de pair,

madame, mais lorsque c'est le cas, c'est un cadeau précieux. Non, pas d'amoureuse selon mes connaissances. Mais votre époux est pudique sur ses sentiments, je ne connais certainement pas tout de lui.

— J'espère être à la hauteur.

Marthe sourit et lui prit la main pour la réconforter.

— Ne cherchez pas à ressembler à telle ou telle autre, soyez vous-même. Vous êtes généreuse et souriante, j'aime cela chez vous, dit la bonne, lui pinçant la joue comme on le ferait à une enfant. Ne jouez pas de rôle, soyez naturelle. Je suis sûre qu'il sera doux avec vous. Notre maître est sans doute nerveux lui aussi.

— Je ne crois pas, il sait toujours comment faire, se tient et fait exactement tout comme il se doit. J'aimerais avoir une once de son assurance.

— Détrompez-vous, madame, les hommes aussi ont leurs incertitudes sur les choses de l'amour. Prenez le temps de vous découvrir. Ne vous jugez pas sur une première fois. Vous avez le temps, vous êtes jeune. La vie peut vous offrir nombre de satisfactions.

Colombe inspira fort pour prendre courage. Être naturelle. Ne pas craindre les hommes. Ne pas juger sur des impressions. À écouter Marthe, tout cela coulait de source et semblait être la simplicité même. Mais entre elle et son époux, rien n'avait jamais été simple.

Elle passa une robe de laine fine d'un rose pâle avec des manches longues et pointues qui laissaient apercevoir la chemise blanche au poignet, puis Marthe lui passa un bliaud rouge sombre qu'elle marqua à la taille avec une ceinture d'argent martelé.

— Messire Pierre m'a fait ressortir les biens de sa

mère pour les mettre à votre disposition. Cette ceinture d'argent en fait partie.

Colombe passa la main sur la précieuse ceinture et sentit la pression monter d'un cran.

— C'est vous la dame de Montreuil à présent. Il est normal que cela vous revienne.

Elle chaussa des bas de laine et des bottines de cuir souples dont les pointes étaient décorées d'un triangle d'argent également. La tenue était belle et riche pour une femme comme elle. Elle se sentait empruntée, mais très heureuse de la jolie mise qu'elle portait. Marthe posa sur ses cheveux un voile du même rose que la robe et le cercle d'argent qui allait avec la ceinture.

— La bague ! s'écria soudain Colombe en se souvenant de l'anneau trop lourd que son époux avait glissé à son doigt le jour de leur mariage.

Les deux femmes montèrent à l'étage, et Marthe la regarda fouiller dans sa sacoche, fébrile.

— Seigneur, j'ai eu peur de l'avoir perdue, dit Colombe soulagée en la retrouvant au fond de la sacoche.

— C'est l'anneau du père de votre époux.

— N'en rajoute pas, Marthe, j'ai vraiment cru un instant que je l'avais égarée.

— C'est parce qu'il est trop large pour votre doigt, madame, fit la voix de messire Pierre qui venait d'entrer dans la chambre, attiré par leurs voix.

Colombe sentit son cœur manquer un battement. Comme à chaque fois qu'elle se trouvait en présence de messire Pierre, sa peau se couvrit de frissons, et sa respiration se fit plus rapide. Il emplissait la pièce de sa prestance, et Colombe se sentait à la fois attirée et sur la défensive.

— Elle est là, j'aime autant vous la rendre, messire, c'est la bague de votre père et je ne voudrais surtout pas l'égarer, ce serait terrible, vous y tenez beaucoup et…

Pierre s'approcha et sourit de sa nervosité. Comment lui faire comprendre qu'elle ne lui devait rien, ni n'avait rien à craindre de lui ?

— Calmez-vous, Colombe, la bague est là, je la remets à mon doigt et l'affaire est close.

— Je suis désolée.

— Cessez de vous excuser à tout bout de champ.

— Pardon, non, je ne voulais pas… oh ! je crois que je devrais définitivement me taire.

Marthe se mit à rire sous cape, et Colombe lui adressa un regard courroucé, elle se sentait déjà assez mal à l'aise comme cela pour que la bonne ne la mette davantage dans l'embarras.

— Le dîner va être servi à côté, si vous voulez vous joindre à moi.

— J'en serai ravie, messire mon mari, dit-elle en faisant une petite révérence.

Messire Pierre lui proposa son bras, que Colombe accepta en le suivant dans ses appartements. Après que les époux avaient pris place à chaque bout de la table, Marthe leur servit une corbeille de fruits de saison et du vin. Malgré elle, Colombe posa les yeux sur le grand lit à baldaquin qui trônait contre le mur du fond, et son cœur s'accéléra. Est-ce ici qu'elle deviendrait charnellement son épouse ? Cette pensée colora ses joues d'un rose qui ne passa pas inaperçu. Pierre la regardait intensément, espérant de tout cœur que cette nuit serait la leur.

Le bruit des couverts qui heurtèrent le plat la fit revenir au dîner.

Une soupe de courge parfumée aux épices et des petits pains fourrés au fromage suivirent, puis la bonne leur apporta un plat de viande de porc grillé et une tourte aux herbes aromatiques. Sur le buffet reposaient un plateau de biscuits au gingembre et au miel et du fromage blanc.

— Merci, Marthe, nous nous servirons, tu peux disposer, assura le maître de maison.

Colombe porta son verre à ses lèvres, le vin lui donnerait peut-être du courage, pensa-t-elle en savourant le goût sucré du nectar.

Elle goûta la soupe et croqua dans un morceau de pain au fromage. Marthe n'avait pas son pareil pour rendre des recettes simples absolument savoureuses.

— Êtes-vous remise de vos émotions ?

— Difficile à dire, mais je fais en sorte que ce soit le cas, messire. J'avoue ressentir un certain soulagement, malgré cette tragédie.

— Il n'y a rien de mal à cela, madame.

Ce terme, « madame », avait quelque chose qui la dérangeait, elle peinait à s'y habituer.

— Ce n'est qu'une marque de respect, Colombe, il n'y a pas de quoi avoir peur.

— Suis-je si transparente ?

— Transparente ? demanda messire Pierre en posant sa cuillère à côté de son assiette. Je ne dirais pas cela. J'ai essayé de percer le mystère Colomban des mois durant.

Sans succès. Je ne dirais pas que vous êtes transparente. Mystérieuse, au contraire.

— J'aurais voulu que les choses soient tout autres. Je n'aimais pas du tout vous mentir. Et je regrette tant que vous ayez dû subir le fouet et que vous ayez cru bon de m'épouser.

— Qu'aurais-je dû faire selon vous ?

— M'abandonner à mon triste sort.

— Et si je n'en avais pas eu envie ?

— Comment ?

— J'ai dit, et si je n'en avais pas eu envie.

— Pourquoi auriez-vous envie que je reste dans votre vie ?

— Je suis persuadé que nous pouvons réussir cette union malgré ces débuts chaotiques. Je vous ai proposé un partenariat.

— Et j'ai accepté.

— Je veux un vrai mariage, Colombe, je veux une femme attentive à mes besoins et je veux des enfants. Et je souhaiterais qu'il en soit de même pour vous. Le voulez-vous ?

Colombe déglutit péniblement.

— Vous voulez que je partage votre couche ce soir ? osa-t-elle le feu aux joues.

— Et pourquoi pas ? répondit Pierre en la regardant les yeux brillants. Pour ma part, j'en serai heureux.

— Je crois que ce serait une bonne chose. Il serait difficile de faire des enfants chacun du côté de son mur, c'est certain, plaisanta-t-elle en choisissant l'humour comme bouclier pour calmer les battements tumultueux de son cœur.

Elle se leva, pensant qu'il voulait joindre l'action à la parole.

— Que faut-il que je fasse ? demanda-t-elle le cœur battant.

— Que vous finissiez de dîner, sourit Pierre amusé par la nervosité de son épouse.

— Finir mon repas… Oui, évidemment, Marthe s'est donné de la peine, dit-elle en reprenant place.

Mais ni la viande ni la tourte ne la tentaient, elle avait l'estomac complètement noué.

— Je crois que je n'y arriverai pas, avoua-t-elle en regardant les plats.

Pensant qu'elle parlait de partager son lit, messire Pierre s'adossa de nouveau à sa chaise.

— Il n'y a pas trente-six façons de le savoir. Avez-vous été rebutée par le baiser que je vous ai volé il y a quelque temps ?

— Non, pas du tout ! Je parlais de la viande, messire.

— Oh ! lâcha seulement Pierre en lui resservant du vin.

Colombe prit son verre et but le vin d'une traite.

— Vous allez avoir la tête qui tourne si vous buvez ainsi.

— Vous croyez ? demanda-t-elle les joues déjà rouges.

— Je vous fais peur ? En tant qu'homme, je veux dire.

— Oui, non. Peut-être, je ne sais pas. Oh ! messire, pour l'amour de Dieu, embrassez-moi et prenez-moi dans vos bras avant que tout courage me quitte définitivement ou que je perde la raison à attendre ce que…

Pierre s'était levé et était venu jusqu'à elle. Il l'avait prise par la main et l'avait aidée à sortir de table alors qu'elle déblatérait toujours sur ses inquiétudes. Il prit ses lèvres doucement et la fit taire.

Il savoura sa bouche rose et tendre, caressant sa langue de la sienne, serrant ce corps gracile contre le sien.

— Que vous perdiez la raison à force d'attendre quoi ?

— Ce que je désire le plus au monde, vous.

Il regarda ses prunelles briller et ses lèvres trembler, il ne lui en fallut pas davantage pour reprendre sa bouche dans un baiser lent et doux qui la laissa pantelante dans ses bras.

Les desserts de Marthe perdirent tout intérêt, un autre mets plus délectable les accaparait tout entiers.

Chapitre 13

— Je vous ai désirée tant de nuits et aujourd'hui vous êtes mienne, susurra Pierre à l'oreille de Colombe tout en dévorant son cou de baisers brûlants.

Ses mains caressaient son dos, et ses hanches plaquées contre elle lui montraient son ardeur. Il défit la ceinture d'argent et la laissa choir au sol ; puis il ôta le cercle qui retenait son voile et tira lentement sur le tissu, le tout rejoignant la ceinture. Il défit les attaches du bliaud et le passa par-dessus la tête de Colombe, puis s'attaqua à la robe qu'il enleva pour avoir accès au laçage.

Tous ces gestes étaient précis, comme s'il avait fait cela des dizaines de fois, alors que c'était la première fois qu'il déshabillait une femme. Et pas n'importe laquelle : sa femme. D'ordinaire, les catins avec lesquelles il avait couché se contentaient de trousser leurs jupes et de délacer leurs corsages, mais cette fois-ci, il allait pouvoir contempler ce corps qui s'offrait à lui.

La robe tomba dans un bruissement. Colombe se tenait face à lui, vêtue de sa seule chemise diaphane. Elle semblait plus délicate et plus menue encore, délestée de sa tunique, et Pierre ne voulut pas la brusquer. Il se contentait de l'admirer, lui laissant prendre son temps et sa place dans ce jeu de séduction.

Colombe osait à peine soutenir son regard, son cœur battait à tout rompre. Pierre lui prit le visage entre les mains et le releva doucement vers lui, la tutoyant dans l'intimité qui s'ouvrait entre eux.

— Je voudrais que tu retires toi-même la chemise, dit-il d'une voix rauque de désir.

— Et si je vous décevais, paniqua-t-elle soudain.

— Je t'ai déjà vue dévêtue à deux reprises, ma Colombe, et je n'ai pas été déçu, sourit-il en se remémorant ces souvenirs.

— Deux fois ?

— La première lorsque je t'ai démasquée, la seconde lorsque tu te faisais soigner par dame Flavie. J'avoue avoir observé ta toilette du couloir.

— Oh…, rougit-elle en recevant le compliment.

— Enlève ta chemise, s'il te plaît, que je puisse te regarder tout entière.

Le souffle court et le cœur battant, Colombe leva une main tremblante vers les attaches de sa chemise. Ses doigts nerveux étaient maladroits, mais le regard que lui lançait son mari avait toutes les raisons de la rassurer. Messire Pierre semblait en adoration devant cette chemise qui s'ouvrait à présent sur ses petits seins dont la pointe rose durcie trahissait son propre désir.

La chemise laissa apparaître un ventre plat, des hanches menues et des cuisses fuselées. Pierre assit Colombe sur le lit pour retirer ses bottines et ses bas de laine, en caressant ses jambes au passage.

— Tu es belle, dit-il en regardant sa peau claire et lisse. Très belle.

Son envie d'elle était si grande qu'il freina ses gestes au prix d'un grand effort, pour ne pas paraître trop empressé.

Il la fixait des yeux alors qu'il défaisait sa propre tunique. La chemise ne fut pas longue à atterrir au sol elle aussi. Il s'assit près d'elle pour ôter ses souliers et ses chausses. Il marqua un temps d'arrêt, puis finit par enlever également le haut-de-chausses qui couvrait sa virilité.

Puis il prit Colombe par la main et l'amena doucement devant lui. Il empoigna ses fesses de ses mains et approcha son ventre de tourterelle de sa bouche. Il l'embrassa, et Colombe plongea ses doigts dans ses cheveux épais pour le maintenir contre elle. Ensuite, elle caressa les épaules et la nuque de son mari, sentant ses mains larges aller et venir sur ses fesses et l'arrière de ses cuisses.

Puis il se leva, la dominant de toute sa taille, il la guida sur le lit où elle s'allongea les mains croisées sur la poitrine, attendant qu'il prenne l'initiative. Elle avait la certitude qu'il saurait la guider, et elle s'abandonna confiante en savourant le contact de ses mains.

Il reprit ses lèvres, se penchant au-dessus d'elle, il caressa son corps lentement, découvrant toutes ses courbes, tous ses creux avec un évident plaisir, il respirait le parfum de son cou et de ses cheveux, se plaçant au-dessus d'elle, ouvrant ses genoux comme on ouvre les pétales d'une fleur à peine éclose, pour découvrir le trésor qu'ils renfermaient.

Colombe respirait vite, autant d'appréhension que d'impatience.

— J'ai espéré et rêvé ce moment des dizaines de fois, avoua-t-il en l'embrassant encore.

Timide, elle ferma les yeux.

— Moi aussi.

Elle le sentit rire contre elle, embrassant son cou et son épaule. Ils échangèrent un regard, et elle n'y vit ni moquerie ni mépris vis-à-vis de son innocence, mais au contraire une adoration qui lui mit le feu au ventre.

— Tu m'as demandé quel péché je devais confesser pour avoir offert la Vierge à l'Enfant. C'est toi mon péché, l'envie que j'ai de toi depuis des mois. J'ai souffert bien plus que le fouet ne m'a blessé, crois-moi. J'étais incapable d'assumer ce désir, m'éloigner me semblait la seule chose raisonnable à faire. Même loin, je ne faisais que penser à toi, à ta peau, à tes yeux qui me hantaient comme ils me hantent encore aujourd'hui. Regarde ce que tu fais de moi, Colombe, dit-il en prenant sa main pour la placer sur sa virilité triomphante.

Colombe fut surprise de la suavité de la peau qui entourait ce sexe d'homme comme un fourreau de soie. Elle accepta sa reddition et se fit douce. Comprenant qu'il attendait lui aussi ses caresses, elle bougea lentement sa main, parcourant son ventre, son sexe et ses hanches. Découvrant elle aussi le corps de son mari.

Un sentiment de puissance tout féminin s'anima en elle, elle était aussi capable de donner du plaisir. Pierre ouvrit la bouche et ferma les yeux un instant, sentant sa virilité pulser entre ses doigts fins. Il fallait qu'elle soit à lui, maintenant.

— Laisse-moi venir en toi, ma douce, dit-il en se plaquant contre elle pour la pénétrer.

Colombe arrêta de respirer et de bouger, attendant qu'il prenne possession de sa vertu. Lentement, tout en l'embrassant avec délicatesse, il la laissa se détendre, et ses baisers eurent raison de ses frayeurs. Il entra en elle, ne brusquant pas les étapes. Lorsqu'il rencontra une certaine résistance, il sut qu'elle aurait probablement mal et lui demanda pardon avant de plonger en elle.

Il l'entendit pousser un petit cri et la serra contre lui. Elle respirait fort et vite, mais ne le repoussait pas. Pierre attendit quelques secondes, mais l'envie qu'il avait d'elle était trop forte. Il commença à se mouvoir entre ses reins à cadence régulière puis de plus en plus vite. Ses mains enfoncées dans les couvertures de part et d'autre de sa tête, il prenait son corps encore et encore, sentant le sien atteindre l'extase. Contre toute attente, il sentit les mains de Colombe saisir ses fesses comme pour marquer davantage la cadence et imposer un rythme qui lui convenait. Il la laissa faire, heureux qu'elle n'ait pas peur de lui.

Le plaisir le submergea comme une vague incandescente et il s'effondra sur elle, secoué de spasmes qui lui arrachèrent un cri presque victorieux.

Il s'allongea près d'elle, cherchant son souffle et savourant cette paix qu'il ressentait dans tout son corps et son esprit. Livré au regard de Colombe, il reprenait pied doucement après s'être abandonné au vertige, un vertige si enivrant qu'il ne voulait plus revenir à la réalité.

Une fois apaisé, il se redressa sur un coude et regarda son épouse qui n'osait pas bouger.

Étendue sur le dos, Colombe avait vu son mari prendre son plaisir et se sentait satisfaite. Elle avait aimé ses caresses et ses baisers, mais la suite s'était avérée un peu douloureuse, et l'enchantement l'avait quittée. Peut-être était-ce normal ?

— Avez-vous fini, messire ? demanda-t-elle.

— Oui, répondit-il un peu sur la défensive.

— Dois-je rejoindre ma chambre, à présent ?

— Si cela vous convient mieux, madame, vous pouvez.

— Je ne sais pas si c'est ce que je dois faire, avoua-t-elle un peu perdue, en s'asseyant sur le lit.

Pierre vit alors la tache de sang. À quoi s'était-il attendu ? À une femme pantelante de désir et de plaisir ? Il venait de prendre sa virginité, et le sang le prouvait. Elle avait sûrement eu mal.

— Je vous ai blessée malgré moi, j'en suis désolé.

Il la prit dans ses bras pour apaiser ses doutes et sa douleur, joignant ainsi les actes à la parole, mais il la sentit se raidir.

— Vous pouvez rester ici, Colombe, si vous le désirez bien entendu.

— Je préfère retourner dans ma chambre. Je… Je voudrais me laver, dit-elle en quittant déjà le lit.

Elle se leva et enfila sa chemise, ses jambes chancelaient et sa féminité lui faisait mal. Elle ramassa sa robe et ses affaires, posa celles de son époux sur une chaise puis lui souhaita bonne nuit avant de se retirer. Pierre la regarda partir à regret mais ne voulait pas se montrer trop directif ni envahissant. Il comprenait son besoin d'intimité, tout cela était nouveau pour elle.

Colombe referma la porte de sa chambre en soupirant puis jeta pêle-mêle ses affaires et se dirigea vers sa table de toilette. Elle trempa un linge dans l'eau claire de la bassine et souleva sa chemise pour se nettoyer et rafraîchir sa chair échauffée. Le linge ressortit rougi de son sang, elle le rinça et recommença l'opération.

L'eau lui faisait du bien et apaisait un peu la sensation de brûlure. Elle finit de se laver et alla se coucher. Son corps était encore imprégné de l'odeur de son mari. Pas seulement sa féminité meurtrie, mais sa peau, sa bouche, ses cheveux. Elle aurait voulu s'assoupir à ses côtés, mais elle ne s'était pas sentie à sa place. Il avait poliment proposé de partager sa couche, mais elle avait besoin de se retrouver face à elle-même. Elle était femme, à présent, et espérait que les choses évolueraient de façon plus agréable la prochaine fois. Marthe avait sûrement raison, il leur fallait du temps pour apprendre à s'apprivoiser aussi au lit.

De l'autre côté du mur, messire Pierre, allongé sur le dos, repensait au plaisir qu'il avait eu et à la déception qui avait suivi. Pourquoi avait-elle voulu retourner dans sa chambre aussi vite ? Son ego le chatouillait un peu. Il avait trouvé cela très satisfaisant pour sa part et avait même hâte de recommencer.

Était-ce de la pudeur de vierge ou est-ce qu'elle ne voulait pas prolonger cet instant parce qu'elle avait plus mal qu'elle ne voulait le dire ?

En se promettant de tout faire pour qu'elle soit heureuse, il se délecta de l'odeur de Colombe emprisonné entre les draps, et ce doux parfum l'accompagna jusqu'au petit matin.

Colombe se leva aux aurores et s'habilla simplement pour aller travailler à l'atelier, elle avait hâte de se remettre à l'œuvre. Tous ces jours de repos lui avaient fait le plus grand bien, mais l'activité lui manquait. Maintenant qu'elle avait vu les premiers morceaux de vitrail montés dans la dentelle de pierre de la cathédrale, elle n'avait plus qu'une hâte, voir la rosace en entier.

Marthe avait été surprise de la découvrir accroupie devant l'âtre dans la cuisine, relançant le feu et préparant un plateau pour son époux qui dormait encore.

— Ce n'est pas à vous de faire cela, madame, c'est mon travail.

— J'avais l'habitude de le faire pour mon père, ça ne me dérange pas, sourit la jeune femme.

— Y a-t-il quelque chose que vous voudriez me confier, mon petit ? dit Marthe avec un air maternel.

Colombe rougit et se redressa pour faire face à cette femme chaleureuse qu'elle considérait comme une amie.

— Peut-être.

— Asseyez-vous et causons un peu. Ne soyez pas gênée.

— Nous... J'ai partagé le lit de messire Pierre hier soir.

— Et ?

— Au début, je trouvais cela agréable, mais ensuite...

— Ça peut être douloureux la première fois, ce n'est pas pareil pour les hommes et les femmes.

— Il paraissait heureux, enfin je crois.

— Vous verrez, cela changera avec le temps, vous apprendrez à vous connaître, et si chacun y met du sien, cela peut être agréable pour les deux. Comment vous sentez-vous ce matin ?

— Hier soir je me suis lavée en rentrant dans ma

chambre, ce matin je me sens un peu différente. Cela tiraille un peu.

— Je dirai au maître qu'il serait sage de vous laisser tranquille ce soir. Une jeune mariée à besoin de temps.

— Je ne voudrais pas le fâcher.

— Je connais messire Pierre depuis plus longtemps que vous. C'est un homme bon et généreux. La famille est sacrée à ses yeux. Son frère a été très malade lorsqu'il était enfant, nous avons craint pour sa vie maintes fois. Les médecins ne savaient plus quoi faire, les douleurs lui paralysaient le corps, c'était terrible. Lorsque les fièvres l'ont enfin quitté, il était tellement affaibli et maigre que les médecins pensaient qu'il ne marcherait peut-être plus jamais.

— On a du mal à y croire quand on le voit aujourd'hui.

— Oui, et c'est à messire Pierre qu'il le doit.

— Mais comment ?

— Votre époux est allé sur la place du marché un jour pour accompagner son père. Là, il y avait des médecins étrangers venus exercer leurs sciences. L'un d'eux, un Espagnol, soignait des paralytiques ou des amputés avec des exercices pour renforcer les muscles. Ce fut comme une révélation pour notre maître, il allait voir son frère tous les matins et tous les soirs, il massait ses membres fragiles, lui faisait faire des mouvements en cachette. Leur mère pensait que c'était aller contre la volonté de Dieu et avait interdit à messire Pierre de rencontrer ce guérisseur espagnol. Leur père trop occupé à son travail ne prêtait pas attention à tout cela. Il avait une préférence pour votre mari et délaissait messire Eudes.

Colombe imaginait les deux frères, leur complicité

grandissante et l'abnégation dont faisait preuve son mari jour après jour.

— Mes garçons se chamaillaient bien souvent, enfants, et encore aujourd'hui, mais rien ne les séparera jamais. Je les retrouvais bien souvent ensemble dans le même lit au petit matin, ou messire Pierre endormi sur une chaise après avoir veillé son frère toute la nuit.

Marthe se moucha, émue.

— Et les exercices, alors, ont été concluants ?

— Il a fallu du temps et de la persévérance. Ils travaillaient ensemble en cachette, messire Eudes faisant les gestes préconisés par le médecin espagnol, messire Pierre concentré sur ses dessins à la lumière des chandelles. Un jour, alors que leur père rentrait d'un chantier, Pierre le fit venir au chevet d'Eudes, et là le garçon se leva et fit quelques pas encore hésitants. C'était un miracle. Convaincu par les résultats et la ténacité de votre mari, son père messire de Montreuil a fait venir le médecin espagnol qui a poursuivi le travail entamé. En quelques semaines, messire Eudes courait comme tous les garçons de son âge.

— Je comprends mieux la complicité qui les unit, sourit Colombe heureuse de ces confidences.

— Laissez-lui une chance de vous montrer ses bons côtés. Il a toujours endossé toutes les responsabilités. Il a perdu son père assez jeune et a dû devenir chef de famille à seulement seize ans. Il se retrouvait avec une mère mélancolique qui a suivi de près son époux dans la tombe, et un frère de six ans qui ne pensait qu'à rattraper le temps perdu. Il s'est jeté dans le travail pour faire honneur à son nom et à sa charge, ne prenant jamais le temps de profiter de la vie. Vous êtes une chance pour lui, il a besoin d'attention et de voir cette maison résonner de rires et de joie.

— Je ne demande pas mieux, Marthe, j'essayerai d'être à la hauteur. Je vais lui apporter ce plateau et puis j'irai à l'atelier.

— Nenni, je me charge du petit déjeuner et je vous appellerai pour le déjeuner.

— Je voulais lui proposer de lui remettre des onguents sur son dos.

— Oh je vois, dit Marthe en gloussant, déjà aux petits soins ? Allez-y, si cela vous fait plaisir.

Colombe prit le plateau et monta à l'étage, frappa à la porte et entra. La pièce était encore dans la pénombre, et aucun bruit ne lui parvenait. Elle posa le plateau sur la table et alla ouvrir les volets de bois. Le lit était vide.

Messire Pierre avait déjà quitté la maison.

Colombe en fut triste, elle avait espéré lui faire plaisir et se retrouvait seule.

Désappointée, elle redescendit le plateau à la cuisine et annonça à Marthe que le maître était déjà sorti.

— Si tôt ? Voilà qui est étrange.

— Il n'avait peut-être pas envie de croiser ma route ce matin, j'ai dû faire quelque chose qui lui a déplu.

— Qu'allez-vous chercher là, madame ? Allons, ce sont ses affaires qui ont dû l'appeler.

— Certainement, convint Colombe qui restait tout de même sur sa première impression. Je vais à l'atelier.

Elle espérait de tout cœur qu'il soit heureux à son retour de voir qu'elle avait repris le travail.

Elle éprouva un vif plaisir à retrouver ses outils et

ses verres. Pinceaux, plombs, table de travail, tout était resté tel quel. Elle aimait cet atelier et la sérénité qui s'en dégageait. Le foyer était éteint, et elle dut le rallumer, des bûches avaient été entreposées en tas à côté, sûrement une gentillesse de l'homme de charge.

Regardant le carton, elle attaqua une nouvelle pièce de la rosace. Elle chantonna et travailla ainsi toute la matinée.

À l'aube, un garde était venu chez les Montreuil. Le corps de Vilhéry ayant été retrouvé pendu dans la geôle, l'accusateur était tenu d'assister à l'inhumation.

Le maître de maison, réveillé par un de ses serviteurs, s'était vite habillé en tâchant de ne pas réveiller sa femme dans la chambre à côté, pour respecter son besoin de repos.

Un palefrenier lui apporta son cheval, qu'il fit sortir par la porte cochère, et ne le monta qu'une fois dans la rue. Il n'était même pas cinq heures du matin.

— Pourquoi si tôt ?

— Il y a une exécution au gibet de Montfaucon dans la matinée. On ne peut pas attendre trop longtemps.

— Allons-y, alors, obtempéra l'architecte en levant un regard plein de regrets vers la fenêtre de Colombe.

Ils trottèrent jusqu'à la prison du palais royal. Sur leur chemin, ils croisèrent les veilleurs de nuit qui éteignaient les lampes de la ville. Les premiers artisans se levaient, et les fourneaux s'allumèrent ici et là lorsque le couvre-feu fut levé. Une pâle lueur s'éleva de l'est, et le soleil baigna la ville de ses premiers rayons.

Sur la place devant la prison, une charrette attendait

d'emporter la dépouille du marchand jusqu'à la fosse commune. Les suicidés ne pouvaient prétendre à une bénédiction de l'église : s'étant eux-mêmes ôté la vie, ils étaient voués aux flammes de l'enfer.

Le corps de Vilhéry, roulé dans une toile de jute, fut soulevé par deux hommes de la garde et jeté dans la charrette sans ménagement. Le cadavre cogna contre un des bords, et le drap dévoila le visage macabre d'un homme décharné.

— Ce n'est pas Vilhéry ! assura l'architecte en s'approchant de près.

— Que dites-vous ?

— Vous êtes sûr ?

— Je connais son visage, et cet homme n'est pas Vilhéry ! Comment est-ce possible ?

Le soldat courut jusqu'à la prison et revint une bonne dizaine de minutes plus tard avec trois de ses compagnons qui étaient déjà partis se reposer.

— Que dites-vous, messire, bien sûr que c'est Vilhéry, vous n'avez pas vu ses vêtements ?

— Je vous dis que ce n'est pas Vilhéry, regardez son visage.

— La prison transforme les gens et…

— C'est Eustache, regarde, dit un des autres gardes.

— Le vieil Eustache ?

— Qui est cet Eustache, et où est Vilhéry ? tempêta messire Pierre qui ne trouvait pas du tout la situation à son goût.

— Il partageait la cellule de Vilhéry, c'est un vieux fou qui sème la pagaille partout où il va. Il vient de faire deux mois de prison, il est sorti hier.

— Comment ? Mais alors…
— Vous croyez que Vilhéry a pris la place d'Eustache ? Impossible, il toussait comme un blaireau et marchait tordu comme ce vieux cinglé.
— Vilhéry est intelligent et vous a dupés !
— Que faut-il faire ?
— Prévenez votre capitaine et ratissez la ville, si ça se trouve il est déjà à des lieux de Paris. Fermez les portes de la cité, avec un peu de chance nous le retrouverons avant midi, ordonna l'architecte en se faisant un sang d'encre pour son épouse.

Près des halles, un mendiant faisait triste mine, la tête couverte d'un capuchon troué, les pieds nus et sales. Il s'approcha de la maison des Vilhéry qui était gardée par la milice de la ville. Sous ces oripeaux répugnants, le marchand épiait les va-et-vient des soldats et essayait d'en apprendre davantage.
— Quand je pense qu'il s'est suicidé ! dit un voisin en sortant discuter avec la milice sur la rue.
— Son fils s'en est pris à la famille Montreuil. Il a été jeté des tours de Notre-Dame et s'est écrasé sur le parvis. Ce n'était pas beau à voir.
— Vous y étiez ?
— Non, mais les gardes m'ont raconté. Il avait agressé l'épouse de Pierre de Montreuil pour lui dérober un carnet de notes ou quelque chose comme cela.
— Voler un carnet ? Quelle mouche l'a piqué ? Alors comme cela, la lignée des Vilhéry n'est plus. J'avoue que ce marchand pompeux commençait à me taper sur les nerfs. Il était malhonnête et tout le monde le savait.

— Mais il était également créancier.

— Tant mieux pour ceux qui lui devaient de l'argent, rit le voisin, les voilà déchargés du remboursement.

— Toutes ses affaires sont confisquées par ordre du roi. Le jugement aura quand même lieu, car beaucoup de colporteurs disent avoir été volés. Il est juste que la vente des biens de ce voleur serve à réparer les torts faits à ces gens.

— Justice doit être rendue.

Maître Vilhéry ne bougea pas du coin de sa ruelle jusqu'à ce que la milice et le voisin s'en aillent. Son idiot de fils avait donc échoué ! Il lui avait confié une mission enfantine, dérober un carnet n'était pas compliqué et s'attaquer à une femme de la stature de Colombe Deverre encore moins. Cette punaise lui avait pris son fils et elle allait le payer…

Il descendit jusqu'à l'île de la Cité, les cloches sonnaient. Les gardes avaient peut-être remarqué sa supercherie, il devait rester sur le qui-vive.

— On ferme les portes de la ville ! Rentrez chez vous ! cria un garde à la foule dans la rue.

— Que se passe-t-il, nous sommes attaqués ?

— Non, on cherche un brigand déguisé en mendiant. C'est maître Vilhéry, le négociant.

— Vous parlez d'une description, Paris est plein de malheureux qui mendient dans la rue.

— Rentrez chez vous, ne discutez pas !

La garde de l'île de la Cité alerta celle des autres rives de la Seine, puis celle des divers quartiers de la ville. Au son des cloches, les portes se fermèrent bientôt.

— Ils n'ont pas tort, autant chercher une aiguille

dans une meule de foin, dit un garde à son collègue en commençant tout de même les recherches.

Pierre de Montreuil essaya de penser comme Vilhéry. À cette heure était-il repassé chez lui ? Il n'avait pas pu rentrer, la maison étant gardée par la milice. Avait-il des biens dissimulés quelque part ? S'enfuirait-il pour sauver sa misérable vie ou chercherait-il à récupérer des affaires avant de partir ? Savait-il que son fils était mort ?

Soudain, un mauvais pressentiment envahit son cœur. S'il apprenait qu'Alfred était mort en essayant de voler le carnet, s'en prendrait-il à Colombe ?

Prenant les rênes de son cheval, il partit en direction de sa maison, inquiet.

Colombe sortit dans la cour chercher un peu d'eau et de sable pour laver ses verres. Elle remplissait un petit seau avec une cruche qu'elle plongeait dans le tonneau qui se trouvait près de la cuisine. Plongée dans ses pensées, elle n'entendit pas les pas qui se dirigeaient vers elle. Elle sursauta en sentant une main se poser sur son épaule.

— Messire ? demanda-t-elle surprise en voyant son mari qui la regardait d'un air étrange.

— Vous allez bien ? Personne n'est venu vous importuner ?

— Non, pourquoi ?

— Vilhéry s'est enfui de la prison.

— Mais je croyais qu'il avait mis fin à ses jours ?

— Il a probablement tué son compagnon de cellule et a simulé sa propre mort en échangeant leurs vêtements.

— Quelle horreur !

— Je crains qu'il ne cherche à vous atteindre.

— Pour le carnet ?

— Oui, et pour Alfred également. Il pourrait nous imputer sa mort et vouloir se venger.

— Peut-être a-t-il fui Paris ?

— C'est une éventualité, mais je ne veux prendre aucun risque.

— Que dois-je faire ?

— Ne sortez pas de la maison, je veillerai à ce que la porte de la cour reste fermée. Seuls les hommes de charge feront les emplettes nécessaires, je ne veux pas prendre de risque pour Marthe non plus.

— Je vous obéirai, messire.

Il lui caressa le visage.

— Je sais.

Ce geste tendre lui fit battre le cœur, et elle rosit joliment.

— Comment allez-vous ?

Maintenant, ses joues devinrent nettement cramoisies.

Parlait-il de la nuit passée ?

— Bien, messire, comme je vous le disais, il ne s'est rien passé, lança-t-elle en noyant le poisson. Déjeunerez-vous à la maison ?

— Certes, je serai heureux que vous vous joigniez à moi.

— Je finis de nettoyer mes verres et je suis à vous. Enfin, je veux dire, prête pour le déjeuner, précisa-t-elle en bafouillant un peu.

— Vous avez repris le travail ?

— Oui, sourit-elle heureuse de ce qu'elle avait produit aujourd'hui.

— Puis-je voir ?

— Bien sûr, j'ai assemblé les verres d'un autre morceau et commencerai la peinture demain.

Ils entrèrent dans l'atelier, et l'architecte ferma la porte malgré la chaleur qui y régnait.

— Il me reste quelques plombs à poser cet après-midi, et les soudures.

— Je vois cela, commenta Pierre de Montreuil satisfait de voir émerger cette nouvelle partie du vitrail. J'ai quelque chose pour vous, ma mie. J'ai fait faire un anneau pour vous chez un bijoutier.

D'un pochon de cuir il sortit une bague ciselée et sertie d'une aventurine d'un vert lumineux.

— Le bijoutier ne me croyait pas quand je lui ai donné la taille de vos doigts.

— Comment connaissez-vous ma taille ?

— Je lui ai dit que ma bague vous allait au pouce, il en a déduit le reste. Voyons si elle sied, voulez-vous ?

Messire Pierre lui prit la main et glissa la bague sur son annulaire gauche.

— C'est parfait, dit Colombe en regardant sa main parée.

Son cœur battait vite, et elle avait chaud.

— Vous auriez pu laisser la porte ouverte, avec ce beau temps, et le foyer l'atelier est une véritable fournaise, déclara-t-elle pour masquer son émotion.

— Je ne peux pas ouvrir la porte, vous risqueriez de ne pas apprécier.

— Pourquoi donc ?

— Je doute que vous vouliez que tous nos gens me voient vous embrasser.

— M'embrasser ?

Messire Pierre s'approcha de son épouse et la prit dans ses bras.

— N'est-ce pas là une délicieuse façon de se dire bonjour, madame ?

Colombe sourit et battit des cils, un peu intimidée, mais heureuse de sentir ses bras forts l'enserrer.

— Je ne sais pas si je pourrai partager votre lit ce soir, messire. C'est peut-être encore un peu… sensible.

— Je ne venais quémander qu'un baiser. Mais si vous pensez que…

— Donnez-moi ce baiser, messire, dit Colombe qui sentait à regret l'étreinte se défaire. Je le veux.

— Le voulez-vous vraiment ?

— Oui, et beaucoup d'autres, messire. Enfin, si je vous conviens. Je sais que je ne suis pas…

— Oh ! Colombe, mon amour, vous êtes beaucoup plus que vous ne le croyez.

Il la serra contre lui pour lui prouver ses dires.

Le cœur de Colombe manqua un battement.

Mon amour ? L'avait-il appelée mon amour, ou n'était-ce que le fruit de son imagination ?

— Vous m'aimez ?

— Qu'y a-t-il de si surprenant à cela ? Je croyais que vous l'aviez compris. Que mes actes parlaient pour moi.

— Oh ! messire, je vous aime, mon Dieu comme je vous aime, pleurait-elle de joie en se jetant à son cou. J'ai prié le ciel pour que vous me regardiez vraiment, pour que je puisse éveiller un peu d'intérêt en vous.

Pierre de Montreuil embrassa sa femme avec amour et dévotion, heureux de partager ces sentiments qui le menaient à mal depuis trop longtemps. Colombe accepta le baiser et y répondit de tout son cœur.

— Demain n'est-il pas un jour saint, messire mon mari ?

— Pourquoi cette question ?

— Vous serez obligé de rester à la maison après la messe, dit-elle mutine en battant des cils. On ne travaille pas les jours saints chez les Montreuil, voyons.

— Je crois que j'aime assez votre conception des jours saints, ma chère, et je vous prouverai que partager mon lit peut être agréable. Délicieusement agréable, ajouta-t-il en reprenant ses lèvres.

Alors que la nuit recouvrait Paris de son manteau d'étoiles, Colombe, le souffle court, sentit tout son corps se contracter de volupté et gémit sous la vague qui l'emportait encore une fois. Son mari n'avait point palabré, il s'était montré attentif à son plaisir, savourant sa peau de baisers brûlants, goûtant son corps offert. La rendant fébrile et avide de lui-même. Elle ne s'était jamais sentie aussi libre que dans ses bras.

Pierre taquina la pointe d'un sein impertinent.

— Je crois que je vais attendre les jours saints avec impatience.

— J'ai honte d'avoir dit cela, le curé nous jetterait sûrement un regard plein de reproches. Je me fais l'idée d'être une pécheresse avec vous.

— Nenni, nous avons répondu aux obligations religieuses en nous rendant à la messe ce matin, et ce soir nous répondons à nos obligations conjugales, continua Pierre en mordillant la peau de ses fesses alors qu'elle s'était mise sur le ventre. Ce n'est pas ma faute si je ne peux pas te résister.

Colombe se rallongea sur le dos et le regarda avec ses yeux de chat. Douce, câline, menue, elle avait tout du petit félin caressant.

— Tu fais de moi un homme heureux, ma douce.

Elle lui sourit et lui caressa la joue.

— Alors je suis heureuse également.

— Reste avec moi cette nuit, ne repars pas dans ta chambre.

— Je serai heureuse de rester avec toi, dit-elle en le tutoyant pour la première fois.

— Peut-on dire à Marthe de mettre tes affaires ici ?

— Tu me garderais tous les jours ?

— Et toutes les nuits, confirma Pierre en s'allongeant sur elle et en lui ouvrant les cuisses.

Il la pénétra doucement et Colombe renversa la tête en arrière. Il caressa ses seins de la langue, traçant des arabesques de feu sur sa peau. Ses gémissements avaient un effet volcanique sur lui et lui enflammaient les reins. Elle était si belle, abandonnée au plaisir. Reprenant le rythme qui leur convenait, ils firent l'amour encore une fois, montant aux sommets du plaisir ensemble jusqu'à ce que leurs corps comblés et apaisés s'assoupissent l'un contre l'autre.

Au réveil, messire Pierre regarda la belle endormie qui était roulée en boule sous les couvertures comme un chaton et eut une idée. Il voulait assurer l'héritage de Colombe, comprenant que ce carnet était beaucoup plus qu'une liste de mélanges d'ingrédients pour fabriquer des verres de qualité. Il était tout ce qui lui restait de son père.

Mais il voulait faire bien davantage.

Savoir Vilhéry probablement encore à Paris n'était pas pour le rassurer. S'il arrivait à entrer dans la maison et à voler le carnet, Colombe se sentirait dépossédée.

Il eut soudain une autre idée, qui peut-être pourrait faire basculer les choses en leur faveur, mais il doutait que Colombe y consente. Peu importe, il était déterminé à l'éloigner de tous dangers, même si pour cela elle devait le haïr.

Sa décision était prise, et pour mettre son plan à exécution, il devait organiser une vente aux enchères. Et avant cela, passer chez un écrivain public.

Chapitre 14

Maison des Montreuil, quinze jours plus tard

Ce matin-là, Colombe était sortie de l'atelier après avoir passé un long moment au travail pour achever les derniers morceaux du vitrail qu'elle appelait déjà la rose du midi. Un marchand entra dans la cour pour lui apporter les derniers plombs nécessaires à la confection du vitrail.

Depuis l'arrestation de Vilhéry, et sa cavale, il avait fallu revoir l'intégralité des commandes de matériel. Heureusement, la place des halles fourmillait de vendeurs en tout genre, et accompagnée de son mari, elle s'y était rendue démarcher des colporteurs venus d'Italie.

Les biens de Vilhery allaient être vendus aux enchères, et déjà tout Paris misait sur d'éventuels achats. La bourgeoisie locale se félicitait de pouvoir reprendre la part de marché que le commerçant avait su faire malhonnêtement fructifier.

— Le bonjour à vous, madame, j'ai eu du mal à quitter la place des halles ce matin, c'est un sacré tohu-bohu là-bas. Certains campent depuis l'aube pour s'approprier les meilleures places pour la vente aux enchères.

— La vie doit reprendre son cours, même si ce scélérat n'a toujours pas été retrouvé, commenta Colombe philosophe.

— Il ne survivra pas longtemps dans les rues de Paris. Son cadavre doit déjà pourrir quelque part. Ou bien il a quitté la ville. J'aurais choisi cette option-là si j'avais été à sa place. Avoir la garde au train ne doit pas être de tout repos.

Colombe ne voulait pas s'éterniser sur le sort de cet homme détestable, d'autant plus qu'elle essayait tant bien que mal d'oublier toute cette fâcheuse histoire.

— Avez-vous la quantité demandée ?

— Oui, madame, la charrette est dehors sous bonne garde, sourit le marchand. Pouvez-vous venir inspecter le contenu ?

Colombe accepta et ferma l'atelier comme à l'accoutumée. Elle le suivit jusqu'à la porte cochère qui donnait sur la rue et sortit. Cela lui semblait une éternité qu'elle n'avait pas mis les pieds hors de chez elle. Son époux lui avait strictement interdit de sortir seule et même accompagnée de Marthe. Ses seules promenades étaient les messes dominicales sous l'escorte de messire Pierre en personne.

Devant la porte se trouvait en effet la charrette du marchand qui souleva la toile de jute couvrant la marchandise.

— J'ai trouvé exactement ce que vous aviez demandé, l'informa-t-il fier de répondre à la commande de la dame.

— Puis-je vérifier ? demanda-t-elle poliment.

— Faites donc. L'âme et le calibre correspondent en tout point.

— Je vois cela, approuva Colombe satisfaite. Entrez, ce sera plus commode pour décharger. Mon époux n'est pas à la maison, il doit être au chantier.

— Nenni, madame, il était à la commune ce matin pour organiser une vente assez spéciale, m'a-t-on dit.

— Je ne savais pas, déclara Colombe surprise par cette annonce.

— Alors vous êtes la seule à ne pas savoir qu'il y a une grande quantité de verriers de tout le royaume qui accourent aux halles depuis huit jours.

— Pourquoi donc les verriers du royaume se hâtent-ils de venir à Paris ?

— J'arrive à point nommé, dirait-on, fit l'architecte à cheval juste derrière eux. La qualité des plombs vous convient-elle, madame ?

Il souriait, visiblement satisfait de sa matinée, et cette attitude accentua le malaise de Colombe. Elle n'aimait pas penser que son époux la tenait à distance de ses projets.

— Oui, tout est en ordre. Il ne reste plus qu'à payer la somme due.

Messire Pierre sortit quatre pièces d'argent de sa bourse.

— Voilà, comme convenu. Je vous enverrai la commande pour terminer la chasse du vitrail.

— J'ai pris la liberté de faire entreposer les pièces de métal à la cathédrale. Vous verrez, c'est de la bonne qualité.

— Excellente initiative. Je gage que dans moins d'un mois le vitrail sera achevé.

Colombe garda le silence. Elle ne partageait pas

l'enthousiasme de son mari. Pourquoi faisait-il venir les verriers de la région ? Que lui cachait-il ?

Une hypothèse dérangeante commençait à germer dans son esprit. Se servirait-il de son carnet pour accroître ses bénéfices en le vendant au plus offrant ?

— Cet après-midi je serai occupé, je ne veux pas que vous sortiez, madame, j'ai demandé aux hommes de fermer la maison, lui annonça-t-il avec une certaine autorité.

— Pierre, je voudrais comprendre, dit-elle alors que le marchand entreposait les plombs devant l'atelier. Cet homme me dit que vous organisez une vente et que les verriers du royaume ont été conviés. Pourriez-vous m'expliquer ? questionna-t-elle en chuchotant.

— Pas encore, ma mie. Et je vais avoir besoin de vos talents, ajouta-t-il en posant les mains sur ses épaules, ou plutôt de ceux de votre père. Je sais que vous avez apporté des verres en jaune d'argent à votre retour d'Orléans pour le vitrail qu'Eudes vous a commandé pour son hospice du Quinze-Vingts.

— Oui, c'est exact.

— Je vais en avoir besoin.

— Je ne comprends pas pourquoi, que voulez-vous en faire ? insista-t-elle en croisant les bras sur sa poitrine pour se donner plus d'aplomb.

— Je ne peux pas vous l'expliquer maintenant, mais je vous demande de me faire confiance et de m'obéir. Aveuglément.

La discussion attirait les badauds, et Colombe se sentait mal à l'aise d'aborder un sujet personnel en pleine rue.

— En me tenant à l'écart de vos projets ?

— Oui. Si ce que je pense est juste, alors bientôt vous vous féliciterez de ma démarche. Ceci vous rapportera beaucoup d'argent.

— Comment ? Mais ce n'est pas comme cela que je souhaitais…

— Je ne puis rien vous dire encore, Colombe, mais si vous souhaitez que les choses se passent paisiblement entre nous, contentez-vous de me laisser agir.

Colombe fulminait et se jura de sortir voir par elle-même ce que son mari tramait.

— Jurez-moi que vous resterez gentiment ici, jusqu'à ce que je revienne ce soir, dit-il solennellement en lisant dans ses pensées.

— Vous n'allez pas vendre mon carnet, n'est-ce pas ? demanda-t-elle pour le mettre au pied du mur en levant son regard courroucé vers lui.

— Si, répondit-il en la fixant dans les yeux, c'est exactement ce que je vais faire.

Le choc que reçut Colombe lui fit l'effet d'un coup violent. Elle recula d'un pas et le regarda horrifiée.

— Comment pouvez-vous faire une chose pareille ?

— Je vous demande de me faire confiance, Colombe, n'ai-je pas prouvé que je tenais à vous et que votre bonheur m'incombait ?

— Il ne s'agit pas de cela mais de ce qui m'appartient ! C'est… de la trahison, finit-elle par lui jeter au visage.

Pierre croisa les bras sur sa large poitrine et fronça les sourcils.

— Comme une épouse obéissante, vous allez monter dans votre chambre et attendre patiemment que je revienne. Là, et là seulement, je vous donnerai des explications.

— Non, je refuse de voir mon carnet vendu au plus offrant, Pierre, je vous en conjure, ne faites pas cela, je ferai tout ce que vous me demanderez, mais par pitié, ne faites pas cela !

La réaction de l'architecte ne se fit pas attendre.

— Cessez, femme, je manque de temps ! Que décidez-vous ? D'obéir ? Ou dois-je vous conduire moi-même à votre chambre et vous y enfermer comme une gamine capricieuse ?

Colombe sentait son cœur se serrer. Elle ne comprenait pas pourquoi il lui faisait cela. Il connaissait la valeur de ce carnet et surtout ce qu'il représentait pour elle. Qu'avait-elle fait de mal pour mériter pareil mépris ?

— Pourquoi tenez-vous à m'humilier et à me blesser de la sorte ? dit-elle d'une voix blanche.

— Je vendrai votre carnet, ma chère, car ceci représente votre dot et que j'ai le droit en tant qu'époux de l'administrer à ma guise.

Pierre se montra dur volontairement, sachant qu'il brisait le cœur de son épouse, mais il ne voulait surtout pas que Colombe tente de le suivre et fasse capoter son plan. De plus, si elle croisait le chemin de Vilhéry, ce dernier serait capable d'attenter à sa vie. Il voulait la protéger à tout prix, et d'elle-même s'il le fallait.

Dans la rue, les gens s'étaient arrêtés pour assister à cette scène de ménage. Les uns riaient de l'infortune de la dame, d'autres regardaient d'un air réprobateur, trouvant cela un peu fort d'étaler ainsi une dispute privée devant tout Paris.

Tout cela ressemblait à une farce. Colombe n'avait jamais vu son mari se comporter de la sorte en public.

D'ordinaire, il était discret et pondéré, ne parlant qu'avec justesse et à-propos. Là, il fanfaronnait et faisait preuve d'un autoritarisme démesuré.

— Qu'est-ce que vous vendez aux enchères ? demanda un voisin en se mêlant de la conversation.

— Venez sur la place des halles à trois heures cet après-midi et vous le saurez. Faites circuler l'information, braves gens. Il y aura de nombreux biens en vente aujourd'hui, de quoi investir votre argent ! cria l'architecte à la volée.

Colombe tenta une dernière fois de le ramener à la raison.

— Messire, je vous conjure de revenir sur votre décision, vous pourriez le garder pour vous et ouvrir votre propre verrerie. Je vous en supplie, ne jetez pas tout cela au plus offrant, c'est le travail de toute une vie !

Pierre la regarda avec autorité en lui montrant la porte cochère du doigt.

Colombe était atterrée. Rien ne semblait émouvoir son mari.

— Je vous ai demandé de rentrer chez nous, madame, dit fermement messire Pierre. Paris n'a pas besoin d'entendre vos jérémiades !

Dans la rue, l'attroupement s'agrandissait, et chacun y allait de ses commentaires.

— Une vente aux enchères, ça vaut peut-être le coup d'y aller, fit un voisin.

— Par curiosité, en tout cas, je n'ai plus d'argent à dépenser. Mais si messire de Montreuil le dit, c'est que ça vaut le détour, affirma un autre.

— Il a l'air d'avoir des soucis en ménage, rit une femme.

— Il ne lui a pas laissé le choix, mais elle a du tempérament, la petite dame !

— Contredire son mari en public ne se fait pas, enchérit une ménagère qui revenait du marché, un panier de légumes sur la hanche.

— C'est la fille d'un verrier d'Orléans, ajouta le voisin pour expliquer le manque de manières de la nouvelle épousée.

— Peu importe, maintenant elle est la dame de Montreuil, elle ferait mieux d'apprendre à se tenir si elle ne veut pas se faire battre par son époux.

La foule se dispersa, et la rue retrouva son apparence habituelle.

Calé contre un mur dans un renfoncement, un homme n'avait rien perdu du spectacle. Maître Vilhéry, ou plutôt ce qu'il en restait, avait observé la scène avec attention. Personne n'aurait jamais ce carnet si lui ne pouvait l'obtenir. Il se leva maladroitement. La veille, il s'était fait attaquer par des chiens errants et avait été mordu à la cheville. La douleur était insoutenable et la plaie béante. Il était tellement fou de rage qu'il était resté non loin de la porte des Montreuil, attendant de voir sortir ceux qu'il s'était juré d'exterminer. Mais jusqu'ici, il n'avait rien pu tenter, la dame était toujours accompagnée de son mari, et la porte surveillée jour et nuit.

La faim lui tordait l'estomac, et il s'était nourri d'épluchures de légumes qu'une femme avait jetées aux ruisseaux. S'appuyant sur un morceau de bois qui lui servait de béquille, il se dirigea avec peine vers la place des halles.

Dans la maison, l'ambiance était tendue, Colombe ne lâchait rien et exigeait des explications.

— Vous ne pouvez pas faire cela, messire, insista-t-elle en le poursuivant alors qu'il montait à l'étage par le perron extérieur.

— Si, je le peux, et je vais le faire, madame.

— Je vous en empêcherai ! menaça-t-elle en relevant si vite la tête que son voile et le cercle d'argent atterrirent au sol.

— Ah oui ? Je me doutais que sous cette tignasse désordonnée, vous fomentiez déjà un plan pour me contredire, s'esclaffa-t-il en lui ébouriffant les cheveux.

— Et cela vous surprend ? dit-elle vexée en ramassant ses affaires.

— Non, je l'avoue, et voilà pourquoi je vais vous enfermer de ce pas dans vos quartiers.

Joignant le geste à la parole, il attrapa Colombe et la fit basculer la tête en bas par-dessus son épaule, comme s'il portait un sac de blé.

— Non ! Lâchez-moi ! À l'aide !

Colombe tambourinait le dos de son époux de ses poings et se tortillait, essayant sans succès de descendre sur ses pieds.

— Mais qu'est-ce que c'est que ce vacarme ? fit Marthe en montant quatre à quatre les escaliers. Messire ! Oh ! madame ! Mais que…

Éberluée, la bonne vit son maître chargé d'un fardeau hurlant qui le maudissait et le menaçait de représailles.

— Marthe, veille à ce que mon épouse ne quitte pas sa chambre, je t'en tiendrais personnellement pour responsable si elle parvenait à s'échapper, dit-il en laissant Marthe le suivre.

— Oui, messire, mais puis-je savoir ce qui vous prend ? Que se passe-t-il ?

— Mon épouse va se faire une joie de te décrire quel horrible mari je suis, assura l'architecte en entrant dans la chambre de Colombe, où il la remit debout.

Elle releva la tête et lui jeta un regard meurtrier.

Les larmes de sa femme lui tordaient le cœur, mais Pierre de Montreuil devait faire en sorte que personne ne puisse lui faire du mal. Tant que Vilhéry ne serait pas mort et refroidi, il ne serait pas en paix. De plus, le carnet représentait un bien trop grand danger pour être gardé ici même.

Il regarda son épouse, se pencha vers elle et déposa un baiser sur son front. Colombe resta de marbre.

— Le baiser de Judas, dit-elle méchamment.

L'architecte se raidit également et sortit en refermant la porte.

Le bruit de la clé qu'on glisse dans la serrure se fit entendre et le verrou tourna, laissant Colombe seule avec ses regrets et sa peine. Son mari l'avait trahie, son cœur se brisait en mille morceaux. Elle s'agenouilla par terre et pleura à chaudes larmes.

L'assemblée était bruyante, et chacun essayait de se trouver une place. Une petite estrade avait été montée pour le juge des enchères, et chacun des lots de maître Vilhéry fut présenté.

La maison, tout d'abord, revint à une riche famille de tisserands qui avait déjà pignon sur rue. Le nouveau propriétaire se leva sous les applaudissements et vint signer l'acte d'acquisition. Satisfait, il alla de ce pas prendre possession de sa nouvelle demeure. Alors qu'on présentait des tapisseries de prix, Eudes, qui venait d'arriver, trouva son frère debout près des organisateurs de la vente.

— Il paraît que tu vends le carnet de maître Jacques, est-ce vrai ? demanda le jeune homme d'une voix calme.

Messire Pierre connaissait trop son cadet pour prendre cette question à la légère. Plus Eudes se montrait sérieux et tranquille, plus il était en colère.

— Oui, répondit-il laconiquement.

— Colombe est au courant ?

— Oui.

— Elle est d'accord ?

— Non.

— Je m'en doutais, as-tu perdu la raison ou veux-tu qu'elle t'arrache les yeux ? Où est-elle, d'ailleurs ? s'emporta Eudes.

— Enfermée à double tour dans sa chambre.

— Comment ?

— Je n'ai pas eu le choix, elle serait venue me faire un scandale, sinon.

— Je ne comprends plus rien, mais que fais-tu ?

— Je sers d'appât, Eudes, je pensais que tu l'aurais compris, sourit Pierre en espérant que son plan puisse marcher. J'ai fait une jolie scène en pleine rue, et Colombe a été remarquable de sincérité. Je regrette de lui avoir fait de la peine, mais je ne pouvais faire autrement. Tant que Vilhéry sera dans le coin, je ne dormirai pas tranquille.

— Où est le carnet ?

— Là, au milieu des autres lots, dit messire Pierre

avec un geste du menton, en indiquant la table installée pour l'occasion devant le juge des ventes.

— Sans plus de surveillance ? Tu veux te le faire voler ou quoi ?

— Non, surtout pas de surveillance. Continuons à discuter et à scruter la foule en même temps, nous n'aurons pas trop de deux paires d'yeux pour débusquer Vilhéry.

— Tu crois vraiment qu'il viendra ?

— Attiré comme un rat par le fromage, acquiesça l'architecte. S'il est encore en vie, il viendra. Ce fou risquerait tout pour ce carnet, puisque c'est sa seule chance de s'en sortir financièrement. Je crois que c'est même devenu une obsession pour lui.

Les tapisseries trouvèrent acquéreurs. Ce fut au tour de la vaisselle d'argent et d'étain d'être placée en évidence sur la table de présentation.

— Voici un très beau lot de vaisselle, argent et étain, assiettes, cuillères et couteaux en corne. La mise à prix est de 10 sols d'argent !

— C'est cher ! commenta quelqu'un dans l'assemblée.

— Il y en a pour 2 livres d'argent, monseigneur, c'est donné, au contraire.

— Ça ferait une belle pièce pour la dot de notre fille, dit une bourgeoise à son mari. Il lui faudra de la vaisselle pour s'établir.

— Alors 15 sols d'argent, clama le bourgeois pour satisfaire son épouse.

— Vingt, en proposa un autre.

Pierre de Montreuil regarda autour de lui sans apercevoir de mendiant ressemblant de près ou de loin à maître Vilhéry.

— Attends de présenter le carnet, nous verrons bien, lança Eudes qui sentait l'impatience de son aîné.

— J'ai de quoi l'appâter et retenir son attention.

Alors que les enchères se clôturaient autour de la vaisselle, messire Pierre fit monter une table et deux tréteaux sur le côté de l'estrade. Il regarda l'orientation du soleil et plaça les verres fabriqués par maître Jacques avec sa technique du jaune d'argent peu avant sa mort. La lumière leur conférait un éclat magique.

— Qu'est-ce donc, messire Pierre ?

— Quelle technique ! Qui a fait cela ? demanda un verrier.

— Je vous réserve une surprise pour tout à l'heure, messeigneurs : un carnet qui sera le point culminant de cette vente, répondit l'architecte en prenant un air théâtral.

— Puis-je poursuivre ? interrogea sèchement le juge des ventes.

La foule se mit à rire, et messire Pierre joua le contrit.

— Mais faites donc, juge, pardonnez-moi cet écart aux règles.

— Je comprends votre impatience, messire Pierre, ce n'est pas tous les jours qu'on voit une profession ainsi rassemblée, dit le juge radouci en remarquant l'intérêt que les verriers portaient aux verres exposés.

Les verriers s'étaient attroupés, et Pierre promit de leur montrer les verres en détail lorsque viendrait le tour de sa vente.

— Messire Pierre, vous perturbez les enchères ! fit de nouveau le juge des ventes en tapant l'estrade de son marteau pour que la foule se taise.

— Pardonnez-moi, il est vrai que cette technique rapporterait beaucoup de profit à celui qui saurait la copier. Maître Jacques Deverre n'était pas n'importe quel verrier, c'est à lui que le roi a confié la Sainte-Chapelle et même la rosace sud de la cathédrale Notre-Dame.

— Allons, allons. Reprenons maintenant avec des meubles de qualité, lits, buffets, coffres et lingerie.

Plusieurs offres fusèrent, et ce fut un homme de loi qui finalement rafla la mise.

— Regarde sur ma droite, dit Pierre à son frère. Le boiteux là-bas, je crois que c'est lui.

— Si, c'est lui, confirma Eudes en faisant une salutation appuyée à une jolie femme dans la foule.

— Qui est-ce ? demanda Pierre curieux.

— Pas la moindre idée, c'est juste pour agacer dame Flavie qui vient d'arriver avec messire Tristan, regarde.

Visiblement Eudes atteignit son but, car dame Flavie semblait outrée.

— Pourquoi est-elle là ?

— On m'a dit que tu vendais le carnet, alors j'en ai déduit que tu vendrais également les pièces déjà réalisées par maître Jacques. Je voulais les racheter pour le Quinze-Vingts. Dame Flavie a insisté pour venir…

— Trop tard, Eudes, je ne peux pas vendre quelque chose qui ne m'appartient pas.

Eudes leva un sourcil contrarié.

— Mais que dis-tu ? Ne t'apprêtes-tu pas à vendre ce carnet ?

— Non. Pas vraiment. Celui-ci est un faux.

— Comment ?

— Une copie truffée d'erreurs, mais qui peut passer

pour l'original. L'écrivain public a bien travaillé, un véritable faussaire, je dois lui accorder. Tu vois le brasero là-bas ? Quoi qu'il arrive aujourd'hui, ce carnet finira au feu. Dès que ce rat de Vilhéry se présentera, nous l'arrêterons, et je m'arrangerai pour qu'il voie le carnet flamber.

— Et tous ces verriers venus des quatre coins du royaume ?

— Ils auront vu Paris, n'est-ce pas une agréable promenade ? sourit l'architecte en saluant des voisins qui venaient d'arriver à la vente.

— Et c'est moi le vilain de la famille ? Je dois avouer que tu m'épates, Pierre. Attention, Vilhéry arrive, ne bouge pas, il est à moins de dix mètres.

Les Montreuil gardèrent une apparence décontractée pour tromper l'ennemi.

Maître Vilhéry regardait les deux frères qui discutaient et semblaient passer un agréable moment à pavoiser comme des coqs sur la place, alors que son fils gisait dans la fausse commune et que lui se traînait boiteux et mendiant sur une béquille de fortune. La haine qui l'habitait lui faisait perdre la raison.

La vente aux enchères de ses affaires se termina, lui laissant un goût amer de défaite. Mais il n'était pas venu pleurer sur son passé de bourgeois, ce qui l'animait était plus viscéral. Les savoirs de maître Jacques ne seraient peut-être jamais siens, mais il empêcherait cet homme de passer à la postérité avec sa technique de jaune d'argent. On oublierait peut-être le nom de Vilhéry, mais celui de Deverre allait disparaître également.

Les verriers s'alignèrent les uns derrière les autres et vinrent inspecter les verres exposés, posant mille questions et admirant le travail remarquable.

— Ces verres sont-ils à vendre également ?

— Non, ils appartiennent à messire Eudes, mon frère et architecte de métier. Ils sont destinés à un vitrail pour l'hospice des Quinze-Vingts que Sa Majesté lui a commandé.

— Et vous certifiez que la formule décrite dans ce carnet donne cet effet ?

— Assurément, les verriers de maître Jacques ont fourni ce travail juste avant sa mort. J'ai épousé sa fille et je me porte garant de ces notes.

— Maître Jacques faisait aussi un rouge à part, très fin, qu'il superposait sur un verre classique, ce qui lui donnait toute sa clarté.

— Connaisseur, sourit messire Pierre sans quitter des yeux le mendiant qui approchait sur la droite.

Il posa volontairement le carnet juste à côté du brasero qui était allumé. L'huile qui y avait été versée flambait vivement.

— Allons, messeigneurs, préparez vos bourses, une seule personne fera fortune avec ces secrets de fabrication !

— Personne ne l'aura ! lança Vilhéry en bondissant comme un diable.

Il se saisit du carnet et le jeta dans le brasero. Il y eut un mouvement de foule, et sa béquille se prit dans la table. Il bascula en arrière. Heurtant le récipient d'huile bouillante, il le renversa sur lui et finit en torche humaine, hurlant et gesticulant comme un fou.

La foule s'écarta en criant, alors que la carcasse en flammes de Vilhéry s'affalait au pied de l'estrade.

Un silence ému couvrit l'assemblée qui regardait choquée autant que dégoûtée les restes du mendiant.

— Qui était ce malheureux ? demanda un des organisateurs de la vente.

— Maître Vilhéry, il était recherché par la garde pour vol, ça fait quinze jours qu'il s'est enfui de la prison du palais.

L'odeur de chair brûlée levait le cœur. L'amas noir et calciné fumait encore.

— J'ai apporté de l'eau ! hurla un garçon arrivant avec un seau d'eau qui lui éclaboussait les chausses.

— Surtout pas ! répliqua une femme de verrier. Il y a de l'huile par terre, cela ferait courir le feu un peu partout ! Ne touchez à rien, laissez-le s'éteindre de lui-même.

— Oh ! messire, le carnet a été brûlé ! dit un autre verrier en regardant les pages carbonisées.

Un brouhaha s'éleva encore une fois. La déception était palpable, et quelques jurons de mécontentement fusèrent çà et là.

— La vente est annulée, messeigneurs, l'objet a été détruit. Je suis navré, messire Pierre, veuillez signer le registre, déclara le juge désolé de la tournure des événements.

Les verriers secouèrent la tête, dépités de repartir bredouilles, et quittèrent la place en quelques minutes navrés d'avoir perdu leur temps.

— Restez ! intervint l'architecte faisant semblant de les retenir et d'être affligé par l'ampleur de la catastrophe.

Eudes attendit que les gens soient partis et ne put s'empêcher d'applaudir.

— Très bon acteur, je te félicite.

— Il va me falloir travailler ma prestation en rentrant à la maison.

— Tu vas lui dire la vérité ?

— Non, pas tout de suite.

— Pourquoi ?

— Elle pense qu'elle ne vaut que par ce carnet. Je veux qu'elle comprenne que je ne l'ai pas épousée pour cela.

— Dis-moi, mon frère, serais-tu amoureux de cette petite fée ? questionna Eudes sérieusement.

— Je ne le nie pas.

— Et que pense-t-elle de tes sentiments ?

— Ils étaient les bienvenus, jusqu'ici…, grimaça l'architecte. Je lui réserve une surprise, j'espère qu'elle l'appréciera.

— N'aurait-elle pas eu son lot de surprises pour aujourd'hui ? tenta Eudes voulant lui expliquer que la paix valait mieux que les cadeaux.

— Je vais réhabiliter le nom de son père. Un de mes contacts m'a dit que les livres de comptes de Vilhéry retraçaient la moindre dépense ou recette. Je veux savoir s'il a payé le juge lors du procès contre maître Jacques. Si c'est le cas, nous devrions en trouver une trace.

— Et ensuite ?

— J'ai déjà fait appel aux verriers de son père. Elle sera propriétaire d'une verrerie. Tout sera à son nom.

— Colombe de Montreuil ?

— Non, Colombe Deverre. Elle sera Montreuil si elle le souhaite.

— Tu fais preuve d'une grande largesse d'esprit, pour un homme aussi rigoriste que toi.

Eudes était sincèrement touché des efforts que faisait son frère pour conquérir sa bien-aimée.

— Je veux ce qu'il y a de mieux pour elle. Même si c'est sans moi. À côté de la verrerie, il y a une masure confortable et cossue, elle pourra s'y établir si elle le souhaite.

— Pourquoi te séparer d'elle si tu l'aimes ?

— Justement parce que je l'aime. Je veux qu'elle me choisisse librement, pas parce qu'elle croit qu'elle a une dette envers moi.

— Je comprends, mon frère, et je te souhaite d'être heureux, dit Eudes en lui donnant l'accolade.

Ce soir-là, lorsque Pierre de Montreuil rentra chez lui, il ouvrit la porte de la chambre de Colombe et lui proposa de sortir pour dîner avec lui, mais elle refusa. Lorsqu'il frappa une nouvelle fois à sa porte à la nuit tombée, il ne reçut qu'un silence en guise de réponse et s'en contenta pour le moment.

Il regrettait la situation, mais certes pas sa décision. Ils pouvaient trouver la paix et avoir un avenir, maintenant que Vilhéry n'était plus une ombre menaçante au-dessus d'eux. Il avait le temps devant lui et il savait se montrer patient. Colombe finirait sûrement par comprendre qu'il n'avait pensé qu'à ses intérêts et que son seul souci était sa sécurité, et si Dieu le voulait, son bonheur. Il se coucha donc seul avec ses espérances, priant Dieu de venir éclairer le cœur de son épouse dans la nuit.

Roulée en boule sous ses couvertures, Colombe ne cessait de pleurer. La trahison de Pierre lui avait brisé le cœur. Elle qui lui avait si volontiers donné le carnet. Le carnet qui de toute façon lui revenait de droit, en guise de créance ou de dot, chacun pouvait y mettre le mot qu'il voulait.

Qu'allait-il faire avec l'argent gagné ? L'investir pour leur famille ? Travailler à de nouveaux projets ?

Colombe joua nerveusement avec son alliance et la serra contre son cœur. Ce carnet était ce qu'elle avait de plus précieux à lui offrir, et il l'avait vendu.

Comment peut-on échanger des sentiments contre de l'argent ?

Elle s'endormit malheureuse sur ces pensées, mais ses rêves furent agités. Elle se leva au petit matin et demanda à son père de veiller sur elle, comme elle le faisait chaque fois que le soleil se levait sur un nouveau jour.

— Qu'aurais-tu fait, père ? demanda-t-elle en parlant à voix haute.

Elle se souvenait de l'amour de ses parents, et de l'histoire que son père lui avait contée de leur rencontre et de la façon si courageuse que sa mère avait eue de le courtiser. L'amour était la seule chose qui comptait.

La douleur de la trahison submergeait son cœur comme un poison acide. Pierre aurait au moins pu lui en parler. S'il l'avait fait, elle aurait peut-être compris sa démarche. Mais au lieu de cela, il prenait les décisions et lui imposait son point de vue sans qu'elle puisse s'y opposer. Et pourtant, de nombreuses fois ils avaient partagé leur avis et discuté ensemble. À cet instant, il lui manquait terriblement.

Petit à petit, elle mit ses pensées en ordre, et l'évidence s'imposa à elle avec une clarté qui lui mit du baume au cœur.

Elle aimait messire Pierre plus que tout, se dit-elle en se redressant. Bien plus que ce carnet ou que sa propre vie. Elle voulait le voir, lui dire à quel point elle avait été triste, mais aussi qu'à présent elle comprenait que ses sentiments et l'engagement de leur mariage ne dépendaient pas d'un carnet mais d'eux et d'eux seuls.

Il n'aurait pas dû le vendre sans lui en parler, c'était certain, mais elle ne voulait pas gâcher leur rapport en lui donnant tous les torts. Après tout, les investissements gagnés grâce au carnet pourraient faire fleurir les affaires des Montreuil et donc aider à construire un avenir heureux pour leurs enfants. C'était comme une pierre à l'édifice et non l'édifice tout entier.

Elle voulait voir son mari à l'instant, poussée par l'amour qui animait son cœur et espérant qu'il l'écouterait cette fois-ci.

Nerveuse, elle se leva et passa une main dans ses cheveux, posa un châle sur ses épaules et sortit de sa chambre pieds nus. Elle ouvrit la porte de l'appartement de son époux sans frapper et se glissa à l'intérieur. Déjà levé, messire Pierre était en train de mettre sa tunique.

— Bonjour, dit-il avec un sourire un peu triste.

Elle le regarda, ne sachant par où commencer, sentit ses yeux briller et essaya de contenir ses émotions. Tant de questions se bousculaient sur ses lèvres.

Messire Pierre se dirigea vers son écritoire et ouvrit le tiroir. Il en sortit le carnet de son père et le lui tendit en souriant.

— Mais... vous ne l'avez pas vendu alors ? demanda-t-elle incrédule.

— Oui et non.

— Vous ne m'aidez pas beaucoup.

Il avait une surprise de taille pour son épouse aujourd'hui et espérait que cet acte d'amour plaiderait pour lui et toucherait son cœur.

— Si vous vous préparez et que vous acceptez de me suivre sur la Seine, je vous expliquerai tout, lui promit-il en lui prenant la main pour y déposer un baiser.

— Me préparer ? Oui, bien sûr, dit-elle en regardant sa chemise et ses pieds nus.

Colombe rebroussa chemin et, après une toilette succincte, s'habilla aussi vite qu'elle put. La curiosité lui donnait des ailes, et elle avait hâte de retrouver son mari.

Une dizaine de minutes plus tard, elle descendait dans la cour où messire Pierre avait fait seller son cheval. Il la hissa dessus en la soulevant par la taille et enfourcha la monture à son tour.

— Pourquoi les bords de Seine ? demanda-t-elle curieuse.

— Pour les fours et la verrerie, dit-il sachant qu'il éveillerait encore davantage sa curiosité.

Colombe se retourna et regarda son époux.

— Vous construisez une verrerie ?

— Votre verrerie, ma douce. Je l'ai fait inscrire à la commune sous le nom de verrerie Deverre. Les verriers de votre père y travailleront bientôt. La plupart d'entre eux sont arrivés il y a quelques jours d'Orléans et s'installent dans leurs logements.

— Vous avez fait tout cela ? Pourquoi ?

— Pour vous, pour nos enfants, pour le nom de votre père. Il y aura bientôt un jugement pour le réhabiliter. J'ai bon espoir de prouver les malversations de Vilhéry au juge qui a condamné votre père.

Des larmes de joie coulaient sur les joues de Colombe et sur son nez couvert de taches de rousseur, elle pleurait et riait à la fois.

— Merci, mille fois merci, Pierre. Qu'est-ce qui vous a fait changer d'avis ?

— Rien. Je n'ai jamais eu l'intention de vendre le carnet de votre père, madame.

— Mais pourquoi cette vente aux enchères, alors ?

— Pour débusquer Vilhéry, j'avais fait faire une copie du carnet chez un écrivain public, avec des fausses formules évidemment. Une copie très réussie. Il a essayé de la dérober, et s'est fait prendre.

— Il a été arrêté ?

— Non, il est mort, je ne souhaite pas épiloguer sur sa triste fin. Sachez qu'il ne viendra jamais plus nous nuire.

— Pourquoi ne pas m'en avoir parlé, Pierre, je vous aurai aidé, dit-elle avec fougue.

— Je voulais vous protéger. Vilhéry aurait pu tenter de vous blesser. J'ai déjà eu la peur de ma vie en vous voyant suspendue dans le vide à cause d'Alfred, alors je n'ai pas voulu revivre cela.

— Si vous me l'aviez dit, je serais restée sage. Je vous aurais obéi, messire, je le jure.

— J'ai douté de votre impartialité, je l'avoue, j'ai peut-être fait une erreur en vous éloignant de mes plans. Je suis désolé de vous avoir fait tant de peine, mon intention était de vous protéger, quitte à vous mentir.

— Ne le faites plus, messire, nous formons une bonne équipe. J'aimerais que vous me voyiez en alliée.

— Vous êtes bien plus que cela, madame, dit l'architecte en la serrant contre lui tout en dirigeant sa monture.

Heureux d'avoir été francs l'un avec l'autre, ils arrivèrent sur les bords de la Seine, devant des ateliers, et furent accueillis par Thomas et Thérèse.

— Sainte Vierge Marie, mademoiselle Colombe, j'avais bien cru ne jamais vous revoir ! Par quel miracle êtes-vous à Paris ?

— Une longue histoire, Thérèse. Colombe et Colomban étaient la même personne. Et j'ai décidé de garder l'apprenti à l'atelier et d'épouser la demoiselle, sourit messire Pierre.

— Oh ! mon Dieu, et dire qu'on n'y a vu que du feu, dit Thérèse en levant les mains au ciel.

— J'avais bien un petit doute, intervint Thomas pour se faire valoir.

— Pfff ? Toi ? Tu ne remarques jamais rien, le taquina Thérèse en s'accrochant au bras de son mari.

Les verriers vinrent les saluer, et tous commencèrent à s'enthousiasmer au sujet des futures possibilités de production.

— Avec les formules de maître Jacques, nous ne manquerons pas de clients, se réjouirent les hommes.

— J'espère avoir la préférence pour mes chantiers, sourit messire Pierre.

— Certainement, puisque la manufacture est à vous, dit Anthony le souffleur qui était accompagné de Mariette et de leurs enfants.

— Nenni, tout appartient à mon épouse.

Les verriers se regardèrent surpris puis applaudirent cette décision peu commune.

— Colombe, puis-je vous parler en privé un instant ?

L'architecte se fit galant et lui proposa son bras pour faire quelques pas et s'éloigner du groupe.

— Bien sûr, messire.

Ils empruntèrent un chemin qui àmenait à une maison large et confortable. Il y avait des églantines et des iris jaunes dans le jardinet.

— Cette maison est pour vous, si vous voulez.

— Elle est très jolie, dit Colombe sans comprendre où son mari voulait en venir.

— Je suis heureux qu'elle vous plaise. Je veux que vous soyez heureuse, Colombe, poursuivit-il du fond du cœur, alors prenez cette verrerie, faites ce pour quoi Dieu vous a mise sur terre et habitez ici, si cela vous convient. Mais ne m'oubliez pas, passez de temps à autre me voir.

Il lui souriait tristement en caressant son visage.

— Mais Pierre, pourquoi me reléguer ici si cela vous rend triste ?

— Parce que je vous aime, ma mie, et que je veux vous savoir heureuse.

Cet aveu tant espéré la laissa sans voix quelques secondes, elle lui prit la main et tâcha de trouver ses mots. Mais une joie immense la fit sourire et rire, Colombe mit la main sur sa bouche, surprise de sa réaction. Son cœur débordait d'une joie immense. Elle se jeta contre son mari et l'enserra de ses bras.

— Je ne puis l'être loin de vous. Je vous aime plus que tout.

Messire Pierre lui releva le menton et vit tout son

amour à travers le regard clair et plein de confiance qu'elle lui adressa.

— Je veux rester avec vous, vivre avec vous, partager votre vie.

Le temps sembla se figer et les emporta dans un espace qui leur appartenait en propre, loin de Paris, loin de la cathédrale Notre-Dame, loin de la verrerie.

— Je suis architecte et vous maître verrier. On devrait pouvoir trouver un terrain d'entente, sourit-il en déposant un baiser sur son nez.

— Associés ? dit-elle en lui tendant la main sérieusement.

— Partenaires, accepta Pierre en lui serrant la main. Je suis fou de toi, ma Colombe.

Il la souleva dans ses bras et l'embrassa passionnément. Ils avaient trouvé un accord, une façon à eux de partager leur vie, de s'aimer et de se faire confiance.

Les églantines et les iris furent témoins de leur rire, de leur serment d'amour et de leurs baisers.

Épilogue

Cathédrale Notre-Dame de Paris,
solennité de la Nativité

Il faisait froid dehors, et le parvis de Notre-Dame était recouvert de neige. Malgré la rigueur de l'hiver, le soleil baignait la ville de ses rayons. Les cloches de la cathédrale battaient dans le vent et invitaient tous les Parisiens à venir à la grand-messe. Le roi inaugurait la rosace du mur sud.

Après l'office, le roi reçut Pierre de Montreuil et son épouse.

— Voilà qui est fait, madame, je ne puis que m'incliner devant votre travail. Vous méritez des éloges.

— Merci, Votre Majesté, rien n'est trop beau pour Dieu, dit Colombe émue.

— Messire Pierre, j'ai ouï dire que vous aviez monté une verrerie en face de l'île de la Cité ? poursuivit le souverain à qui rien n'échappait.

— Oui, mon épouse en a fait une sorte de coopérative de verriers, ainsi chacun y apporte son savoir-faire sans être sous la houlette d'un maître.

— Et cela évite que Paris apprenne que votre épouse tire les ficelles de la verrerie, intervint la reine.

— Une fois sur place il est difficile de ne pas l'apprendre, répondit l'architecte avec un sourire.

La reine émit un joli rire, et le roi lui prit le bras avec affection.

— Je ne vais plus aussi souvent à la verrerie qu'avant, dit Colombe en posant une main douce sur son ventre arrondi. Je vais bientôt avoir de l'occupation, et les verriers s'en sortiront très bien sans moi pendant quelques mois.

Colombe leva les yeux encore une fois sur son chef-d'œuvre. La lumière idéale de cette journée d'hiver baignait la cathédrale de taches multicolores. Seul son époux avait remarqué le détail de la signature qu'elle avait peinte sur une des scènes du vitrail.

Elle avait accolé le nom de son père et le sien : JCD, pour Jacques et Colombe Deverre.

En ce jour de solennité, Colombe sentait la présence de ses parents autour d'elle tels des anges bienveillants. Lorsque Pierre vint lui prendre la main pour la ramener chez eux, Colombe sourit, comblée. La vie ne pouvait lui en donner davantage.

Une fois dans le cocon de leur chambre, Colombe prit place sur le lit et défit sa cape. Elle regarda Pierre déposer une bûche dans l'âtre et sourit.

— As-tu pensé à des prénoms ?

— Épargne-moi Eudes et je suis prêt à tout accepter, rit Pierre en venant s'asseoir à ses côtés.

Colombe lui donna un petit coup de coude dans les côtes et rit également.

— Il ferait un bon parrain pourtant, dit-elle en posant les mains sur son ventre.

Pierre embrassa ce ventre qui portait la vie qu'ils avaient créée, puis déposa un tendre baiser sur les lèvres roses de son épouse.

— Je sais, garde le secret jusqu'au bout, sinon il fanfaronnerait jusqu'à ton accouchement. Jacques me paraît bien pour un garçon. Ou Colomban, sourit Pierre en la faisant s'allonger sur le lit.

— Tricheur, je suis si grosse que je ne vais plus pouvoir me relever.

— Alors je serai obligé de te garder au lit… Tant mieux !

Il déposa des baisers fiévreux sur le cou de son épouse.

— Et pour une fille ? Je proposerais bien Pétronille en féminin de ton prénom.

— Je t'aime.

— Ce n'est pas une réponse, rétorqua Colombe souriante, en savourant ses caresses de plus en plus audacieuses.

— C'est la seule chose que tu dois savoir, mon amour, à tout jamais, chuchota-t-il contre ses lèvres.

Vous avez aimé l'histoire de Colombe et Pierre ?
Ne ratez pas celle d'Eudes et Flavie dans
La dame de son désir !

À partir de juin, retrouvez vos
romances historiques françaises préférées
dans la collection

Victoria

Penny Watson Webb

La dame de son désir

Série : La pierre des cathédrales – Tome 2/2

Paris, 1250

Nièce d'évêque et veuve de croisé, Flavie de Rocheval est revenue d'Orient avec un but précis : faire construire un hospice au cœur de Paris afin d'accueillir les guerriers blessés. Son propre frère, et nombre de ses hommes, ont perdu la vue sous la torture et elle désire plus que tout les aider. Par décret royal, un architecte lui est assigné : Eudes de Montreuil. Ce génie bâtisseur compte autant de succès que de scandales : on dit de lui qu'il défend les prostituées et défie l'Église à la moindre occasion... Pour ne rien arranger, son sourire insolent et ses invitations à peine voilées déstabilisent Flavie chaque jour un peu plus. Elle pensait avoir perdu tout désir et tout espoir d'amour aux portes de Saint Jean d'Acre. Se pourrait-il que son cœur et son corps reprennent vie sous la passion brûlante d'Eudes ?

Mérida Reinhart

Envoûtante séduction

Derbyshire, 1820

Depuis l'arrivée de Trevor Ashmore-Manners, nouveau propriétaire du domaine de Haddon Hall à la mort de son père, Lenore est bouleversée. Le charme ténébreux du lord, dont personne n'ignore la réputation scandaleuse, perturbe au plus haut point l'innocente gouvernante... Lenore a bien songé plusieurs fois à quitter la demeure or elle n'a aucune envie d'abandonner Annabeth, la petite sœur de Trevor, à laquelle elle est si attachée. Ce dernier ne tarde pas à faire des avances à la jeune femme mais elle refuse catégoriquement d'être une domestique dans le lit de son maître ! Or de doux sentiments viennent contrarier sa décision et un troublant désir s'empare d'elle... Saura-t-elle résister à celui que l'on surnomme le démon des Manners ?

La romance historique n'a jamais été aussi moderne.

HARLEQUIN
www.harlequin.fr